KB078380

LEGEND OF
SWORD
EMPEROR
검황전설

FANTASY FRONTIER SPIRIT

미르나래 판타지 장편 소설

검황전설 1

미르나래 판타지 장편 소설

초판 1쇄 찍은 날 § 2012년 5월 8일
초판 1쇄 펴낸 날 § 2012년 5월 15일

지은이 § 미르나래
펴낸이 § 서경석

편집부장 § 권태완
편집책임 § 박우진
디자인 § 이혜정

펴낸곳 § 도서출판 청어람
등록번호 § 제1081-1-89호
등록일자 § 1999. 5. 31
어람번호 § 제1-1384호

주소 § 경기도 부천시 원미구 심곡2동 163-2 서경B/D 3F (우) 420—822
전화 § 032-656-4452 팩스 § 032-656-4453
http://www.chungeoram.com
E-mail § chungeorambook@daum.net

ⓒ 미르나래, 2012

ISBN 978-89-251-2866-5 04810
ISBN 978-89-251-2865-8 (세트)

LEGEND OF SWORD EMPEROR
검황전설

FANTASY FRONTIER SPIRIT

미르나래 판타지 장편 소설

1

CONTENTS

프롤로그

1

"음~!"

원하는 시대와 장소의 모습을 보여주는 명경(明鏡)을 바라보는 주신(主神) 중의 주신 조화주가 신음을 내뱉자, 환인 천제가 급히 조화궁으로 들어왔다.

"조화주님께서는 무엇을 그리도 염려하십니까?"

"오, 환인님! 어서 오시지요. 그런데 땀까지 흘리시다니 무슨 일 있습니까?"

"조화주님이 계시는데 무슨 일이 있겠습니까? 다만 조화주님의 신음 때문에 우주에 광풍이 몰아쳐 행성 수십 개가 부서지는 바람에 급히 그 잔해를 블랙홀에 집어넣었을 뿐입니다.

극히 사소한 일이지요."

"크으, 미안합니다, 환인님. 하마터면 구천계(九天界) 천주들께 큰 비난을 받을 뻔했군요. 실은 마계 공작이 중간계로 숨어들어 인간을 비롯한 유사인종과 조화종족인 드래곤, 그리고 엘프와 드워프마저 말살지경에 처하겠기에 그 피해를 생각하니 절로 신음이 나온 것이랍니다."

"음, 마계 공작이라면 악마의 권능과 닥치는 대로 파괴하는 데몬의 자유로움까지 지닌 자라 조금은 까다롭겠군요."

인자한 모습의 환인 천제의 눈이 약간 작아진 모습을 보며 조화주는 고개를 끄덕였다.

" '차원의 법칙' 때문에 신(神)을 내려 보낸다면 신마대전(神魔大戰)이 불가피할 뿐더러, 현재 마계의 마기가 많이 희박해진 것도 문제랍니다."

"조화주님 말씀은 마계 마기가 어느 정도 보충되면 마계 공작을 돌려보내거나 소멸하고 싶다는 뜻이군요. 그가 모르게 개입하려면 다른 차원에서 영혼을 소환하는 수밖에 없을 듯싶습니다. 그렇게 할까요?"

"하지만 다른 차원에서 소환한 영이 마계 귀족 발레포르의 권능을 당할 수 있겠습니까? 더구나 마왕의 개입이라도 부른다면 완전한 재앙이 되고 말 겁니다."

"당연히 그럴 것입니다. 치우! 어디 있나?"

조화주와 상의하던 환인 천제가 뒤를 보며 치우천왕을 찾았다. 치우천왕은 마치 처음부터 그 자리에 있었다는 듯이 대답하며 모습을 드러냈다.

"부르셨습니까, 환인 천제님?"

"치우, 왜 불렀는지 알겠지?"

"예. 이계의 영혼을 환생시켜 마계 공작을 막으라는 말씀이
시군요."

필요한 것은 그것뿐만이 아니었다. 환생시킨 후 능력을 각
성하도록 끊임없이 수련할 환경을 조성해 주어야 했다.

또한 자연스럽게 인연이 이어질 수 있도록 조치해야 할 것
이고, 치우의 능력 중에서 일정 부분을 환생자에게 전해주는
것 또한 빠뜨리면 안 될 것이다.

환인 천제의 말 한마디에 이 모든 계획을 단번에 수립한 치
우는 고개를 숙여 대답했다.

"즉시 알아서 처리하겠습니다."

환인 천제의 명을 받은 치우천왕은 구천계를 한번 훑어봤다.
그리고 그는 눈을 감고 의념을 모아 검지를 앞으로 내밀었다.

그의 의념을 담은 물방울 하나가 오른손 검지에서 형성됐
다. 그는 검지의 물방울을 입으로 불었다.

물방울은 지구라는 행성을 향해 떨어졌다.

2

퍽!

"헉! 제발 용서해 줘. 시험 감독 선생이 계속 쳐다보는 바람

에 어쩔 수가 없었어."

수능시험을 치르는 학교 옥상에서 다섯 명의 학생이 무릎 꿇은 한 학생을 둘러싸고 있었다. 그중 한 학생이 공부는 잘하지만 소문난 왕따의 복부를 발로 찼다.

"그래? 어쩔 수가 없었다? 그렇다면 전국 일등이라는 네 머리로 어쩔 수가 있게 만들었어야지. 얘들아, 부드럽게 만들어 머리가 돌아가게 해줘라!"

"예, 형님!"

퍽퍽!

한 학생이 지켜보는 가운데 네 학생이 한 명을 치는 광경은 가히 장난의 수준을 넘었다.

"자, 어떻게 할래? 이젠 정답지를 전할 방법이 생각났나?"

"……."

영철은 몇 번이고 '그러겠다'고 대답하고 싶었으나, 입이 터지고 성대까지 다쳐서 말이 되어 나오지 않았다.

"이런 씹새가 형님 말씀을 물로 보고 엉겨? 어디, 이 새끼야, 이래도 대답하지 않나 보자."

똘마니는 영철의 멱살을 잡고 옥상 난간으로 끌고 갔다. 마치 밀어서 떨어뜨릴 듯이 난간 밖으로 영철의 상체를 내밀었다.

"어, 어어(살려줘, 뭐든지 시키는 대로 할게)……!"

똘마니는 대답하지 않는 영철의 목을 더욱 밖으로 내밀었다.

수능일만 되면 유난히 추운 공기가 영철의 뺨을 치고 지나갔다. 영철의 안색은 파랗게 질렸다. 그의 입은 벌어져 뭐라고 하는 듯했지만 제대로 들리지는 않았다.

그때, 맑은 하늘에서 한 방울의 물이 떨어졌다. 그 물방울은 곧장 벌어진 영철의 입으로 들어갔다.

투두둑!

그 순간, 영철의 옷 단추가 무참히 뜯어졌다. 필연적으로 영철의 몸이 옥상에서 떨어졌다.

영철은 연방 '살려 달라', '정답지를 전하겠다'고 속으로 외치고 또 외쳤건만······.

떨어지는 것은 날개가 없었다.

3

'어라? 여긴 어디지? 내가 죽었나? 그리고 이 자욱한 물안개는 또 뭐야?

영철은 의문을 떠올렸다. 갑작스런 상황 변화에 그는 아직 적응하질 못했다.

그때 목소리가 들려왔다.

—숨을 쉬지 마라. 이 안개는 망각의 안개니라.

그 목소리는 밖이 아니라 바로 영철의 내면에서 울리는 소리였다. 그는 자신의 의지가 아닌 다른 의식의 소리를 들으면서도 전혀 이상하게 여기지 않았다.

'망각? 생각을 잊게 하는 안개라고? 그것참, 신기하군. 모든 것을 잊으면 더 편안한 것 아닌가? 어려운 가정 형편, 대학, 수

능, 왕따, 폭력, 고통, 두려움… 모두 잊으면 더 편할 거야.'

　─고통은 저주가 아니라 축복임을 곧 알게 될 거다. 어쨌든 간에 숨을 쉬지 마라.

　영철은 내면의 소리에 귀를 기울였다. 그리고 자연스럽게 마치 당연하다는 듯이 숨을 멈췄다. 하지만 숨이 가쁘거나 차지도 않았다.

　많은 사람이 한쪽을 향해 계속 걸어가고 있었다. 그 수많은 군중 속에 영철은 있었다.

　다른 사람들은 옆 사람에 대해 관심이 없는 듯했다. 마치 인종 전시라도 하듯이 각 나라 사람들이 다 보였지만, 입은 옷은 흰옷 한 가지였다.

　그들은 강가에 도달했다. 차례로 배를 타고 강을 건넜다. 영철도 배를 탔다. 작은 나룻배였다. 사공이 뒤로 돌아서 노를 젓는데 영철은 깜짝 놀라서 저도 모르게 비명을 질렀다.

　"아악!"

　사공은 바로 그자였다. 그놈의 뒷모습조차 잊을 수 없었다. 무려 삼 년 동안 자신을 가지고 놀던 자. 금전 상납, 따돌림, 폭력, 고통, 그리고 동정(?)까지 빼앗아간 그자가 틀림없었다. 영철은 너무 놀라서 그만 강으로 빠졌다.

　꿀꺽!

　물을 한껏 들이마셨다. 머리가 맑아졌다. 몸은 더욱 편안해졌다.

　─잘했다. 두 번 더 마셔라!

제3의 목소리가 다시 한 번 소리쳤다.

'더 마시면 죽을 텐데······.'

—이미 죽었는데 뭘 더 걱정하느냐? 이 물은 진시황이 그토록 바랐던 불로장생수보다 월등한 영천수란다. 그야말로 한 모금을 마시면 육체가 잘 발달하여 갈수록 괴력을 지니며 피부 재생력이 트롤 이상 가고, 두 모금을 마시면 영기가 지나쳐 평범해 보이지만, 세 모금을 마시면 환생하여 새로운 삶을 살게 되지. 어서 두 모금을 더 마셔라.

　목소리는 쉼없이 이야기했다. 영철은 그 말들이 대체 무슨 소린지 이해할 수 없었다. 그러나 그의 머릿속은 점점 맑아져 분명하게 생각을 이어나갔다.

'맞아, 죽었는데 무슨 걱정을 이리도 달고 살까. 이제 정말 나답게 살고 싶구나. 아니면 아니라고 말할 수 있는 용기를 가졌으면 좋겠어. 지금까지 살아온 것은 나의 삶이 아니라 두려움과 눈치의 하루하루였지. 고통을 두려워하지 말고 스스로 부끄럽지 않아야겠다. 나도 나답게 살고 싶단 말이야!'

　그때 갑자기 저승사자인 사공의 노가 그의 엉덩이를 쳤다.

　딱!

　그 소리와 함께 또 다시 강물이 영철의 목구멍으로 넘어왔다.

　꿀꺽꿀꺽!

　으악!

Chapter 01

레온 상단

아보가도 대륙 아라카이브 제국 최남단 국경도시 엘레노 성.

그 성을 거점으로 하는 유일한 상단인 레온 상단 뒤 장원에는 세 시간째 이어진 난산 끝에 태어난 아기가 울지 않아서 산실 안에 있는 사람들을 파랗게 질리게 만들었다. 아이가 좀 더 울지 않는다면 기도가 막혀서 결국 죽겠기에 그들이 안절부절 못하는 것은 당연한지도 몰랐다.

철썩!

산파가 아이의 엉덩이를 더욱 힘껏 때렸다.

'으악!'

"으앙!"

신생아의 예상치 않은 우렁찬 울음은 산모, 산파, 그리고 문 밖에서 이제나저제나 초조히 기다리던 아버지를 기쁘게 하기보다 오히려 놀라게 했다.

　'아니, 아이 울음소리가 마치 악쓰는 것처럼 들리잖아: 설마 내가 잘못 들었겠지?'

　울지 않는 아이의 엉덩이를 다시 세차게 때렸던 산파는 갑자기 악을 쓰는 듯한 아이의 울음소리에 그만 놀라서 아이를 안은 채 주저앉고 말았다.

　"괜찮아요?"

　산모가 놀라서 몸을 일으켰다.

　"아기씨는 괜찮습니다, 마님!"

　산파는 급히 아이를 씻겨 산모에게 넘겨주었다.

　"아기씨는 괜찮습니다, 마님! 아주 튼튼한 대장부입니다, 마님!"

　산모는 조심스레 두 손으로 아이를 건네받아 들여다봤다. 신생아는 듣고, 보고, 말하지 못한다는 정설을 비웃기라도 하듯이 감은 눈은 엄마를 향했으며, 마치 엄마를 잡으려는 듯이 손가락을 꼼지락거렸다.

　"오, 내 아기!"

　산모는 감동 어린 눈으로 아이를 바라보며 품에 꼭 끌어안았다.

　"여보! 아이는?"

　그때 방문이 열리며 아이의 아버지가 급히 들어왔다.

"……"

산모는 자랑스러운 듯한 얼굴로 아이를 아버지에게 보였다. 아이를 두 손으로 조심스럽게 받아 안은 아버지는 먼저 고추의 유무를 확인했다.

"크흐흐흐! 녀석! 완전히 나 어릴 때와 똑같군."

"당신도 참!"

푸후훗! 호호호!

방 안에 있던 산파와 하녀가 웃음을 머금은 채 산실을 치우고 밖으로 나갔다.

그동안 아버지는 아이의 전신 구석구석을 살피기에 여념이 없었다. 아이의 머리가 제 형이 태어날 때보다 좀 더 크게 느껴졌다.

"여보, 정말 고생 많았소. 이 녀석이 엄마를 그렇게 힘들게 했구나."

"고생은요, 뭘. 여보, 아이의 이름은 지었어요?"

아버지는 아이의 머리를 쓰다듬으며 산모를 보았다. 부드럽고 은근한 음성으로 그가 말했다.

"아리안이 어떤가 싶은데, 당신 생각은 어떻소?"

"아리안, 아리안. 좋은 것 같아요."

어머니는 아버지가 지은 아들의 이름이 맘에 들었다. 그녀는 사랑이 가득 담긴 포근한 눈길로 아들을 내려다보았다.

아무리 사랑이 그득한 시선으로 봐도 그녀는 아들의 머리에 담긴 기묘한 의문까지 눈치챌 수는 없었다.

놀랍게도 갓 태어난 신생아인 아리안은 생각을 하고 있었다.

'음? 내가 환생한 건가? 영천수를 마셨는데 왜 기억이 남아 있는 거지?'

아리안은 바로 치우의 안배로 말미암아 환생한 영철이었다.

치우에게서 받은 힘과 영천수의 효능이 환생으로 인한 기억 소실을 물리쳤다.

영철은 고3 학생의 의식 그대로 아리안이라는 아기로 도로 환생하여 새로운 어머니 품 안에 안겨 있었다.

'보이지는 않아. 갓 태어났으니 당연하겠지. 하지만 목소리를 들어보니 엄마는 미인이고, 아빠는 믿음직하지만 조금 모자란 듯싶구나. 머리는 엄마를 닮는다고 하던데……'

일단 환생한 면에서는 아빠의 머리를 닮지 않는다는 것에 안심해도 될지 모른다. 중요한 것은 성장해 봐야 아는 것이지만.

어머니의 따뜻한 품에 안겨서 그런 생각을 하던 아리안은 머리보다 더 중요한 것이 있음을 깨달았다.

'이번 생에서도 왕따를 당하지 않으려면 힘을 키워야 해!'

고3에게 무엇보다 중요한 수능 날, 자신을 괴롭히던 불량배들에게 떠밀려서 죽게 된 아리안에게 전생의 기억은 고통뿐이었다.

그 모든 것의 원인을 아리안은 힘의 부족함 때문이라고 여겼다. 힘이 없었기 때문에 고통스러웠고, 늘 그런 놈들에게 당하고 살아야 했다.

'이번 생은 결코 그렇게 살지 않으리라!'

잘 모르겠지만 본래의 의식 그대로 환생한 것은 그에게 하나의 기회일지도 몰랐다. 억울하게 산 전생을 잊고 새로운 현생을 살아가라고 하늘에서 내려준 기회!

'그러기 위해서는 힘이 필요해. 힘을 키워야 한다!'

하지만,

'근데… 아무것도 보이지도 않으니 뭔가 할 수도 없고… 거기다 졸리잖아. 아기들은 정말 잘 자던데, 이렇게 맨날 졸리면… 잘 수밖에… 졸음이… 쏟아지…….'

그 생각을 끝으로 아리안은 그대로 곯아떨어졌다.

"아휴, 우리 아리안. 쿨쿨 잠도 잘 자고, 쑥쑥 잘 크렴!"

그 모습을 어머니는 사랑스럽다는 눈길로 내려다보고 있었다.

*　　　*　　　*

어머니의 소원 덕분인지, 아니면 다시 태어나 새로운 기회를 잡았다는 집념 때문인지 아리안은 정말로 쑥쑥 성장했다.

젖을 떼는 시기도 빨랐고, 두 발로 걷는 시기도 빨랐다. 어제 두 발로 일어서더니 오늘은 걸었고, 내일은 달리려고 했다. 나이가 먹어가면서 그런 성장 속도는 더더욱 빨라졌다.

아이의 신념은 딱 하나였다.

'힘을 키워야 돼, 힘을!'

네 살 된 아이는 방 안을 뛰다가 그만 방석을 밟으면서 미끄러졌다.

쨍그랑!

"앗, 아리안! 다치지 않았니?"

"어휴, 저 녀석은 칠칠맞게 말썽은 도맡아서 저질러."

아리안이 넘어지면서 화병을 건드리는 바람에 그만 떨어져 깨지고 말았다.

아리안의 어머니는 얼른 달려와서 아리안이 다치지 않았는지 살펴봤다.

"엄마, 미안해."

"그래? 안 다쳤으니까 됐다. 녀석, 배고프진 않니?"

"응, 엄마!"

허구한 날 운동을 한답시고 가구들을 떨어뜨리고 넘어뜨려 깨는 게 그의 일이었다. 그리고 어머니는 치우는 건 내 몫이란 듯이 전혀 야단치지 않고 미소까지 머금은 채 묵묵히 치웠다.

아리안은 저녁을 먹은 후 침대에서 곰곰이 생각에 잠겼다.

'젠장, 이렇게 해서 어느 천년에 힘을 기르지?'

지금 당장 힘이 필요한 것은 아니다. 하지만 자랄수록 힘은 분명히 필요하게 될 것이다.

그러한 조급함과 필요성 때문에라도 아리안은 하루빨리 힘을 더욱 기르고 싶었으나, 그것은 마음처럼 잘 되지 않았다. 그의 몸은 이제 겨우 네 살, 뛰어다니는 것도 고작인 신체였다.

'무언가 방법을 생각해 내야 해.'

단순한 운동으로 강해지는 것은 결코 쉽지 않다. 운동선수가 될 것도 아닌데 운동을 잘해봤자 무엇하는가.

그러한 고민을 하던 그의 머릿속에 좋은 생각이 떠올랐다.

'그래! 이곳은 지구보다 공기가 엄청 맑아. 내가 지구에서 연습했던 호흡법을 시작해야겠다.'

지구에 있을 때, 그는 꾸준하게 하던 호흡법이 있었다.

바로 단전호흡!

그날부터 아리안은 모든 생활에 단전호흡을 최우선으로 삼았다.

단전호흡을 한다고 해서 하루아침에 달라지는 것은 아무것도 없었다. 그러나 아리안은 자신이 아는 모든 방법을 동원해서 힘을 키우는 데 열정을 다했다.

'정말 힘을 기르는 일은 쉬운 길이 아니야. 하지만 절대 포기할 수도 없는 일이지.'

아리안은 아무도 찾는 이가 없는 상단 창고 뒷마당을 뛰고 또 뛰었다. 그리고 옥수수를 심은 후 그걸 매일 수십 번씩 깡충거리며 뛰어넘었다. 팔 굽혀 펴기를 무려 두 번이나 한 뒤에는 주먹을 쥐면서 팔 운동을 계속했다. 유아기도 제대로 지나지 않은 아이가 하기에는 과도할 정도의 운동이었지만, 그는 나름대로 열심히 운동을 계속했다.

그리고 세월은 흘러서 어느덧 열세 살이 됐다. 눈물겨울 정도로 운동을 한 보람이 있었는지 그의 키는 어느덧 형인 알폰소와 비슷해졌다.

*　　*　　*

 아리안의 집은 비록 상인 세 명, 보조 상인 여덟 명, 호위무
사 스물다섯 명의 작은 상단이기는 하지만, 할아버지는 상단
주고 아버지는 총관의 역할을 도맡아했다. 아리안의 형은 알
폰소로 세 살 많았고, 여동생은 두 살 어린 아디아였다.
 "째까오빠, 엄마가 밥 먹으러 오래."
 콩!
 "아야, 왜 때려?"
 "아디아, 너 참 말 안 듣는다. 째까오빠가 뭐냐, 째까오빠
가?"
 집안 식구들의 귀여움을 모조리 독차지하는 열한 살 아디아
의 눈에 아리안은 오빠가 아니라 귀염의 경쟁자일 뿐이었다.
 "째까오빠를 째까오빠라고 부르지 뭐라고 불러?"
 "작은오빠, 혹은 작은오라버니라든지, 좋은 말도 많이 있잖
아?"
 "흥, 동네에 나가면 째까오빠보다 더 어린 애들에게도 얻어
맞기만 하면서, 째까오빠도 과분하지. 흥이다, 흥."
 귀여움을 독차지하는 아디아는 결코 아리안에게 지려고 하
지 않았다.
 '흥, 그 아이들은 이미 내 상대가 아니야. 그래서 내가 봐주

는 것도 모르고. 풋!

저녁 식탁에 여섯 식구가 모두 한자리에 모였다. 흔하지 않은 일이었다. 지금까지 서로 조금도 지지 않고 다투던 아리안과 아디아도 할아버지까지 계시자 조용해졌다.

"그래, 우리 알폰소는 언제 가지?"

할아버지가 온화한 음성으로 말하자, 아버지와 어머니는 조용한 눈길로 큰아들을 쳐다봤다. 아리안과 아디아는 놀란 얼굴로 알폰소를 돌아봤다.

"일주일 뒤에 출발할 겁니다, 할아버지."

"그래, 조금 여유롭게 가는 게 좋겠지. 알았다."

"엄마, 엄마, 큰오빠 어디 가?"

아디아가 놀라서 묻자 엄마가 다정한 음성으로 대답했다.

"그렇단다. 큰오빠도 열다섯 살이 됐으니 황궁이 있는 레포르마 성에 간단다. 그곳 아카데미에 입학 허가를 받았지. 아리안은 3년 후, 넌 5년 후에 갈 거야."

"엄마, 큰오빠 안 가면 안 돼?"

"아디아, 노예나 농노는 물론 갈 수 없지만, 자유인이나 귀족이 아카데미를 졸업하지 못하면 바보거나 어딘가 모자란 사람 취급을 받는단다. 물론 나이가 들면 너도 가야 할 테고."

아리안은 아카데미란 말을 듣자 전신이 오싹하는 것을 느꼈다.

'아, 이곳에서도 학교를 가야 되는구나.'

아리안에게 학교란 결코 좋은 기억은 아니었다. 현대화되었던 지구에서도 학교만 가면 폭력에 온갖 괴롭힘을 당했었다.

그렇다면 이곳에서는? 지구보다 더욱 낙후된 환경인 이 세계는 힘에 대한 더욱 강한 애착을 불러왔다,

아리안의 생각은 그칠 줄을 몰랐다.

'지금처럼 해서 이곳에서 살아남을 수 있을까?'

그의 생각이 책과 자주 비교가 되는 것은 어쩔 수 없는 일이었다.. 무협지를 보면 세 살에 이미 벌모세수를 한다지만, 집안이 모두 상인이라 그것은 단지 꿈에 불과할 뿐이었다. 그런 사실은 아리안에게 강박관념까지 일으켰다.

'난 검을 배워야겠다. 다시는 힘이 없어서 서러움을 당할 수는 없으니까. 나보다 세 살 많은 형인 알폰소가 이미 천재 소리를 들으니 가업은 형이 알아서 잘할 거야.'

대단한 결심을 한 아리안은 다음날부터 책과 영화, 비디오테이프에서 본 많은 수련 과정을 생각나는 대로 하나씩 실천하기 시작했다.

상단을 형성하는 많은 식솔이 거주하는 집들과 조금 떨어진 창고 뒤 공터는 이미 오래전부터 그의 수련장이었다.

"아, 좋다. 서울은 하늘이 보이지 않을 정도였는데 이곳 공기는 정말 맑구나. 언제나 체력이 문제니까 오늘도 달리기부터 슬슬 시작해 볼까?"

아리안은 공터에서 달리고 또 달렸다. 물론 빨리 달릴 수도 없었지만 가능한 한 계속해서 달렸다.

열세 살 어린아이의 몸으로는 곧 숨이 턱에 차고 땀이 비 오듯 했다. 눈앞에는 대낮인데도 별이 맴을 돌았다.

"헉헉, 이건 안 돼. 더 천천히 달려야겠어."

아리안은 한동안 쉰 후에 이번에는 좀 더 천천히 달렸다. 그렇게 달린 후, 어느덧 해가 지려 하자 아리안은 집으로 들어갔다.

"쩨까오빠, 어디 갔다 와? 많이 슬퍼? 온몸으로 울었잖아."

"아디아, 이건 운 게 아니라 땀이야."

아디아는 오빠가 군밤을 주지 않고 자상하게 설명하자, 그의 팔에 매달리며 물었다. 물론 아리안도 동생이 땀을 안다는 사실을 너무나 잘 알았다. 그런 것은 아무래도 좋았다. 처음으로 두 사람이 경쟁관계에서 오빠와 동생으로 자리하는 순간이었다.

"담? 그게 뭐야?"

"담이 아니라 땀이라고. 몸이 더우면 나오는 거야. 그런데 왜 나와 있니?"

반갑게 다가오는 아디아가 오늘은 많이 심심했었나 보다.

"쩨까오빠가 없어서 아디아 심심했어."

"저런, 그랬구나. 들어가자."

아리안보다 두 살 어린 여동생 아디아. 우렁찬 고고성으로 산실을 놀라게 했던 아리안이 집안의 귀염을 독차지했던 전성시대는 여동생 아디아가 태어나면서 사라졌다. 귀여움을 독차지한 여동생은 온갖 것에 관심과 호기심을 나타냈다. 그리고

요즘은 제법 옷을 곱게 입기도 했다.

어린 아디아가 오빠의 땀을 옷소매로 닦아줬다.

"고마워, 아디아."

"응, 괜찮아, 오빠."

아리안의 부드러운 말에 어느덧 아디아의 째까오빠는 오빠로 변했다. 아리안이 경쟁자였고, 그가 싫어하는 소리였기에 더욱 째까오빠로 부른 듯했다.

아디아가 그를 보며 예쁘게 웃었다. 아리안도 미소를 지으며 아디아의 손을 부드럽게 잡고 함께 들어갔다.

"어휴, 땀 좀 봐. 아리안, 얼른 씻고 옷 갈아입고 와라. 저녁 준비 다 됐다."

"예, 엄마."

다음날도, 그 다음날도 아리안은 본격적으로 수련했다.

팔 굽혔다 펴기, 쪼그렸다 뛰기, 오리걸음, 그리고는 다시 두 팔을 앞으로 쭉 뻗고 기마자세를 한 채 움직이질 않았다. 옥수수 넘기 수련이 슬슬 효력을 발휘하는지 제법 높게 뛸 수 있었다.

그렇게 일 년이 지나 아리안은 열네 살이 됐다. 하지만 어린 아이가 체력 단련을 한다고 해서 얼마나 달라졌겠는가. 그래도 일 년에 두 번씩 방학이 되어 돌아오는 세 살 많은 알폰소와는 키가 비슷할 정도로 잘 자랐다.

아직 여린 몸을 이끌고 꾸준히 달리고 또 달리는 아리안의 집념은 치욕을 지울 수 없는 전생의 기억 때문이라고 하기에는 무리가 있었다.

그렇다. 아리안은 알 수 없었지만, 치우천왕이 전해준 능력이 조금씩 일어나고 있었던 것이다.

그래서 아리안은 쉽게 싫증을 내는 어린아이들과는 달리 꾸준하게 운동을 이어나갔다. 그 결과 점차 신체가 다른 아이들과 비교하여 훨씬 빨리 성장했고, 조금씩 천왕의 능력이 눈을 뜰 준비를 하고 있었다.

그러나 그 성장이 모든 사람에게 좋게 받아들여지고 있는 것은 아니었다.

"여보, 아리안이 저렇게 몸을 혹사하는데 말려야 하지 않을까요?"

항상 땀을 흠뻑 흘리고 돌아오는 아리안을 바라보는 어머니의 마음에는 걱정이 사라지지 않았다.

"그대로 둡시다. 지금은 오히려 형보다 체격이 좋으니 그게 자신의 길일지도 모르겠고, 기사가 된다면 그것도 좋지 않겠소."

"예, 알았어요."

아버지의 말을 들어도, 한껏 걱정스런 빛을 지우지 못하는 어머니의 안타까운 눈길은 아리안의 등에서 떠나지 못하고 한동안 맴돌았다.

알폰소 역시 너무 체력 단련에 집착하는 동생이 걱정됐다.

"아버지, 아리안은 아무래도 미친 것 같다는 말이 많은데, 제 말은 도통 듣지를 않으니 아버지께서 좀 말리시는 게 어떻

습니까?'

그의 얼굴에도 걱정이 가득했다.

"알았다. 좀 더 지켜보마."

"아버지!"

"얘야, 네가 책에 미친 것처럼 동생이 검에 좀 미친다고 해서 별일이야 있겠느냐. 그리고 사내가 어느 한 가지에 미치지 않고서야 어찌 꿈을 이룰 수 있겠느냐. 마음껏 미치도록 지켜봐 주자꾸나."

"예, 아버지."

알폰소는 황당하다는 듯이 아버지의 얼굴을 쳐다봤다가 잠깐 굳었다. 그리고 곧 공손히 대답하고 서재에서 물러나 나왔다.

'그 미소……. 아리안을 믿고 계셨어.'

걱정 말라고 말하는 아버지의 얼굴에는 여유로운 미소가 떠올라 있었다. 그 미소에서 느껴지는 아리안에 대한 신뢰감. 알폰소는 그 미소가 너무 좋아 가슴에 깊이 새겨놓기로 했다.

*　　　*　　　*

휙휙!

소년은 목검이라고 부를 수도 없는 나무 막대를 휘둘렀다. 한 시간, 그리고 두 시간. 그다음에는 다시 두 시간을 달렸다.

아리안이 눈이 오나 비가 오나 일 년이 지나도록 꾸준히 수련하자, 상단 경호무사들도 조금씩 주목하게 됐다.

"와, 둘째 공자님 수련하는 모습이 장난이 아냐."

"그러게. 벌써 일 년이 넘도록 하루도 빠지지 않고 계속하는
걸."

"그러게 말이야. 내가 저 나이 때부터 저렇게 연습했다면 지
금쯤은 황제 폐하의 근위기사가 됐을 텐데."

경호무사들은 아리안을 본받아 자신들도 수련을 시작했다.
아리안 덕분에 상단 분위기마저 바뀌었다.

상단의 서기인 헤레스는 경호무사의 이야기를 듣고 가끔 아
리안이 수련하는 창고 뒤에 와서 유심히 살피곤 했다.

그는 서기로 일하고 있긴 하나 젊은 시절 전쟁에도 참가했
었고, 검술에도 일가견이 있었다. 그래서 처음에는 둘째 공자
가 수련하는 모습에 흥미가 생겨서 구경했으나, 차츰 그 수련
에 담긴 치열함에 감동할 정도가 되었다.

헤레스는 아리안이 수련하는 곳으로 천천히 다가갔다.

"공자님, 왜 그렇게 검을 휘두르는지 물어봐도 될까요?"

"아, 헤레스 아저씨, 왔어? 헤헤, 힘이 없으면 하고 싶은 대
로 할 수가 없잖아."

헤레스는 고개를 끄덕이며 다시 물었다.

"공자님의 말씀은 맞지만, 검만이 힘은 아니죠."

"헤헤, 난 형처럼 천재도 아니고, 검가의 집안에 태어나지
못해서 남보다 더 많은 노력을 해야 아카데미에 갔을 때 겨우
따라갈 거야."

"공자님의 결심은 참으로 대단하다고 할 수 있지만, 제대로 알지 못하고 연습만 하면 올바른 검의 길을 걸을 수 없답니다. 훗날 아카데미에 가서 배울 때 잘못된 자세를 고치려고 해도 이미 굳어져 버리면 더욱 어려운 일이 되고 말지요."

아리안은 헤레스의 말을 듣고 무척 놀랐다. 지금까지 무턱대고 수련하는 것이나 다름없던 아리안으로서는 엄청나게 걱정이 되는 말이었다.

"헉! 그럼 어떻게 하면 좋지?"

"아리안님, 검을 그렇게 힘주어 잡으면 손목에 무리가 생기고 검의 속도가 빨라지지 않아요. 한손검은 손목을 약간 굽힌 상태로, 양손검은 오른손으로 검을 잡고 왼손은 엄지, 검지, 중지의 세 손가락만으로 검 끝부분을 감싸듯이 잡습니다. 무슨 일이든지 기본이 제대로 갖춰지지 않으면 어느 정도를 벗어날 수가 없게 되지요. 지금부터 내려치기 백 번을 해보세요."

"예, 아저씨! 얏!"

가르침을 내려준다는 생각에 아리안은 힘차게 대답했다.

그날부터 아리안은 헤레스에게서 검술의 기본을 배우기 시작했다.

아리안은 제대로 배운다는 흥분에 겨워 기합을 지르며 목검으로 공간을 내려쳤다.

"지금 뭐하는 거죠? 막대기 들고 춤추나요? 앞에 있는 상대를 쳐야만 합니다."

"예!"

아리안은 정신을 집중하여 가상의 적을 그리며 목검으로 그 머리를 힘껏 내려쳤다.

"그처럼 정면으로 내려치기 하는 것을 장작패기라 합니다. 다음 동작으로 연결할 수가 없지요. 검술에서 내려치기는 상대의 머리, 어깨, 팔과 다리 등을 친 후에 빗살치기형 자세가 되지 않으면 다음 공격은 물론이고 방어조차 할 수가 없지요. 다시!"

"예!"

아리안은 땀을 뻘뻘 흘리면서도 목검을 내려쳤다. 치고 또 내려쳤다. 몇 번을 내려쳤는지도 잊었다. 가상의 적은 쓰러지지 않았지만, 그의 결심도 사라지지 않았다.

'공자는 자기가 몇 번 내려쳤는지는 관심도 없군. 세상에, 벌써 상대하는 모든 적을 내려치기로 베고 있잖아. 완전 괴물이야. 어떻게 저처럼 몰두할 수가 있지?'

"그만!"

헤레스는 끝날 것 같지 않은 아리안의 내려치기를 중단시켰다.

"좋아요. 내려치기만 한 것이 오늘로 한 달째로군요. 어떤 자세에서도 내려치기를 할 수 있도록 수시로 노력해야만 합니다. 기본이 튼튼한 자만이 앞으로 나가도 넘어지지 않고, 넘어져도 곧 일어날 수 있지요."

'어떤 자세에서도 내려치기를 할 수 있어야 한다? 그렇구나. 그래야 내려치기라고 할 수 있겠지. 정말 옳은 말이야.'

"예, 아저씨!"

혜레스는 다시 중단 자세를 취한 뒤에 설명을 시작했다.

"다음은 횡베기입니다. 횡베기에는 좌횡베기와 우횡베기가 있습니다. 이렇게 하세요. 각기 백 번 실시!"

"예!"

아리안은 혜레스가 보여주는 횡베기를 하면서도 시간이 나는 대로 내려치기도 연습했다.

혜레스는 다시 '찌르기' 의 시범을 보이고 100번을 시켰다.

"모든 검술의 기본은 내려치기, 횡베기, 찌르기의 조합입니다. 어떤 자세에서도 기본 검형을 취할 수 있을 때, 기본이 됐다고 말할 수 있지요. 넘어지면서도 내려치기, 횡베기와 찌르기를 정확하게 할 수 있다면 기본이 됐다고 할 수 있답니다. 내일부터는 먼저 세 가지 기본 검술을 각기 200번씩 행하도록 하세요. 검술에 대한 어떤 깨달음이 있기까지 하루라도 빼먹지 말고 연습해야만 합니다. 그렇게 할래요?"

"예, 아저씨!"

아리안은 힘차게 대답하고 혜레스를 바라봤다. 어느새 어금니를 악문 그의 눈은 조금씩 깊어지기 시작했다.

"검을 든 사람이 기본 검술을 연습하는 것은 사람이 밥을 먹는 것과 같습니다. 한 끼 밥을 잘 먹었다고 해서 굶을 수 없는 것과 같고, 사람이 살아가려면 꾸준히 밥을 먹어야 하는 것처럼 하루 기본 검술 연습을 하지 않으면 배고픈 것을 느껴야 하고, 이틀을 건너뛰면 허기를 느껴야 진정한 검사라 할 수 있습니다."

"예, 아저씨! 앞으로 매일 밥을 먹겠습니다."

검술 스승이나 다름없는 헤레스에게 아리안은 어느새 존대를 사용하고 있었다.

아리안의 말에 헤레스는 고개를 끄덕이며 말을 이었다.

"붓을 든 사람은 수없이 많아도 붓에 혼을 실은 이는 몇 사람 되지 않고, 검을 든 수많은 검사 중에서 검심을 얻은 사람은 불과 얼마 되지 않는답니다."

"아저씨, 검에도 마음이 있어요?"

"그렇습니다. 형상이 있는 것은 무엇이든지 뜻을 품고 있기에 형상을 이루는 것이랍니다."

20세기 지구과학을 배웠던 아리안은 아저씨의 말에 놀라움을 금할 수가 없었다.

'아, 정말 놀랍구나. 형상이 있는 것은 뜻이 있기에 어떤 모습을 지닌다고? 어느 현자보다 나은 듯해.'

"아리안!"

"예, 아저씨!"

"검을 수련하면 몇 번의 벽을 만나게 된답니다. 그 벽을 넘을 때마다 새로운 경지에 들어서곤 하지만, 수없이 많은 검사가 그 첫 번째 벽 앞에서 좌절하기도 하지요."

아리안은 아저씨의 말에 깊은 뜻이 있다고 여겼는지 신중한 어조로 물었다.

"아저씨, 그 벽을 뛰어넘는 방법이 따로 있나요?"

"그렇답니다. 처음 다가오는 벽은 검심을 얻으면 뛰어넘을 수 있지요."

아리안은 재빨리 물었다.

"아저씨, 검심은 어떻게 얻지요?"

"끊임없는 수련과 관심입니다."

"수련은 알겠는데, 관심이란 무슨 뜻이죠?"

눈을 반짝이며 묻는 아리안은 아무래도 평소와는 다른 듯했다.

"얘기했듯이 형상을 가진 만물은 뜻을 지니고 있습니다. 검도 여기서 벗어나지 않으니, 검의 마음을 얻으려면 검에서 마음을 떼지 말아야 한답니다. 앞으로는 검을 몸에서 떼어놓지 마세요."

"예, 아저씨! 두 번째 벽은 어떻게 넘죠?"

아리안은 정말 알고 싶은 게 많았다. 검에 대해서는 모든 걸 알고 싶은 게 그의 심정이었다. 헤레스는 귀찮다고 여기지 않고 자상히 설명했다.

"첫 번째 벽은 검이 넘게 해주지만, 두 번째 벽은 누가 인도할지 모른답니다. 그렇기에 학문 역시 소홀히 여겨서는 안 되고 음악이나 예술품도 가벼이 여기다간 후회할 수도 있답니다."

"아저씨, 내가 벽을 넘는 게 아니라 검이 넘게 해준다는 말씀은 잘 모르겠어요."

아리안의 질문이 점점 깊어지는 것을 느낀 헤레스는 기쁜 표정으로 말을 이었다.

"벽이란 한계를 말하는 것이고, 한계는 말 그대로 한계이기에 인간이 넘을 수 없는 벽이 되고 말지요. 하지만 그것 역시 내가 만든 한계가 아닐까 하고 검에 몰두하면 검이 그 한계를 잊게 하거나 우회하여 그 길을 보여준답니다."

"아저씨, 만약 내가 한계를 정하지 않는다면 벽도 생기지 않겠죠? 그렇지 않은가요?"

"말은 그래도 사실은 그렇지 않답니다. 우리가 도달하지 않은 곳의 실상을 모르는데, 한계를 정하지 않았다고 말하는 것은 모르는 자가 무지를 자랑하는 것밖에 되지 않지요. '아는 만큼 보이고 본 만큼 느낀다'는 말은 알지요?"

아리안은 헤레스의 말을 듣고 곰곰이 생각에 잠겼다. 이윽고 그는 밝은 표정을 짓더니 다시 물었다.

"알았어요, 아저씨! 검술을 연마하는 데 학문, 음악, 예술 등이 도움이 된다는 말씀은 또 무슨 뜻이지요?"

"아리안, 모든 길은 레포르마(아라카이브 제국 황도)로 통한다는 말을 들어봤나요? 그 말은 다시 말해서 만사가 극에 이르면 한 모습이고, 검술은 검예로 발전했다가 검도로 변하며, 검과 내가 하나 되었다가 검도 없고 나도 없는 경지에 이르게 된다는 뜻입니다."

"와, 정말 대단하네요. 그다음 단계도 있어요, 아저씨?"

헤레스는 아리안의 표정에 매료되어 얘기하려다가 잠시 주춤했다.

'아니, 이런 얘기까지 하는 게 이 아이에게 제대로 된 도움이 될까? 요즘 전쟁이 난다는 소문이 그치질 않으니 다시 지도할 기회가 없을지도 몰라. 아직 어리니까 곧 잊겠지만 언젠가 때가 되면 생각이 나겠지.'

마음을 정한 헤레스가 다시 입을 열었다.

"내 스승님께서 말씀하시기를 그다음 경지는 전설로만 전해진다고 하셨습니다. 자연과 하나가 되어 벼락을 치게 하고 광풍폭우를 부르는 자연의 놀라움을 담은 검의 경지까지를 말씀하셨지만, 나도 아직 보거나 듣지도 못했답니다. 아리안, 이왕 시작했다면 극을 보도록 하세요. 그러려면 공부도 열심히 하고 책도 많이 보면서 음악에도 심취하고 한 송이 꽃이라도 소홀히 여기면 안 된답니다."

"예, 아저씨! 명심하겠습니다."

"자, 검을 잡고 덤비세요!"

"아저씨, 갑니다!"

딱딱! 딱딱!

제대로 된 지도를 받게 된 아리안의 수련은 점차 빛을 발하기 시작했고, 그의 눈은 점점 깊어만 갔다. 헤레스는 아리안이 어느 정도 선을 넘기자 생각보다 월등하게 발전하는 모습을 보고 속으로 놀랐지만, 결코 아리안에게 말하지는 않았다.

'난 이 아이를 어릴 때부터 봤어. 상단이라고는 하지만 크지 않아서 결코 무슨 영약을 먹은 적도 없는데, 그런 신비한 영약을 먹은 것처럼 하루가 다르게 변하는군. 정말 모를 일이야.

혹시 자만할 수도 있으니 말해서는 안 되겠지.'

헤레스는 아리안이 잘 따라오자 전장을 달리던 시절의 흥이 일어났다. 그는 마치 부하들에게 호령하듯이 엄중한 표정까지 지으면서 독려했다.

"달려라! 달리는 것만큼 정신과 전신을 고루 발달시키는 방법은 드물다! 달려라! 달리면서 자신의 길을 개척해라!"

"검을 들었으면 나보다 수련을 많이 한 자, 실력이 뛰어난 자에게는 목숨을 줘도 좋다는 각오가 있어야만 한다. 죽기 싫으면 더욱더 열심히 하는 수밖에 없다."

"양발을 모두 땅에 디디면 힘은 들어가지만 행동의 민첩함은 떨어진다. 그러니 언제나 한쪽 발만은 뒤꿈치를 들어야 한다."

"검술 실력은 조금 부족할 수 있어도 기세에서 져서는 안 된다. 검에 일격필살의 의지를 담아라!"

"검사는 입으로 대화하지 않고 검으로 의지를 표명한다."

"검을 가벼이 여기는 것은 스스로 선택한 자신의 길을 무시하는 행동이다. 검을 무엇보다 소중하게 여겨라."

*　　　　*　　　　*

아리안은 아저씨의 가르침을 받으면서 어느덧 다시 새로운 해를 맞이했다. 아리안은 열다섯 살이 됐다.

아리안은 하루가 다르게 자라서 몰라볼 정도로 변했으며, 지금은 형보다 더 크고 건장해졌다. 조금 작은 어른처럼 보일 정도이니 참으로 놀라운 일이었다.

형인 알폰소의 눈은 총명으로 반짝였으나, 아리안의 두 눈은 깊기만 했다.

아리안은 네 살 때부터 단전 수련을 시작했다. 한때 대한민국에서 열병처럼 유행했던 그 수련이 드디어 빛을 보이는 중이었다.

자신의 한계에서 벗어날 수 있지 않나 싶어서 시작했던 단전호흡, 배가 따뜻해지고 점차 그 열기가 강해지면서 전신에 땀이 흘렀다. 서울에서 수련할 때는 효과가 있는지조차 몰랐던 단전 수련이 이곳에서는 어느새 기문이 터진 것은 물론이고 소주천까지 가능했다.

'야, 이거 정말 놀라운데? 판타지 작가 중에 혹시 판타지 세계에 살다가 환생한 사람이 있는 것은 아닐까? 음, 평생 규칙적으로 해야겠구나.'

아리안은 발전을 보이는 자신의 모습에 신이 나기도 했지만 한편으로 두렵기도 했다. 만약 단전 수련을 그만둔다면 이 모든 성과가 사라질지도 모른다는 두려움이었다. 그는 더더욱 단전호흡에 몰두했다.

단전 수련을 시작한 이후로 달리기 등의 수련이 훨씬 쉬워졌다.

'이상하게 검을 휘두르거나 체력 단련을 하면 마음이 편안해져. 이건 단순히 왕따를 면하려고 강해지고자 하던 어제의 생각과는 완전히 차원이 달라. 조금씩 힘이 생기면서 내가 마치 전생에 천하를 호령한 장군이었다는 느낌마저 들어. 음, 더 열심히 해야겠다.'

아리안의 성장은 비단 단전 수련 때문만은 아니었다. 치우천왕에게서 받은 그의 능력, 그 놀라운 능력이 조금씩 아리안에게 흡수되어 나타나는 현상이기도 했다.

치우천왕의 능력이 깨어날 때마다 체력도, 실력도 월등히 좋아졌다. 그럴수록 점차 수련 시간도 효율적으로 분배할 수 있게 되었다.

아리안이 점차 수련 시간을 줄이고 남는 시간에 책을 보기 시작하자, 가장 좋아한 사람은 어머니였다.

"애야, 들어가도 되니?"

"예, 어머니. 들어오세요."

어머니는 과일이 든 쟁반을 들고 아들 방문을 열었다.

"애야, 책도 좋지만 먹으면서 해라. 네 나이 때는 먹고 싶은 것도 많을 거다. 특별히 먹고 싶은 건 없니?"

"예, 어머니. 생선이 먹고 싶어요."

"오, 그래? 알았다."

그날부터 장원에는 생선 굽는 냄새, 지지고 볶는 냄새가 그칠 줄을 몰랐다.

"오빠, 뭐야?"

"아디아, 왜 그렇게 화가 났니?"

"오빠 때문에 숙녀의 몸에서 아무리 씻어도 생선 냄새가 가시질 않잖아. 오빠, 생선하고 원수졌어? 이젠 잠이 들면 물고기들이 달려드는 바람에 자다가도 놀라서 깬단 말이야."

아디아의 말에 아리안은 금방 두 손을 들고 말았다.

"오, 미안, 미안. 엄마한테 이젠 생선은 그만 먹고 싶다고 말할게. 그럼 됐지?"

"흥!"

열세 살인 자칭 '숙녀'가 방에서 나가자 아리안은 땀을 닦았다.

"에고, 여자는 무서워."

아리안의 체격은 하루가 다르게 변했고, 그의 눈도 점점 깊어졌으며, 여자란 이해의 대상이 아니라 포용해야 한다는 위대한 진리를 터득했다.

마침내 열다섯 살인 아리안이 아카데미에 갈 때가 됐다. 얼굴은 비록 동안이었으나 그의 체격은 이미 키가 조금 작은 청년처럼 변해 있었다.

*   *   *

아보가도 대륙은 근래 보기 드문 혹심한 가뭄에 시달려서 인심은 흉흉해지고 어디서도 식량을 구하는 일이 힘들어졌다.

"아버지, 아무래도 영지전이 일어날 것만 같습니다. 우리 영주님도 더는 참기 어려우신 듯한데, 상단은 어떻게 하면 좋겠습니까?"

아리안의 아버지는 상단주인 할아버지를 근심 어린 눈으로 쳐다봤다.

"이미 예상했던 일이지. 영주성에서 무슨 연락이라도 왔느냐?"

"상단을 계속 운영하려면 큰아이를 성으로 보내라는 연락을 받았습니다, 아버지."

"흠, 상단에서 이적 행위를 하지 못하게 볼모로 보내라는 뜻이군. 한데 그 아이가 견딜 수 있을까?"

근심스러운 할아버지의 말씀에 아버지는 고개를 절레절레 저었다.

"아리안이라면 모르지만 알폰소는 힘들 것 같습니다."

"음! 아카데미에 그대로 있으라고 편지를 했건만 왜 돌아왔는지 모르겠군. 전쟁이 위험하기는 하지만 상단에는 기회라고도 할 수 있지."

"알겠습니다, 아버지. 애들과 상의해 보겠습니다."

"흠흠."

아버지는 아무 말도 못하고 고개를 돌리는 할아버지에게 공손히 절을 하고 나와서 알폰소와 아리안을 불렀다.

"애들아, 이웃 영주의 횡포를 더는 방관하지 못한 영주님이 어쩔 수 없이 영지전을 받아들인 듯하다. 지금은 인심이 극도로 각박해져서 작은 일에도 서로 참기가 어려운 모양이다. 이 아비와 알폰소 중에서 한 사람은 출전해야만 할 듯싶구나."

아리안과 알폰소는 병사가 되겠다는 아버지의 뜻밖의 말에
할 말을 잃었다. 갑자기 방 안의 공기가 차분히 가라앉았다.
아리안은 눈을 감았다. 알폰소는 그런 동생의 얼굴을 쳐다보
고 입을 열었다.

"아버지, 두렵기는 하지만 제가 해야 할 일이 아닌가요? 아
버지가 안 계시면 상단은 어려움에 처할 것입니다."

"하지만 아직 어린 네가 어떻게 전쟁터에 나가겠느냐?"

"그래도 누군가는 나가야만 하지 않나요? 아버지보단 제가
가는 게 나을 듯합니다."

아버지는 대답을 하면서도 안색이 변한 알폰소를 보기가 민
망해 자리에서 일어났다.

바로 그때, 잠자코 듣고 있던 아리안이 아버지를 붙잡았다.

"잠깐만요. 아버지나 형보다는 제가 가는 게 살아서 돌아올
확률이 높습니다. 그건 아버지도 아시잖아요. 형은 검을 잡아
본 적도 없으니까요. 제가 갈게요."

"안 돼. 넌 조금만 더 연습하면 뭔가를 이룰 수 있을 거야.
나보다 훨씬 더 열심이었으니까. 근데 넌 두렵지 않니?"

"형, 아무리 내가 수련을 했다고 해도 사실은 두려워서 몸이
떨려. 하지만 여기서 내가 물러나면 지금까지 수련한 것은 다
뭐가 되겠어. 검술 수련만 무려 삼 년이야, 삼 년. 그리고 형은
아버지의 뒤를 이을 책임이 있잖아. 내가 형 이름으로 나가면
성에서는 모를 거야."

아리안의 피나는 노력으로 둘의 체격은 비슷했다. 이 정도

면 나이를 속이는 건 일도 아니었다.

아버지는 일어나서 나가려다 말고 형제가 나누는 이야기를 들었다. 가슴속에 차오르는 뿌듯함과 차갑게 퍼져 가는 안타까움에 눈시울이 뜨거워졌다.

"알았다, 아리안. 그럼 네가 준비하도록 해라. 하지만 꼭 무사히 돌아와야 한다."

"예, 아버지. 염려 마세요. 다 잘될 겁니다. 저, 생각보다 강해요."

아리안은 미소를 지은 얼굴로 힘차게 대답했다.

다음날 아침, 아리안은 간단한 보따리 하나를 뒤에 매달고 방패와 검을 든 채 할아버지와 아버지, 그리고 눈물짓는 어머니에게 인사하고 대문을 나섰다. 따라 나온 알폰소가 아리안을 껴안았다.

"미안하다, 아리안. 내가 간다고 했던 것은 네가 나설 것을 알았기 때문이었어. 정말 미안하다."

"괜찮아, 형. 내게 닥친 일은 피하지 않기로 결심했거든. 우리는 서로 갈 길이 다르잖아. 난 오히려 지금까지 연습한 것을 실습하러 가는 거야. 가족들을 부탁할게."

"그렇게 말해줘서 고맙다, 아리안. 영주성까지 같이 가자."

알폰소가 아리안의 짐을 들며 말하자 아리안이 말렸다.

"에이, 그만둬. 그렇게 하면 내가 마치 어린애 같잖아."

"자식, 넌 아직 어린애야. 겨우 열다섯 살이라고."

"푸훗. 형, 나이는 밥그릇으로 먹는 게 아니라 책임감으로 먹는 거야."

의젓한 아리안의 말에 알폰소가 어이없다는 듯이 말했다.

"뭐라고? 나이는 밥그릇으로 먹는 게 아니라 책임감으로 먹는다고? 자식, 그럴 때는 마치 네가 형인 것 같구나."

"풋, 어쩜 그럴지도."

"뭐, 뭐라고?"

아리안은 전생의 기억을 생각하고 말했는데 알폰소가 펄쩍 뛰자 말을 얼버무렸다.

"이제 그만 따라오라는 뜻이야. 난 갈 길이 바쁜 몸이라고."

"자식, 알았다, 알았어. 잘 다녀와라, 아리안."

"형, 갔다 올게."

아리안이 형과 헤어져서 내성 앞에 이르자, 많은 사람이 여기저기 모여 있었다.

한쪽에는 뭔가를 기록하는 사람이 보였다. 그 사람 앞에는 길게 줄이 늘어섰는데, 다른 쪽에 편한 자세로 서거나 앉은 사람들은 용병으로 보였다.

아리안은 그제야 전쟁이란 분위기를 실감했다. 조금씩 두려움이 스멀스멀 밀려옴을 느꼈다. 그는 심호흡을 한 번 한 뒤 이를 악물고 기록하는 사람 앞으로 갔다.

"이름?"

"알폰소입니다."

"어디 살지?"

"레온 상단이요."

레온 상단이란 아리안의 말에 기록하는 사람이 그를 쳐다봤다.

"레온 상단? 몇 살이지?"

"열여덟 살이요."

"나이보다 체격이 좋군."

기록하는 사람은 고개를 들어 아리안을 힐끗 쳐다봤다.

"무기는?"

"검이요."

"배웠나?"

"조금이요."

"성으로 들어가라."

기록하던 사람은 아리안의 위아래를 쳐다본 후 성문을 가리켰다.

"너는 검과 방패가 있으니 저쪽으로 가라."

아리안이 성문 안에 들어서자 무장한 병사가 다른 병사들이 줄을 선 쪽을 가리켰다. 무기가 없는 자들은 줄을 섰다가 창을 하나씩 받아서 줄 뒤에 섰다.

"모두 따라와라!"

무기를 든 자의 수가 백 명이 되면 광장으로 데려갔다.

"주목! 내 이름은 레굴로고, 내가 바로 너희의 대장이다. 앞으로 내 말을 잘 들으면 살아서 가족을 만날 확률이 높아진다. 과거에 용병이었던 자, 전쟁에 참전했던 자, 오크를 죽여 본 자는 앞으로 나서라."

대장이란 사람은 30대 중반 정도로 보였는데, 얼굴에 난 상처 때문인지 무척 강인하게 보였다. 대장의 말에 여덟 명이 앞으로 나서자 대장은 고개를 끄덕이며 말했다.

"좋다, 너희가 앞으로 십인장이다. 아홉 명씩 선 줄 앞에 서라. 그리고 너, 너, 앞으로 나와라. 너희도 십인장이다."

대장은 십인장이 줄 앞에 서자 바위 위에 올라서서 모든 병사를 죽 훑어봤다.

"지금부터 우리는 몬스터를 물리치러 간다. 우리 앞을 가로막는 것들은 모두 몬스터다. 나를 죽이고 가족을 해쳐서 먹이로 삼으려는 몬스터임을 잊지 마라. 혹 우리 눈에 사람처럼 보이는 몬스터가 있어도 속지 말고 나와 가족을 지켜야만 한다. 알았나?"

"예……."

목소리가 다 죽어가는 사람의 음성이었다. 훈련도 받지 못한 자들의 음성이 얼마나 크겠는가.

"이 자식들! 대답 소리 봐라! 완전히 오거 식사감이군! 몬스터에게 이기려면 몬스터보다 더 강한 기세가 나와야 한다! 살고 싶나?"

"예!"

백 명이 악쓰는 소리가 영주성을 울렸다.

"몬스터를 죽이고 가족을 지키겠나?"

"예!"

사내들의 음성은 조금씩 커지기 시작했다.

"죽어서 가족의 눈에 피눈물 흐르게 하지 마라! 살아서 돌아 가겠나?"

"예!"

그들이 외치는 함성은 자신들에게 다시 메아리쳐서 각오를 새롭게 했다. 전쟁이 시작됐다는 실감이 확연히 다가왔다. 상대를 죽이지 못하면 가족을 지킬 수가 없다. 상대는 몬스터다. 인간의 탈을 쓴 몬스터 말이다.

"자, 전쟁은 이미 시작됐다. 우리 엘레노 성은 국경과 가장 가까워서 영지의 식량과 물품을 구하려면 상단이 들어와야만 한다. 한데 오리노코 성의 영주가 길을 막고 통행세라고 하며 상품의 50%를 빼앗아갔다. 이를 항의하고 시정을 요구하는 우리 영주님을 모욕하고 이제 통행세로 80%를 내지 않으면 나가 거나 들어올 수 없게 길을 막았다."

앞에 선 대장의 음성은 피를 토하는 듯했다. 병사들의 얼굴 에도 서서히 긴장한 빛이 감돌았다.

'개새끼들!'

"이와 같은 처사는 우리 영지민 모두 굶어 죽으라는 것과 같 다. 우리가 싸워서 길을 트지 않으면 우리 가족은 모두 굶어 죽는 수밖에 없다. 죽기를 각오하고 길을 트겠나?"

"예, 대장님!"

병사들이 큰 소리로 대답했다.

"상대는 나와 내 가족을 죽이려는 몬스터다. 몬스터를 죽여서 내 가족을 지키겠나?"

"예, 대장님! 몬스터를 몰아내겠습니다!"

병사들은 레굴로 대장의 말에 무기를 흔들면서 악을 썼다.

"좋다. 우리 영지로 들어오려면 협곡을 이용해야 하니 그들은 틀림없이 협곡을 장악하려고 병사들을 보낼 것이다. 우리 임무는 그 협곡을 사수하는 것이다."

레굴로는 병사들에게 활과 화살을 나눠 주고 쏘는 법을 알려줬다. 열 발씩 쏘게 한 다음 그들을 이끌고 엘레노 성의 입구인 협곡으로 갔다. 참으로 허접한 군사 훈련이었다.

협곡에는 방벽이나 진지가 없고 단지 나무로 만든 초소에 열 명의 병사가 지켰다. 레굴로 백인장은 병사를 협곡 양쪽으로 나누지 않고 오리노코 성 쪽에만 배치했다. 반대 쪽 협곡 위에는 다른 백인장이 병사들을 지휘하고 있었다.

얼마 후, 정찰 나갔던 병사들이 돌아왔다.

"대장님, 약 300명의 적병이 몰래 다가옵니다."

"수고했다. 모두 숨어서 활을 들고 준비했다가 쏘라고 하면 쏴라! 절대 겁난다고 먼저 쏴서는 안 된다. 자, 숨어라!"

아리안은 세 사람과 함께 숨어서 앞을 내다봤다. 멀리서 적 병사들이 다가오는 모습이 얼핏 보였다.

갑자기 다리가 후들후들 떨렸다. 심장 뛰는 소리가 쿵쿵거렸다. 심장 뛰는 소리에 들킬 것만 같았다. 아니면 심장이 폭발해 버릴지도 몰랐다. 이를 악물었으나 오히려 몸이 떨려서인지 이를 가는 소리로 변했다.

딱딱딱! 부드득!

갑자기 겁이 났다. 아버지와 형 대신에 자원한 것은 순전히 만용이었다는 생각마저 들었다. 활을 든 팔이 떨리고 이가 부딪치는 소리가 점점 더 커졌다.

그때, 누군가가 아리안의 머리를 낚아채 품에 품었다. 아리안의 옆에 있던 나이가 든 병사였다. 따뜻함이 아리안의 전신으로 퍼졌다.

"괜찮아. 처음에는 누구나 다 그렇다. 난 첫 출전에 오줌을 지려서 두고두고 놀림을 받았지. 곧 괜찮아질 거다."

괜찮아질 거라는 말이 마법 주문처럼 스며들었다. 아리안은 차츰 안정을 찾았다.

직후, 어디선가 외침이 들려왔다.

"쏴라!"

휙휙!

"으악!"

"앗! 적이다! 나무 뒤에 몸을 가리고 활을 쏴라!"

병사 몇 명이 적이 쏜 화살에 맞아서 쓰러졌다. 아리안의 옆에서 자신을 안아줬던 나이 많은 병사도 마찬가지였다. 아리안은 두려우면서도 악이 생겼다. 어금니를 꽉 깨물었다.

'상대는 인간의 탈을 쓴 몬스터다.'

"아악!"

"공격!"

"와아아아!"

고함을 지르고 앞장서서 뛰어나가는 레굴로 백인장의 활약은 눈부셨다. 아리안은 활을 어깨에 가로질러 메고 검과 방패를 든 채 뛰어나갔다.

치열한 전투가 벌어졌다. 서로 밀리지 않기 위해서 상대를 공격하는 일진일퇴가 전개됐다.

그 기세 싸움에서 먼저 밀린 것은 적이었다.

"안 되겠다! 작전상 후퇴다!"

적이 달아나기 시작했다. 공격도 어렵지만 후퇴는 더 어려운 법이었다. 더구나 위에서 밀고 내려오는 병사들을 쓰러뜨리면서 올라가는 일은 웬만한 정병이 아니면 불가능한 일이었다.

적은 언덕을 구르다시피 도망갔지만, 오히려 바위나 나무뿌리에 걸려 넘어진 자들이 많았고, 그들은 어김없이 생을 마감했다.

"죽여라! 한 놈도 놓치지 마라!"

"죽여라, 죽여!"

레굴로 대장의 커다란 목소리가 아군에게는 용기를 북돋워 줬고, 적에게는 두려움을 증폭시켰다.

아군 병사들은 도망가는 적의 뒤를 악을 쓰며 쫓았다. 내리막에서 넘어진 적병에게 달려들어 검으로 찔렀다.

너무나 겁이 났기에 더욱 열심히 찔렀고 내려쳤으며, 두려웠기에 더욱 잔인해졌다. 숨이 끊어졌는지는 상관없었다. 단지 두려워서 하는 행동일 뿐이었다.

레굴로 대장은 산을 완전히 내려가지 않고 멈췄다.

"그만! 추격 중지! 돌아와라!"

그의 지시와 함께 병사들이 우르르 돌아왔다. 그들은 서로를 돌아보며 숨을 씩씩대다가 두 손을 번쩍 들었다.

"와, 이겼다!"

"수고들 많았다. 정말 잘 싸웠다. 너희가 자랑스럽구나. 휴식을 취하도록 해라."

대장의 말에 아리안은 털썩 그 자리에 주저앉았다. 순식간에 전투가 벌어졌다가 끝났기에 도저히 그냥 서 있을 수가 없었다.

휴식 지시가 떨어졌지만 쉬지 않는 병사들이 더 많았다. 대부분의 병사는 죽은 적병의 무기와 갑옷을 벗기고 주머니를 뒤졌다.

그런 모습들을 보면서 아리안은 점차 뛰던 가슴이 진정되고, 떨리던 팔다리가 정상으로 돌아옴을 느꼈다.

'에고, 진짜 무서웠다. 이거 정말 장난이 아냐. 내가 어디를 향해 화살을 쏘고 어디에 맞았는지 전혀 모르겠어. 그리고 도망가는 적의 뒤만 쫓다가 끝나고 말았네. 참으로 다행이야. 사람이 죽는 모습은 보는 것만으로도 참으로 끔찍하군. 하, 헤레스 아저씨와 대련할 때처럼 잘할 수 있을 줄 알았는데, 실제 전투는 판이하게 달라.'

첫 실전 전투를 통해 아리안은 많은 것을 깨닫고 있었다.

레굴로 대장은 고개를 돌려 건너편 협곡 위의 대장과 서로 손으로 신호를 주고받았다.

"자, 집합! 모두 자신이 숨을 수 있는 구덩이를 파라! 그 후에 성에서 가져온 밥을 먹은 뒤 어두워지면 자신이 판 웅덩이에서 밤을 보낸다! 들키면 죽으니까 제대로 파야 한다!"

그들은 모두 식사를 한 뒤에 열심히 파놓았던 웅덩이로 들어가서 나뭇가지로 가렸다.

날은 금방 어두워졌다.

숲의 밤은 단순한 어둠이 아니었다. 낮을 대신한 밤의 세계가 열리고 있었다. 많은 생명체가 나름대로의 신호를 주고받으면서 자신만의 삶을 영위하는 소리가 그렇게 두려울 수가 없었다. 금방이라도 뭔가가 달려들 것만 같았다. 아무것도 보이질 않는데, 뱀이라도 슬그머니 기어와서 물 듯싶었다.

어둠은 그 자체로 원초적인 두려움이었다. 아리안은 밤새 공포와 씨름하다가 새벽녘에 잠시 잠이 들었다.

다음날 아침, 날이 밝았다.

뿌우~!

"영주님! 적들이 나타난 모양입니다!"

"적의 수는 얼마나 되나?"

"말을 탄 기사 스무 명에 병사는 강제 징집한 자까지 8,000명 정도입니다."

영주가 심각한 표정을 지으면서 우울한 음성으로 말했다.

"음, 우리보다 조금 많군. 희생이 크겠는데……."

"영주님, 그들의 수가 우리보다 조금 많긴 하지만, 레굴로 기사가 제 역할을 해준다면 쉽게 이길 수 있습니다. 이왕 그들이 걸어온 시비고 영지전이니까 꼭 승리해서 우리 성의 어려움을 극복해야만 합니다."

"아무렴. 그래야지."

엘레노 성 영주 후란시스코 백작은 갑옷을 입고 기사장과 함께 성문을 나섰다. 엘레노 성 병사 육천여 명이 성 앞에 정렬해 있었다.

"영주님! 그들이 협곡 입구에 이른 모양입니다!"

후란시스코 백작이 협곡 입구를 바라보며 급히 말을 몰아 병사들 앞으로 나아갔다. 기사 열다섯 명이 영주를 호위하며 뒤를 따랐다.

그 시각, 오리노코 성의 병사들이 일으킨 먼지가 점점 엘레노 성의 출입구인 협곡 입구에 다다랐다. 협곡 위에는 오리노코 성의 정찰대가 백기를 흔들어 매복이 없음을 알렸다. 협곡 양쪽 위에는 오리노코 성의 정찰대 300여 명이 사방을 경계했다.

삐이!

그때 날카로운 소성이 울렸다.

"조심해라! 놈들의 습격이 있을지 모른다!"

말이 끝나기가 무섭게 화살이 날아들었다.

휙휙!

오리노코 성 정찰대장의 주의가 끝나기도 전에 화살이 날아들자 그들은 당황하여 어쩔 줄을 몰랐다. 두려운 것은 적도 마찬가지인 듯했다. 화살은 보고 피할 수도 없이 무척 가까운 곳에서 날아왔다.

"윽! 이놈들! 대체 어디서 쏘는 거야?"

"헉! 젠장! 땅 속에 숨어 있었잖아!"

아리안은 지난밤부터 숨어 있었던 구덩이 속에서 튀어나왔다. 화살 다섯 대를 모두 쏜 그는 명령받은 대로 방패와 검을 든 채 오리노코 성 정찰대를 공격했다.

"와아! 죽여라!"

"앗!"

숨었던 적을 발견한 정찰병이 놀라며 칼을 내려쳤다. 아리안은 방패로 공격을 막으면서 검으로 상대의 가슴을 찔렀다. 적은 병사들처럼 가벼운 갑옷마저 입지 않은 농노인 듯했다.

"헉!"

아리안은 가슴을 찔리자 놀란 눈으로 쳐다보는 청년을 발로 차면서 검을 뽑았다. 아리안의 다리가 후들거렸다. 그는 자신에게 주문을 걸었다.

'상대는 몬스터야. 상대는 몬스터야!'

아리안은 상대가 몬스터라는 말만 주문처럼 외우며 동료와 검을 주고받는 자에게 달려들어 목을 내려쳤다.

"허걱!"

"헉헉!"

상대하던 적이 아리안의 검에 죽자 동료는 거친 숨을 몰아쉬며 주저앉았다. 용병이었거나 전쟁에 참전했다는 십인장이었다.

아리안은 힐끗 그를 쳐다본 후에 검을 들고 다시 싸우는 소리가 나는 곳으로 달려갔다. 십인장은 잽싸게 달려가는 그의 등을 물끄러미 쳐다봤다.

"이놈, 어린 자식이 너무 설치는구나."

뛰어가는 아리안의 앞을 막은 자는 오리노코 성 정찰대장이었다.

챙!

아리안은 급히 그의 검을 방패로 막았다. 그의 힘이 어찌나 강한지 팔목까지 찌르르 울렸으며 방패마저 크게 금이 갔다.

"젠장!"

아리안은 방패를 버리고 검으로 그를 겨눴다. 그의 검이 갑자기 왼쪽 어깨를 향했다. 아리안은 그의 검을 힘겹게 막았다. 상대는 검이 막히자 급히 좌횡베기를 시도했다. 아리안은 막을 수 있다는 생각이 들었다.

'상대는 아저씨보다 많이 약해.'

챙챙!

아리안은 차츰 그가 휘두르는 검의 궤적을 볼 수 있었다. 힘은 강했지만 비교적 단순했다. 아리안이 그의 검을 모두 막아내자 그는 놀랐다는 듯이 고개를 끄덕이고 다시 공격했다. 이번 공격은 훨씬 더 속도가 빨라졌다. 아리안은 그의 공격을 막는 데 급급했고, 공격은 생각조차 할 수가 없었다.

챙챙!

정찰대장은 아리안이 검을 막으면 그 반동을 이용해서 검을 뒤로 물렸다가 다시 공격했다. 그는 상대가 어리다고 봤는지 검을 크게 휘둘렀다. 아리안은 도저히 견디기 어렵다고 여겨서 두 손으로 검을 잡고 막았다.

"어린 자식이 제법이군. 어디 이것도 막아봐라!"

웅~!

갑자기 정찰대장의 기세가 바뀌었다. 검과 사람을 함께 베겠다고 크게 휘두르는 소리가 심상치 않게 울렸다.

아리안은 그의 검을 정면으로 받기 어렵다고 생각했다. 그는 검이 부딪치는 순간 한쪽 발을 반보 뒤로 빼서 힘을 받치던 왼발을 오른발 뒤로 돌려 '흘리기'를 사용했다. 정찰대장의 몸이 약간 앞으로 쏠리는 순간 아리안은 기합과 함께 그의 목을 내려쳤다.

"어? 이 자식이!"

"얏!"

그러나 노련한 정찰대장은 쉽게 당하지 않았다. 오히려 더욱 빠르게 앞으로 한 바퀴 구르면서 벌떡 몸을 일으켰다.

챙챙!

정찰대장은 지금까지와는 판이하게 아리안을 공격했다. 그는 힘을 크게 쓰지 않으면서 마구잡이로 검을 휘둘렀다. 아리안은 정신이 없을 지경이었다.

아리안은 그의 모든 검을 최선을 다해 막는 수밖에 없었다.

눈이 핑핑 돌았다.

"흠, 연습은 많이 했지만 아직 경험 부족이군. 다음에 만나면 내가 위험하겠어. 어쩔 수 없이 넌 오늘 이 자리에서 필히 죽는다!"

정찰대장은 상단, 하단, 중단을 가리지 않았다. 찌르기, 베기, 내려치기, 올려치기 등을 무수히 구사하며 아리안의 정신을 빼놓았다.

이런 식으로 싸울 수도 있다는 생각조차 하지 못했던 아리안의 체력은 급속히 떨어졌다. 땀이 비 오듯 쏟아졌다. 금방이라도 포기하고 싶었다.

"앗!"

아리안의 눈빛이 잠시 흔들리자 정찰대장은 그의 발을 걷어 찼다. 그가 비명을 지르며 넘어졌다가 급히 몸을 굴려 일어났다.

꽝!

아리안이 넘어졌던 자리에 정찰대장의 검이 바닥과 부딪친 소리가 크게 울렸다. 무척 위험한 순간을 넘긴 아리안의 등에서 식은땀이 흘렀다. 두려움이 스멀스멀 피어올랐다.

갑자기 두려움 때문에 포기했던 왕따 시절이 생각났다. 집에 돌아오기만 하면 열 대, 스무 대를 맞더라도 한 대만 때릴 수 있다면 원도 한도 없겠다고 수십 번, 수백 번 속으로 외치지 않았던가.

아리안의 눈에 습기가 차올랐다. 이번 삶의 가족들이 스치듯 뇌리를 지나갔다. 그는 어금니를 깨물었다.

"죽어라!"

기합과 함께 정찰대장이 검을 들어 올렸다. 그 순간, 아리안의 눈빛이 예리하게 빛을 발했다.

정찰대장이 휘두르는 검풍 속으로 아리안이 파고들었다. 그것은 빛과 같은 빠르기였다. 아리안의 검이 백 번, 천 번 연습했던 찌르기의 궤도를 타고 정찰대장의 심장을 찔렀다.

"어, 어?"

"음!"

슈욱! 파밧!

찰나의 순간이었다. 정찰대장의 검이 아리안의 팔을 베었다.

그러나 그 대신, 정찰대장은 아리안의 검에 심장을 내주어야 했다.

털썩!

정찰대장의 몸이 바닥으로 쓰러져 내렸다.

아리안은 숨을 크게 몰아쉬었다. 자신이 무슨 일을 했는지, 어떻게 해낸 것인지 금방 이해가 가지 않았다.

짝짝짝!

아리안이 놀라서 고개를 돌렸다. 뒤에서 레굴로 백인대장과 동료들이 손뼉을 치고 있었다. 그들은 아리안의 전투를 모두 지켜보고 있었던 것이다. 아리안은 동료들에게 인정을 받은 듯해서 가슴이 뿌듯했지만 얼굴이 붉어졌다.

"정말 대단하다. 그자는 나로서도 쉬운 상대가 아니었다. 이름이 뭔가?"

"알폰소입니다."

"음, 알폰소!"

레굴로가 그의 등을 쳤다. 동료들이 다가와서 칭찬했다.

"와! 네가 그렇게 잘 싸울 줄은 몰랐다."

"그러게. 나이가 어려서 살 수 있을까 싶었는데 정말 놀랍군."

"알폰소, 고맙다. 내 목숨을 구해줘서."

십인장과 동료들이 그를 둘러싸자 지금까지의 두려움과 피곤, 그리고 왕따 시절의 한도 함께 사라졌다. 그의 얼굴에 겸연쩍은 미소가 다시 피어났다.

뿌우~!

레굴로 기사의 백인대가 어느새 오리노코 성의 정찰대를 전멸시켰다. 뿔나팔 소리가 크게 울렸다. 숲에서 많은 병사가 통나무를 들고 협곡 위로 다가갔다.

"공격!"

"와!"

우렁찬 함성과 함께 협곡 위에서 불붙은 통나무와 바위를 협곡 아래로 떨어뜨렸다. 통나무를 던진 자들은 협곡 아래로 활을 쏘기 시작했다.

"으악! 불이 붙었다!"

"절벽 옆으로 빨리 피해라!"

"협곡 위로 활을 쏴라!"

"영주님을 보호해라!"

협곡 아래는 갑자기 혼란의 도가니로 빠져들었다.

"영주님, 일단 뒤로 후퇴하는 게 좋겠습니다. 엘레노 병사들이 협곡 입구를 막고 공격합니다."

"영주님, 퇴로가 통나무와 바위로 막혔습니다."

"으윽! 이 간사한 새끼들! 기사도 정신은 하나도 없구나."

오리노코 성 영주는 이를 갈아봤지만 살아날 길은 보이지 않았다. 병사들은 우왕좌왕하다가 활에 맞거나 불에 타 죽었다. 기사 한 명이 콜록거리며 다가왔다.

"영주님, 안되겠습니다. 항복하는 수밖에 없습니다."

"항복은 안 된다. 모두 힘을 합쳐 퇴로를 뚫어라. 성으로 돌아가면 적을 막을 수 있고, 다른 귀족들이 도울 것이다."

영지전에서 지게 되면 그가 지금까지 이룬 모든 것, 영주 자신의 생사마저 상대에게 맡겨야 했기에 결코 항복할 수는 없었다. 영주는 앞장서서 협곡 뒤쪽으로 말을 몰았다. 20여 명의 기사가 그 뒤를 바짝 쫓았다.

휙!

그때, 협곡 위에서 아래를 바라보던 백인장 레굴로가 쏜 화살이 영주의 갑옷을 뚫었다. 활에 맞은 영주가 말 아래로 떨어졌다.

"앗! 영주님이 당했다! 영주님을 지켜야 한다!"

오리노코 성 기사들이 주위를 둘러쌌지만, 병사들은 이미 싸울 의지를 잃었다.

"영주가 쓰러졌다! 모두 무기를 버리고 항복해라! 그렇지 않으면 전멸시키겠다!"

"항복이란 없다! 욱!"

레굴로 대장이 항복할 수 없다는 기사 복장의 사내를 활로 쐈다. 그가 쓰러지자 누구도 나서서 호령하는 자가 없었다.

"항복하지 않으면 전멸시키겠다!"

엘레노 성 기사장의 음성이 협곡에 울리자 병사들은 너도나도 무기를 버리기 시작했다.

"와! 이겼다!"

"아, 살았구나."

엘레노 성 병사들의 환호성은 하늘을 찌를 것만 같았다.

"영주님! 승전을 축하드립니다! 완전한 압승입니다!"

"고맙네. 모두 기사단장의 작전 덕분이야."

엘레노 성 영주의 음성은 떨리고 있었다.

"레굴로 기사가 생각보다 부하들을 잘 이끌었습니다, 영주님. 지금 곧 병사들을 이끌고 오리노코 성으로 가서 치안을 안정시키는 게 좋겠습니다."

"그게 좋겠군. 레굴로 기사의 부하들은 훈련도 제대로 받지 않은 병사들인데 공이 가장 크니 금화 하나씩을 줘서 집으로 돌려보내도록 하라."

"예, 영주님."

영주는 부관을 레굴로 기사에게 보내고, 피해가 전혀 없는 본대를 이끌고 오리노코 성으로 향했다.

　엘레노 영주성으로 돌아와서 이름을 적고 금화 하나씩 받은 160여 명의 징집 병사의 얼굴은 연방 싱글벙글거렸다. 아리안도 생전 처음 벌어본 금화를 손 위에 올려놓고 신기한 듯이 쳐다봤다.

　툭!

　"앗! 대장님!"

　"수고했다, 알폰소! 이제 집으로 갈 건가?"

　"예, 대장님! 집으로 가야죠."

　레굴로 대장이 어느새 나타나서 아리안의 어깨를 가볍게 치며 말을 걸었다.

　"어떤가? 기사가 되고 싶지 않은가? 내가 영주님께 적극 추천하겠네."

　그의 어조는 진지했다. 정말로 아리안을 신임하는 눈길이었기에, 아리안은 더 이상 그를 속일 수는 없다고 생각했다.

　"감사합니다, 대장님! 저는 사실 알폰소 형의 동생 아리안입니다. 제가 형보다 체격이 좋고 검을 조금 배웠기에 대신 출전한 것이죠. 전 이번에 아카데미에 입학해야만 합니다."

　솔직한 그의 말에 레굴로가 입을 쩌억 벌렸다.

　"뭐라고? 자네가 알폰소의 동생? 아카데미에 입학한다면 겨우 열다섯 살이란 말인가?"

　"예, 그렇습니다, 대장님. 속여서 죄송합니다."

아리안은 진지한 얼굴로 고개를 숙여 보였다. 그 태도에 레굴로 대장은 화를 낼 수 없음을 깨달았다. 아니, 애초에 화를 낼 생각도 없었다. 나이가 어떻든 아리안이 가진 실력은 진짜였기 때문이다.

"음, 정말 놀랍군, 놀라워. 열다섯 살에 그 정도라면 아카데미 졸업할 때는 왕국 기사가 되겠어. 알았네. 잘 가게. 그리고 방학 때 고향에 오면 가끔 찾아오게."

"감사합니다, 레굴로 기사님. 그럼 안녕히 계십시오."

"그래, 잘 가게. 자주 보세나."

아리안은 레굴로 기사에게 인사하고 내성을 벗어나서 외성으로 나왔다. 성문 앞에는 많은 사람들이 기다리고 있었다.

"아리안!"

"얘야!"

아리안의 어머니와 알폰소가 사람들 틈에서 기다리다가 아리안의 얼굴을 보고 소리쳤다.

"엄마! 형!"

아리안의 어머니는 아리안을 끌어안고 눈물을 흘렸다.

"아이고! 살아왔구나, 내 새끼!"

옆에서 구경하는 알폰소의 눈에서도 눈물이 흘렀다. 자신을 대신해서 검을 들고 출전했다가 무사히 돌아온 동생이 대견하기만 했다.

집에 돌아오자 저택 식구 모두가 반겼다.

"와, 둘째 공자님이 의젓한 대장부가 돼서 돌아오셨네."

"레온 상단의 확실한 기둥이 됐어."

상단 직원들의 환호는 아리안의 가슴을 뜨겁게 했다. 마치 세상이 바뀐 듯했다.

"어서 와라, 아리안. 벌써 집안일을 맡아서 해결하다니 자랑스럽구나."

"암, 암. 누구 손잔데."

할아버지와 아버지 또한 아리안의 생환을 자랑스럽게 여겼다.

아리안은 단지 하루밖에 지나지 않았지만 많은 것이 바뀌었음을 느꼈다.

밤이 깊어져서야 혼자가 된 아리안은 헤레스를 찾아갔다.

"아저씨, 다녀왔습니다."

"그래, 어서 들어오너라. 녀석, 많이 놀라지는 않았느냐?"

"아저씨도 처음 싸울 때 놀라셨나요?"

단순한 상단 서기였던 헤레스는 몇 년을 지나면서 아리안의 검술 스승이 되어 있었다. 사제지간이나 마찬가지인 관계를 맺은 그들에게 더 이상 상단 고용주, 고용인의 관계는 상관이 없었기에 말투가 매우 자연스러웠다.

아리안은 자리에 앉아서 이상하다는 듯이 헤레스에게 물었다.

"당연하단다. 나보다 수련을 많이 한 자와 만나면 내 목숨을 가져갈 텐데 두렵지 않다고 하면 미친놈이거나 만용을 부리는 자겠지. 전쟁에서 기사도란 존재하지 않는다. 그리고 살아남은 자가 강한 자란다. 수많은 암수와 변수, 각종 전술, 항거하기조차 어려운 조건 속에서 살아남으려면 등을 맡길 수 있는 동료가 있어야 하지. 앞으로 아카데미에 갈 때까지는 검술은 물론이지만 격투기를 배워야 할 것이다."

격투기를 배우란 말에 아리안은 의아한 생각이 들었다.

'격투사는 따로 있는 게 아니었던가?'

"격투기요?"

"그렇단다. 아카데미 검술학과에는 생존 시간이 있는데, 그 시간에는 주로 격투기를 배우게 되지."

전투에서 살아 돌아온 당일이었지만 헤레스의 가르침은 쉼이 없었다. 물론 그것은 아리안 또한 바라던 바였다. 생환했다고 하나 강해지려는 그의 의지가 충족된 것은 전혀 아니었으니까.

헤레스는 밤늦게까지 아리안에게 많은 가르침을 주었다.

아리안은 그 다음날부터 격투기를 배웠다.

"격투사는 맞는 것을 두려워해서는 안 된다. 전쟁에서는 검술뿐만 아니라 격투 기술도 상당한 몫을 차지한단다."

아리안은 스승과 몸을 부딪치면서 새로운 세계로 빠져들었다. 몸이 서로 격돌할 때마다 아리안의 전신은 환희의 찬가를 불렀다. 아리안이 자신도 모르게 먹은 치우천왕의 능력이 차츰 활성화되어 그의 몸으로 받아들여졌다. 그럴수록 아리안의 몸은 점차 헤레스의 부딪침에 격렬하게 반응했다.

"참으로 좋다. 너의 격투 실력은 검술 실력보다 빨리 발전하는구나."

"워낙 가르쳐 주시는 분의 실력이 좋기 때문이죠. 아저씨, 감사합니다."

아리안은 실전을 겪으며 자신의 단전 수련이 소주천, 대주천을 지나 피부 호흡을 하는 단계에 이르렀음을 전혀 모르고 있었다.

그는 강해지면 강해질수록 더욱 갈급해졌다. 그리고 그는 점차 전사로 변해갔다. 하나의 전쟁과, 전장의 신이라는 치우천왕의 잠재 능력이 만든 괴물의 등장이었다.

Chapter 02
아카데미

"아저씨, 내일 출발해요. 다녀올게요. 방학 때마다 내려와서 다시 배우겠습니다."

"그래라. 많은 것을 배우고, 마음이 가는 것을 깊이 공부하는 것도 검의 극에 이르는 데 매우 중요한 일이란다."

"명심하겠습니다, 아저씨."

아리안은 자신을 올바른 검의 길로 인도해 준 헤레스에게 무릎을 꿇고 절을 한 뒤 물러나왔다.

아리안이 자신의 방으로 돌아가자 어머니가 기다리고 있었다.

"어머니, 주무시지 않고 기다리셨어요?"

"오냐. 자려고 해도 잠이 오지 않더구나. 엄마는 네가 태어나서 하도 울지 않기에 세상 구경도 하지 못하고 그대로 죽지 않나 싶어서 얼마나 마음을 졸였는지 모른단다. 그런 네가 이렇게 건강하게 자라줬고, 네 아빠를 대신해서 그 무서운 전장을 다녀온 게 꿈만 같구나. 고맙다, 애야. 정말 고마워. 이렇게 건강하게 자라줘서, 그리고 살아와 줘서 정말 고맙구나."

아리안은 자신을 걱정하고 대견하게 여기는 어머니의 마음이 스며들어 콧등이 시큰해졌다.

"어머니!"

"그래, 아리안. 이번에 아카데미에 가서도 건강하게만 돌아와 다오."

어머니의 눈길은 따뜻하기만 했다.

"아차, 어머니. 드릴 게 있어요."

"내게 줄 게 있다고?"

"예, 어머니."

아리안은 영주성에서 받은 금화 한 닢을 꺼내서 어머니 손에 쥐어 드렸다.

"어머니, 절 애써서 낳아주신 어머니께 제가 처음 번 돈을 드리고 싶었어요. 이것 받으세요."

"아니, 이게 웬 금화냐? 네가 벌다니, 뭘 해서 벌었단 말이냐?"

"이번 전쟁에서 저희 부대가 공을 세웠다고 영주님이 주셨어요. 어머니께 드리고 싶어요. 어머니가 원하는 데 쓰셨으면 좋겠어요."

"……."

어머니는 말없이·금화를 보다가 그것을 옆에 놓고 눈물을 흘리면서 아리안의 두 손을 잡았다.

"얘야, 금화를 받을 정도면 얼마나 위험했는지 짐작이 가는구나. 다시는 그런 위험한 곳에는 안 갔으면 좋겠구나."

"어머니, 그럴게요. 마음 놓으세요."

어머니는 어느새 훌쩍 자라 버린 아리안이 대견하기도 했지만 안쓰럽기도 했다.

'아직 어리광을 부리고 떼를 써도 될 나이인데…….'

그렇지만 이제 아카데미에 다닐 나이라는 것도 그녀는 알고 있었다. 아무리 어머니로서 아들을 아끼고 어리광을 받아주려 해도, 성큼성큼 커가는 아리안을 붙잡을 수 없다는 것도 그녀는 알고 있었다.

다만 그 앞길을 응원해 주자고, 그녀는 조심스레 다짐했다.

다음날 아리안은 형 알폰소와 함께 황도 레포르마로 가는 마차에 올랐다. 마차에는 모두 여섯 사람이 탔다. 부부인 듯한 사람이 딸과 아들을 데리고 먼 길을 가는 모양이었다.

짐은 마차 위에 실었다. 아리안의 짐은 짐이라고 할 것도 없는 헝겊으로 싼 속내의 몇 장과 검 한 자루뿐이어서 무릎 위에 올려놨다.

엘레노 성에서 사람을 태운 마차 세 대가 개인 용병 세 명과 출발했으나, 오리노코 성에 도착하자 다시 네 대가 합류하여 일곱 대가 됐으며, 지금껏 마차를 경호하던 개인 용병들도 물러났다.

새롭게 경호하는 '검은 전갈' 용병단은 모두 열세 명이었다.

"형, 레포르마까지 가는데 용병단이 경호해야 할 정도로 위험해?"

"그럼. 가끔 몬스터도 나타나고 산적도 무시하지 못하지. 우리 상단도 세 번에서 다섯 번의 상행 중 한 번은 습격을 받는다더라."

"음, 그렇구나. 상단도 습격을 받는다면 쉬운 일은 아니겠다."

아리안은 형의 말을 듣고 신음을 흘렸다. 무엇 하나 쉬운 일이 없었다.

"그렇지. 세상에 쉬운 일이란 없어. 대신 아무나 상단을 하겠다고 뛰어들지 못하는 이점도 있고, 물건 값에 이익을 남겨도 누구 한 사람 불평하지 않지."

"역시 모든 일엔 양면성이 있는 거구나."

"양면성? 빛이 있으면 그림자가 있어야겠지. 문제는 빛이 좋은 것만도 아니고 그림자도 필요할 때가 많다는 점을 알아야 해."

아리안은 알폰소의 말을 듣고 그가 상당하다는 느낌이 들었다.

"와! 우리 형 대단하네. 벌써 그런 것도 알아?"

"녀석! 난 앞으로 대륙 제일 상단주가 될 거야. 그러려면 많은 걸 공부해야만 하지."

"음, 형은 할 수 있을 거야. 믿어."

아리안은 형의 손을 꼭 잡고 고개를 끄덕였다.

그렇게 형제의 정이 쌓이고 있던 중, 마차가 길에서 멈췄다.

"어? 마차가 멈추잖아. 무슨 일이지?"

"벌써 밥 먹을 땐가?"

아리안이 창문으로 밖을 내다봤다. 마차들이 둥글게 원을 만든 후 멈췄다. 마부들이 말의 눈을 가리고 마차에서 고삐를 떼어 한쪽에 맸다. 용병들도 말에서 내려 마부들처럼 말의 눈을 가리고 고삐를 함께 맸다.

아리안은 이상해서 마차의 반대편 창문을 열었으나 아무것도 보이지를 않자, 보퉁이를 내려놓고 검을 챙겨든 채 밖으로 나갔다.

"야, 꼬마야! 위험하니까 마차 밖으로 나오지 마라!"

"젠장, 아무한테나 꼬마야, 꼬마야 하지 말고, 할아버지 할 일이나 하시지."

아리안은 자신을 꼬마라고 부르는 용병에게 할아버지라고 불러서 복수를 했다. 그는 은근히 뒤끝이 있는 소년이었다.

"뭐, 뭐라고? 나보고 할아버지라고? 에라, 모르겠다. 위험해도 난 모르니 네 멋대로 해라."

20대 중반으로 보이는 용병은 아리안과 다투기에는 상황이 나빠서 고개를 흔들며 가버렸다.

아리안은 마부가 가버린 빈 마부석으로 올라갔다.

"역시 몬스터구나. 2미터 정도의 키에 돼지처럼 생겼으면 오크고 훨씬 더 크고 흉측하면 오거라더니, 저놈들은 오거구 나. 아니, 오거는 떼로 몰려다니지 않는다고 들었는데, 대체 몇 마리나 몰려온 거야?"

"뭐라고? 오거가 떼로 몰려온다고?"

아리안의 혼잣말을 들은 알폰소가 놀라서 창을 열고 아리안 에게 물었다.

"형, 위험해. 내가 지켜줄 테니까 염려 말고 문 닫고 그대로 있어. 절대 나오면 안 돼."

"가뭄 때문에 몬스터도 먹을 게 부족한 모양이구나. 그렇지 않으면 말 탄 기사나 용병이 보이면 공격하지 않는 게 보통인 데. 아리안, 너 정말 괜찮겠어? 많이 몰려왔니?"

"열세 마리야. 숫자는 우리 용병단이 많으니까 잘 될 거야. 문 닫아, 형."

알폰소는 아리안의 말대로 마차 문을 닫았다. 그러나 걱정 을 접을 수는 없었다. 동생이 비록 전장에서 살아서 돌아왔지 만, 오거는 몬스터 중에서도 괴물에 속했다. 오크를 훨씬 능가 하는 덩치와 힘, 창도 잘 들어가지 않는 질긴 피부, 더구나 험 상궂은 인상은 기사가 아니라면 만나고 싶지 않은 괴물이었 다.

용병단원들이 대검이나 몽둥이를 든 오거 한 마리를 혼자 감당하기 어려운지 두 사람이 한 마리와 싸우는 중이었다. 그러자 남은 세 마리의 오거가 마차 쪽으로 다가왔다.

"젠장, 저놈들이 마차 쪽으로 가고 있어. 큰일 났네."

"엉뚱한 쪽 쳐다보지 말고 앞에 있는 놈이나 빨리 처치한 다음에 쫓아가도록 해."

"예, 단장님!"

단장이 지시를 내리는 사이 치열한 전투가 이어졌다.

"으악!"

"헉!"

오거 한 놈에 두 사람으로는 버거운 실력이었는지 벌써 쓰러지는 용병이 생겨났다. 아리안은 마차 위에서 이 광경을 살핀 후, 당장 뛰어내려 마차 쪽으로 오는 오거를 향해 달려갔다.

챙!

아리안은 속전속결만이 피해를 줄일 수 있다고 여겼기에 앞선 오거를 향해 뛰어들었다. 오거가 내려치는 칼과 부딪친 검으로 강한 탄성이 아리안의 팔에 자극을 줬다.

헤레스와 대련할 때도 느끼지 못했던 강한 힘에 한 걸음 뒤로 물러난 아리안은 검에 내기를 실었다. 검에 얇은 빛의 막이 씌워졌다. 그가 다시 덤벼들었다.

챙! 컥!

아리안은 오거의 칼을 밖으로 쳐냈다. 오거의 칼은 의외로 쉽게 밀려났다. 그는 지체하지 않고 활짝 열린 오거의 가슴으로 뛰어오르며 힘껏 찔렀다.

푹!

오거가 어이가 없다는 듯이 가슴에 박힌 검을 잡으려 했다. 하지만 아리안이 그것을 놔두지 않았다. 그는 오거의 가슴에 박힌 검을 잡고 그대로 양발로 배를 걷어차면서 힘껏 검을 뽑았다. 공중에 뜨게 된 그는 뒤로 맴을 돌며 물러나 다음 오거를 노렸다.

오거 두 놈이 괴성을 지르며 함께 달려들었다. 한 놈은 칼을 들었지만 다른 놈은 도끼를 들었다. 도끼를 든 놈은 어설프지만 군장을 몸에 걸치고 있었다.

칼을 든 오거와 부딪칠 때 강한 반발력을 예비한 아리안이 검에 좀 더 내기를 주입했다. 오거의 칼은 너무나 쉽게 잘려버렸다.

서걱!

칼이 잘린 오거는 놀라서 토막 난 자신의 칼을 쳐다봤다. 아리안도 자신의 검을 힐끗 보고 자신감이 생겨, 힘껏 뛰어오르며 횡베기로 오거의 목을 잘랐다.

끄악!

오거의 목은 완전히 잘리지 않았다. 때문에 더욱 난폭해진 오거가 피를 흘리며 아리안에게 달려들었다.

퍽!

아리안은 무작정 휘두른 오거의 팔에 맞아서 날아갔다. 땅에 떨어진 즉시 일어났지만, 허리가 얼얼했다. 오거가 양팔을 벌리며 그를 잡으려고 달려들었다. 아리안은 그 자리에서 펄쩍 뛰어오르며 다시 한 번 오거의 목을 잘랐다.

서걱!

툭!

다행히 이번에는 오거의 목이 땅에 떨어지고 피가 분수처럼 솟았다.

크악!

도끼를 든 오거가 괴성을 지르며 아리안에게 도끼를 휘둘렀다. 무심결에 도끼를 막은 그는 멀리 튕겼다. 놀란 아리안은 자신의 검에 내기가 사라진 것을 알고 벌떡 일어나서 검에 다시 강한 내기를 주입했다. 그는 달려드는 오거를 마주 봤다.

서걱!

'흘리기' 기법을 사용해 마주친 오거의 도끼 한쪽이 잘렸지만, 오히려 잘리는 바람에 도끼는 계속 아리안에게 날아왔다. 오거가 내뿜는 살기는 엄청났다.

휙!

아리안은 맴을 돌며 뒤로 재빨리 물러났다. 그 순간 갑자기 헤레스의 말이 생각났다.

'기세에서 밀리면 죽게 된다.'

"아악!"

"헉!"

이때, 용병의 비명이 연방 울렸다. 아리안은 용병들이 싸우고 있는 쪽을 힐끗 살폈다. 그들도 분연히 싸우고 있으나 일진일퇴의 공방을 거듭하고 있었다.

다시 눈앞의 오거에 집중한 아리안이 날카롭게 쇄도해 도끼

든 팔을 올려쳤다. 팔이 잘린 직후, 아리안의 예리한 찌르기가 오거의 심장을 노렸다.

"컥!"

그 무섭던 오거가 자신의 가슴에 박힌 검을 잡고 아리안을 향해 쓰러졌다. 그는 재빨리 구르면서 오거가 덮치는 것을 피했다.

두 마리의 오거를 처리했다는 감회를 느낄 여유도 없었다. 재빨리 일어난 그는 발로 오거를 힘껏 차면서 검을 뽑아냈다. 그리고 그는 오거 무리와 싸우는 용병들을 향해 달려갔다.

"윽!"

용병 한 명이 오거의 칼에 찔려서 피를 토하는 모습이 보였다. 아리안은 달려가는 기세로 높이 뛰어들며 쓰러진 용병에게 마지막 일격을 가하려는 오거의 목을 잘라 버렸다. 그가 뛰어오른 높이는 상당했다. 몇 년 동안 옥수수를 심고 자라는 속도에 맞춰 꾸준히 뛰어넘은 결과였다.

"죽어라!"

휘익!

털썩!

땅에는 쓰러진 오거 네 마리와 용병 여섯 명의 주검이 있었다. 조금 떨어진 곳에 앉은 세 명은 다시 싸우기 어려운 형편인 듯했다.

아리안은 전장을 둘러보고 용병이 힘겨워하는 가까운 곳을 찾았다. 용병을 공격하는 오거를 향해 달려가서 뛰어오르며 그대로 등 뒤에서 심장을 찔렀다.

푹!

"끅!"

죽은 오거와 상대하던 용병 두 명은 힘에 겨웠는지 아리안을 한번 쳐다보고 고개를 살짝 까딱이더니 그 자리에 그대로 주저앉아 버렸다.

아리안은 다시 쫓아가서 도끼를 휘두르는 오거의 심장을 찔렀다. 그때, 다른 오거 한 마리가 쓰러지는 모습이 보였다. 오거를 쓰러뜨린 용병들은 다른 오거와 싸우는 동료를 도우려고 달려갔다. 남은 오거 세 마리는 용병들이 모이자 그대로 달아났다.

"쫓아가지 말고 상처 입은 동료를 돕고, 죽은 오거는 불태워라!"

용병단장은 명령을 내린 후 아리안에게 다가왔다.

"정말 놀라운 실력이군. 도와줘서 정말 고맙다."

"별말씀을요. 할 일을 했을 뿐이죠. 동료를 많이 잃어 가슴이 아프겠습니다."

"그렇긴 하지만, 용병이란 원래 언제 죽을지 모르는 인생이라 어쩔 수 없지 않겠나. 이름을 물어봐도 되겠나? 난 작긴 하지만 검은 전갈 용병단 단장인 바스코라고 한다."

"전 이번에 레포르마 아카데미에 입학하는 아리안이라고 합니다."

바스코는 아리안의 말을 듣고 깜짝 놀랐다. 아카데미는 열다섯 살에 입학하지 않는가.

"헉! 그럼 지금 열다섯 살이란 말이냐?"

"하하, 단장님도 나이로 만사를 판단합니까?"

"당연하지. 지금 나이에 그 정도라면 향후 대륙 제일이 될지도 모를 검사를 보고 있는 중이니까. 훗날 혹 이몸이 필요하면 언제든지 편지 한 장만 보내주게. 모든 일을 제쳐 두고 달려가겠네."

바스코는 아리안이 어리다는 말에 놀란 표정으로 소년의 얼굴을 다시 쳐다봤다.

아리안은 그의 바뀐 태도에 경이로운 빛을 띠며 그를 다시 쳐다봤다.

'음, 바스코 단장은 결코 평범한 사람은 아니구나.'

"좋습니다, 바스코 단장님. 기억하고 있겠습니다."

아리안이 단장과 이야기하며 마차 있는 쪽으로 다가오자 알폰소가 마차에서 뛰어내렸다.

"아리안, 괜찮은 거지?"

"그럼, 형. 걱정하지 마."

알폰소는 동생을 새로운 눈으로 바라봤다. 오거는 용병들도 상대하길 두려워하는 괴물이 아니던가. 그런 오거를 혼자서 몇 마리나 처치한 동생의 실력은 대체 어느 정도란 말인가?

아리안을 태운 마차는 우여곡절 끝에 황도에 도착했다. 아리안은 사뭇 지루한 송사를 용병단원들과 주고받은 뒤 알폰소와 레포르마 성을 구경했다.

"와, 여기가 황제 폐하가 계시는 황궁이 있다는 레포르마였어?"

"녀석, 이럴 때는 내 동생으로 돌아온 듯하구나. 정말 너 괴물이 다 됐다."

알폰소는 아직도 여러 사람이 죽은 오거 습격의 충격에서 완전히 벗어나지 못한 모양이었다.

"형, 형은 옛날이야기를 무척 좋아하네. 난 새로운 이야기가 좋은데."

"뭐, 뭐라고? 불과 닷새 전 이야기고, 용병이 여섯 명이나 죽었어. 더구나 내 자랑스러운 동생의 극적인 역할로 모두의 생명을 건졌지."

알폰소는 아리안의 말에 어이없다는 표정을 지었다.

"그럼, 그럼. 모든 일은 그처럼 자신이 원하는 대로 살을 덧입히다가 결국에는 엉뚱한 괴물을 그리게 되지. 형, 근데 배고프지 않아?"

"너, 정말… 자랑스럽다, 아우야!"

알폰소가 갑자기 밥 타령하는 동생을 어이없다는 듯이 쳐다보다가 꼭 끌어안았다.

"헉! 뭐하는 거야, 형. 혹시 남성 취향이야?"

콩!

알폰소는 아리안의 머리에 꿀밤을 먹였다.

"녀석, 모르는 말이 없군. 대륙 제일 상단주가 될 이 형이 어느 면으로 봐서 자식도 얻을 수 없는 손해 볼 일을 할 성격으로 보이냐? 좋다, 밥 먹으러 가자."

레포르마에는 빈터가 거의 눈에 보이지 않을 정도로 집이 들어차 있었다. 지나다니는 사람들의 발걸음은 활기가 넘쳤고, 모두들 무척 빠른 걸음으로 오갔다.

"와, 집도 많고 사람들도 많다. 이곳 사람들은 집에 들어가지 않고 낮에는 전부 거리로 나오는 모양이야. 그렇지, 형?"

"정말 많지? 나도 처음 왔을 때 상당히 놀랐어. 저 사람들이 전부 뭔가 할 일이 있어서 저렇게 바삐 움직이는 모습을 보면 이 성 자체가 무슨 괴물이라도 된 것처럼 보이더라고."

전생에 지구에서 살았던 경험이 있으면서도 자신의 고향 엘레노 성과는 차이가 큰 것을 보고 놀란 아리안이 눈을 동그랗게 뜨고 사방을 두리번거렸다. 그 모습을 보고 알폰소는 고개를 끄덕이며 아리안의 손을 잡고 한쪽으로 끌고 갔다.

"저쪽에 식당이 있다. 밥 먹고 숙소를 잡은 후에 다시 구경하러 나오자. 아카데미는 내일 입학해야 기숙사에서 잘 수 있어."

"알았어, 형. 와, 상점에 물건이 나뭇단처럼 쌓였네. 정말 대단하다. 저게 다 팔린단 말이야?"

아리안은 상점마다 가득히 쌓인 상품들을 보고 탄성을 지었다.

"정말 엄청나지? 저것도 저녁이면 얼마 남지를 않더군. 그리고 다음날은 다시 또 저렇게 쌓이지. 저걸 보면서 황도란 정말 놀라운 곳이란 생각이 절로 들었단다. 이 넓은 대륙에 사람 수가 3억이 넘는다고 하더라. 누구나 사용하는 포크와 수저를 한 벌씩만 판다고 해도 3억 개를 팔 수 있어, 3억 개를."

알폰소의 얼굴은 꿈길에 접어든 것처럼 아련한 빛을 띠었다. 아리안은 그런 형의 얼굴을 보면서 속으로 생각했다.

'아, 형의 꿈이 결코 가벼운 게 아니었구나. 가능하다면 이룰 수 있도록 돕고 싶어. 음, 내가 힘을 길러서 안전한 운송로를 확보한다면 불가능한 꿈만도 아닐 거야.'

같은 모습을 보고 서로 다른 계획을 세우는 두 형제였다.

그들이 숙소를 찾아 길을 걷고 있을 때, 누군가가 말을 걸어왔다.

"아, 반갑네. 여기서 또 만났군."

아리안과 알폰소에게 아는 척하는 사람은 마차에 함께 탔던 가족이었다.

"아, 안녕하세요? 댁이 황도라고 하셨죠? 아직 집에 돌아가지 않으셨어요?"

"그래, 황도란다. 선물을 좀 사는 바람에 늦어졌지."

남자의 말을 증명이라도 하듯이 그들의 손에는 상품 꾸러미가 여러 개 들려 있었다.

"아, 참. 생명의 은인에게 고맙다는 말도 제대로 못했는데, 어떤가? 우리 집에 가서 식사라도 하지 않겠는가?"

"아닙니다, 어르신. 작은 일을 너무 크게 말씀하시는군요."

"그러지 말고 같이 가세나. 사 먹는 음식이 맛있을지 몰라도 가정에서 만든 음식에는 정이 듬뿍 담겨 있다네."

자녀를 동행한 남자가 권하는 모습이 단지 지나가는 인사 같진 않았다. 아리안은 그것을 느끼고 형의 얼굴을 쳐다봤다. 그때, 아버지 옆에 있던 사내아이가 앞으로 다가와서 아리안의 손을 잡았다.

"그렇게 해, 형아 전사! 우리 누나도 내일 아카데미에 들어가는데 같이 가면 되잖아. 응, 형아 전사?"

소년의 얼굴에는 기대감이 가득 찼고 눈빛은 초롱초롱하게 빛났다.

"형, 그렇게 하는 게 어떻겠어?"

"감사합니다. 그럼, 신세 좀 지겠습니다."

알폰소가 아이들 아버지와 어머니에게 고개를 숙였다.

"자, 짐은 제가 들어드릴게요."

아리안은 그들이 든 것 중에서 무거워 보이는 세 개를 빼앗듯이 들었다.

"고맙군. 그럼 부탁할까?"

그들은 함께 걷기 시작했다.

알폰소는 그들이 한동안 걸어서 장원들만 늘어선 동네에 이르자 그만 놀라고 말았다. 장원마다 문을 지키는 경호무사의 모습이 몹시 엄정해 보였다.

"아니, 이 지역은?"

"놀라지 말게. 나도 명색이 백작이라 이 동네에 살지만, 영지가 없는 이름뿐이라네. 단지 황제 폐하의 부속실을 맡은 행정 계통의 귀족이지."

"헉, 죄송합니다. 귀족인 줄 모르고 실례를 했습니다."

그러나 백작은 부드러운 표정으로 형제를 대했다. 귀족치고는 흔치 않은 일이었다.

"그럼 엘레노 성엔 무슨 일로?"

아리안은 귀족이 제국의 가장 남단에 있는 엘레노 성까지 갔다는 사실이 믿어지지 않았다.

"아, 엘레노 성의 후란시스코 백작님이 장인이시네."

"아, 그러셨군요."

그들이 한 장원 앞에 이르자 무사들이 문을 열면서 반겼다.

"백작님, 잘 다녀오셨습니까?"

"그래, 수고들 많다. 자, 어서 들어오게. 내 집처럼 생각하고 언제든지 찾아오게."

경호무사들은 백작의 말에 눈빛을 빛내며 아리안과 알폰소의 얼굴을 주시했다.

정문을 들어서자 넓은 장원의 정원이 보였다. 끊임없이 장인의 손길이 닿은 듯했다. 세월의 깊이를 느끼게 했으며 풍상의 아련한 정취마저 풍겼다. 앞을 내다보는 아버지의 깊은 사랑과 한결같은 어머니의 따뜻함이 잘 조화를 이루었다.

"아, 참으로 아름답구나. 잘 손질된 사철수의 부드러움과 세월의 흔적이 역력한 괴목의 조화가 신비경을 만들었어. 자갈 하나도 빠지거나 더해진다면 이러한 기경이 사라질 것만 같은 두려움마저 일다니……."

백작 부인은 아리안의 말을 듣고 부드러운 미소를 지었지만, 백작은 놀란 표정을 감추지 못하고 아리안을 쳐다봤다.

이번에 아카데미에 입학한다는 백작의 딸은 아리안의 옆모습을 물끄러미 쳐다봤고, 막내는 신기한 듯이 손뼉을 치며 좋아했다.

짝짝짝!

"와, 전사 형아가 대단하다. 첫눈에 할아버지께서 하신 말씀과 같은 말을 했어."

"할아버지?"

"응, 할아버지께서 말씀하시길 사람은 그릇만큼 담을 수 있다고 하셨지. 이 정원의 깊이를 아는 사람은 한 분야에서 최고든지 최고가 될 사람이라고 하셨거든."

아이는 신기한 듯이 박수까지 치면서 신이 나서 설명했다.

"아, 애들 할아버지는 검의 길을 가신 분이라네. 하지만 난 할아버지의 뒤를 이을 수가 없었어. 검을 잡기만 하면 얼굴이 새하얗게 변했다가 쓰러지곤 하더군. 그 모습을 보고 할아버지가 실망하시던 광경은 결코 잊지 못할 거란다. 어쩔 수 없이 난 아카데미에서 더욱 죽어라고 행정학을 공부했고, 지금은 황제 폐하의 부속실을 맡게 됐지. 다행히 우리 애는 그런 희귀한 병에 걸리지 않았기에 할아버지의 귀염을 독차지했지만."

아련한 표정으로 이야기를 꺼낸 백작은 무척이나 회한에 젖은 듯했다.

"죄송합니다, 백작님. 너무 힘드셨을 텐데 제가 아픈 상처를 건드린 듯싶습니다."

"괜찮네. 가슴에 담았던 일을 이야기하고 나니 오히려 가슴이 시원하군. 피곤할 텐데 우선 가서 쉬도록 하게. 식사 준비가 되면 사람을 보내겠네."

"감사합니다, 백작님. 그럼 가서 쉬겠습니다."

백작은 언제 왔는지도 모르게 한쪽에 말없이 서 있던 총관에게 명령했다.

"총관, 귀한 형제를 별관으로 안내해 주게."

"예, 백작님."

아리안과 알폰소는 별관으로 안내됐다. 별관은 귀한 손님이 묵는 곳인지 이미 목욕물이 준비돼 있었다. 오랜만에 목욕하고 가져온 새 옷으로 갈아입으니 온몸이 상쾌했고, 갈아입은 옷의 천이 피부에 닿는 감촉 또한 감미로웠다.

"백작님께서 형제분에게 식사를 같이 했으면 하십니다."

별관에 와서 전하는 총관의 초대는 극히 정중해서, 백작이 형제를 얼마나 소중히 생각하는지 짐작하게 했다.

"감사합니다. 총관님."

아리안은 검을 방에 두고 형과 함께 총관을 따라갔다. 식당에는 백작의 가족과 할아버지도 먼저 와 있었다. 할아버지는 백발이 성성했지만, 각진 얼굴에는 세월마저 거스르고자 하는 강한 의지가 서려 있었다.

"인사드리게. 애들 할아버지시라네."

"안녕하십니까, 할아버지?"

"어서들 오게. 오거를 가볍게 여기는 진정한 전사와 함께 식사한다니 참으로 기쁘네."

식사는 화기애애한 분위기로 이어졌다. 백작 가족은 아리안 형제를 귀빈처럼 대했고, 아리안 형제도 예의 바르게 귀족 가문의 물음에 대답했다.

막내는 아리안 옆에 앉아서 식사를 하다가 아무래도 궁금한 듯이 소곤거렸다.

"전사 형아, 검이 뭐라고 생각해?"

뜬금없기는 하지만 무언가 많은 생각을 하게 만드는 질문이었다. 아리안은 신중하게 생각했던 바를 말했다.

"사람마다 다르겠지만, 나에게 검이란 목적지로 가는 이정표랍니다."

아리안의 말에 할아버지는 눈을 빛내며 그를 쳐다봤다. 앞에 앉은 아이는 결코 평범한 소년이 아니었다.

"전사 형아, 형의 목적지가 어딘데?"

귀족 소년이 평민에게 '형' 이라고 불러도 누구도 말리질 않았다.

아리안은 막내의 물음에 고개를 약간 치켜들고 아련한 표정으로 말했다. 할아버지와 백작은 물론이고 막내의 누나도 아리안을 주의 깊게 바라봤다.

"검의 극, 검이 태어나기 전의 장소, 결국 검이 자신의 역할을 다하고 돌아가는 바로 그 장소랍니다."

"검도 태어나고 죽어?"

"그럼요. 검도 진정으로 아끼고 사랑하며 관심을 끊지 않으면 생명이 탄생하듯이 진정한 검으로 탄생하지요. 단지 모르는 사람들이 검을 단순한 도구로 생각하기에 검의 도움을 받을 수 없는 거랍니다."

아리안은 모처럼 자신의 생각을 편안히 이야기할 수 있었다. 그러나 그의 편안한 생각은 누구에게는 실로 놀라운 이정표였다.

"전사 형아, 검의 도움을 받는다는 게 무슨 말이지? 보검이나 미스릴 검 등을 말하는 거야?"

"아닙니다. 형상을 가진 만물은 강하거나 약한 의념을 지닌답니다. 내가 진정으로 검이 의미하는 모든 것을 사랑하고 그 마음이 변치 않으면 검은 단순한 철로 만든 검이 아니라, 하나의 인격체를 가진 검으로 탄생하지요. 그리고 그러한 검은 내가 검도를 걷다가 벽을 만나면 나를 이끌어서 그 벽을 넘도록 인도해 준답니다. 다시 말하자면, 가 본 적이 없는 목표를 내가 열심히 수련하다가 보니 우연히 도달하는 게 아니라, 목표가 나를 인도해서 도달하게 만든다는 뜻이랍니다."

그것은 헤레스의 가르침을 받으며 수련을 하는 동안 아리안이 스스로 도달한 결론이었다. 우연히 생겨난 것이 아닌, 깊은 탐구와 치열한 실천으로 만들어진 아리안만의 검의 길이었다.

"내가 목표에 이르는 게 아니라 목표가 나를 인도해서 도달

하게 만든다?'

아리안처럼 검을 수련하던 소년은 껍질을 깨고자 밥을 먹다 말고 깊은 생각에 잠겨들었다. 할아버지도 눈을 감고 아리안의 말을 되새기며 연방 고개를 끄덕였다.

백작은 아리안의 말이 검에만 국한된 의미가 아니란 사실을 깨닫고 놀라서 그를 다시 쳐다봤다.

백작 가족, 그리고 알폰소의 눈빛까지 모두 아리안에게 모여들었다. 하지만 그는 더없이 태연한 태도로 식사를 해나가고 있었다.

오늘따라 밤하늘의 별이 유난히 반짝이는 듯했다.

*   *   *

"와, 아카데미가 아니라 마치 왕성 성문 같잖아. 정말 대단한걸."

아라카이브 제국 국립 로열 아카데미 담은 석조로 쌓아올렸고, 정문은 굵은 통나무를 잇대어 만들었다. 높이만도 10m는 넘어 보였고, 가로 길이도 족히 8m는 되는 듯했다.

"크크, 처음 보는 사람은 전부 놀라곤 하지. 하지만 저 문은 특별한 때만 열려. 보통은 작은 문으로 다니지."

"특별한 때?"

어젯밤에 묵었던 백작가 펠리즈 영애인 레이나도 알폰소의 말에 귀를 기울였다.

"그래, 특별한 때. 입학식, 졸업식, 그리고 일 년에 두 번 있는 아카데미 전체 행사인 무투대회와 성년의 날 행사야."

"아하, 그렇구나. 그때는 부모들도 오시는 모양이군."

"하하, 그렇단다. 자, 들어가자. 저쪽에 있는 게시판에 보면 자신의 기숙사 방 번호가 쓰여 있어."

알폰소는 아리안과 레이나에게 학교 건물을 설명했다.

"저기 보이는 건물이 본관 건물이야. 강의실과 학장실이 있어. 저쪽은 남자 기숙사고, 반대쪽 건물은 금남의 집이지. 두 건물 사이에 있는 게 교수님 연구실이고, 저것은 강당이야. 점심 먹은 후 강당에 집합해서 입학식을 거행하게 돼. 탑처럼 생긴 건물은 마법 강의실과 마법 교수님 연구실이고, 저 커다란 건물은 검술 수련관이야. 그리고 이 아카데미는 귀족들과 평민을 똑같이 대하는 게 특징이지. 무한 경쟁을 시킨다고나 할까? 그래서 하인을 데리고 들어갈 수가 없어."

아카데미는 아리안의 생각보다 훨씬 컸다. 건물 뒤에는 나무가 울창한 숲이 있었고, 모든 담은 돌로 쌓아서 만들었다.

"크크, 여긴 개구멍도 없는 아카데미네."

"맞아, 여긴 문만 닫으면 나가거나 들어올 수 없는 성벽이야. 물론 개구멍도 없고, 마법 결계가 펼쳐졌기에 담을 넘을 수도 없어."

아리안이 형과 레이나와 헤어져서 기숙사로 찾아가자, 방에는 이미 한 학생이 짐을 정리하는 중이었다. 기숙사 방은 양쪽 벽에 침대, 책상, 책장, 옷장이 사이좋게 하나씩 보였다.

"누구세요?"

짐을 정리하던 학생은 어리둥절한 표정으로 아리안을 물끄러미 쳐다봤다.

"난 아리안이야. 네가 나와 한 방을 쓰게 된 모양이지?"

"정말 이번 신입생이에요? 열다섯 살이고요?"

"그래. 보통 아이들보다 크다는 말은 많이 들었다. 네 이름은 뭐냐?"

"혹시 몸이 아파서 입학했다가 병을 고치려고 몇 년 쉰 건가요, 아니면 어느 귀족의 숨겨진 아이를 이제야 찾게 돼서 어쩔 수 없이 조금 늦게 입학하게 됐나요? 그리고 성이 없는 것을 보니 평민인데, 그렇게 반말을 하면 안 되지. 난 귀족이니까."

"아카데미 안에서는 귀족과 평민의 구분을 지으면 안 된다는 학칙이 있는 것으로 아는데, 언제 바뀌었나?"

소년은 무척 황당하고 놀란 듯했다. 아리안 역시 자신이 묻는 말에는 대답하지 않고 연속되는 소년의 질문에 어이가 없어서 더는 설명하고 싶은 마음이 사라졌다.

아리안은 묵묵히 자신의 얼마 되지 않는 짐을 옷장에 넣고 침대에 드러누웠다. 소년은 자신이 묻는 말에 쳐다보지도 않고 침대에 누워 버린 아리안을 보며 이를 갈았다.

"흥, 벌레 같은 평민이 감히 내가 묻는 말에 대꾸도 안 해? 어디 두고 보자."

아리안은 침대에 누워 갑자기 귀를 긁다가 고개를 돌렸다. 그는 눈을 부릅뜨고 자신을 쳐다보는 소년을 향해 벌떡 일어나서 똑바로 직시했다.

소년은 아리안에게서 뿜어져 나오는 강한 투기에 놀라 그만 주저앉아서 속옷을 적시고 말았다. 아리안은 고개를 흔들며 방을 나갔다.

운동장에는 많은 학생과 학부형이 눈에 띄었다. 그는 천천히 걸어서 식당으로 갔지만 아직 입학하지 않아 교복을 입지 않은 신입생과 학부형은 식권을 사야만 했다. 돈을 가져오지 않은 아리안은 그대로 식당을 나왔다.

"아리안!"

식당 앞에서 누군가 그를 불렀다. 그가 소리가 들리는 곳으로 돌아보니 레이나가 보였다.

"아, 레이나 아가씨. 식사했어요?"

"아니, 같이 식사할까 하고 기다렸어. 내가 식권 두 장 샀는데, 괜찮겠어? 그리고 앞으로 내게는 존댓말을 안 했으면 좋겠어. 아카데미 안에서는 구분하지 않는 게 학칙이잖아."

함께 여행했을 때와 백작님 댁에서 식사할 때는 유심히 보지 않아서 몰랐는데 이처럼 가까운 곳에서 쳐다보니 꽤나 예쁜 얼굴이다. 그녀가 그 예쁜 얼굴에 서운한 기색을 띄우며 말하자 아리안도 가볍게 고개를 끄덕였다.

"응, 그럴까? 난 아카데미에서 돈이 필요한 줄 몰랐어."

"내가 알기에도 첫날과 집에 갈 때, 그리고 외출 때 외에는 사실 별로 필요없어."

"그렇구나. 들어가자."

두 사람은 식권을 내고 줄을 섰다. 식당은 학부형들로 혼잡해서 앉을 자리를 찾는 것이 쉽지 않았다. 두 사람은 식판을 들고 두리번거렸다. 식판을 가지고 운동장에 나가서 먹는 사람도 상당수 눈에 보였다.

"우리도 밖으로 나갈까?"

"아리안이 좋다면 난 괜찮아."

아리안은 레이나가 백작의 딸답지 않게 귀족이라고 뻐기지도 않고 차분하며 긍정적이었다. 그 마음씨가 느껴져서 아리안은 다시 그녀의 얼굴을 쳐다봤다.

아리안이 바라보자 살짝 미소 지으며 얼굴을 붉히는 레이나가 보기보다 괜찮은 소녀라는 느낌이 들었다. 식당 음식도 맛있었다.

입학식이 시작됐다.

학부형들은 학장님의 말씀을 경청했지만, 신입생들의 눈은 사방을 둘러보기에 바빴다. 하나마나한 입학식은 신입생에게는 소속감을 심어주고, 학부형에게는 기대감과 안도감을 부여하면서 끝이 났다.

입학식이 끝나자 신입생들은 매우 바빠졌다. 수강 신청을 하고 교재와 부교재, 필기도구 등을 받은 후 세면도구와 속옷, 교복을 수령했다.

"학생이 이번 신입생이야?"

"예."

"허허, 가끔 비정상적으로 큰 학생이 들어오긴 해도 자네처럼 육체가 고루 발달한 학생은 처음인 듯해. 5년차들이 입는 옷을 한번 맞춰보자. 음, 잘 맞아서 다행이다. 하지만 여기서 더 자란다면 자네만은 특별히 따로 맞춰야 할 것 같아."

아리안은 맞는 옷이 없어서 특별히 5년차들이 입는 옷을 지급받았다.

아리안은 검술을 전공으로, 마법학과 정령학을 부전공으로 택했다.

*　　　*　　　*

검술 강의 첫 시간이었다.

아리안은 검을 차고 강의실에 들어갔다. 대부분 남학생이지만 여학생도 드문드문 눈에 띄었다. 국립 로열 아카데미 자체가 검술 위주였기에 대략 80여 명의 학생이 자리를 메웠다.

"내 이름은 인비에르노다. 만나서 반갑다. 매년 새로운 학생을 만날 때마다 내 가슴은 부풀어 오른다. 그것은 너희 중에 누군가가 졸업하기 전에 나를 꺾어주었으면 하는 바람 때문이다. 너희 중의 한 사람이 검의 새로운 길을 밝히고 검사들의 이정표가 되어주길 바라는 열망을 결코 포기할 수가 없구나."

교수의 강의는 열정이 가득했다. 학생들은 눈동자도 돌릴 수가 없었다.

"너희 중에 누군가 검의 극을 본 자가 나타나 검의 황제로 불리길 바라는 간절함이 내 삶의 바람이기 때문이란다."

강의실 전체가 숨소리마저 죽이고 교수의 강의에 빨려들어 갔다.

"우리는 검을 잡기 전에 다시 한 번 자신을 돌아보아야만 한다. 나는 왜 검을 잡아야만 하는가. 진정 다른 선택은 없는 것인가. 검날 위에 내 청춘과 사랑, 그리고 삶을 꼭 올려놔야 하는지 심각하게 고뇌해야만 한다. 그런데도 제군들은 검을 든 것을 후회하지 않겠나?"

"예, 교수님!"

학생들의 대답은 강의실을 달굴 정도로 뜨거웠다.

"좋다. 검을 든 자는 그렇지 않은 자보다 더 빨리 죽을 확률이 높다. 그런데도 검을 들 수밖에 없는 형편이라면 죽지 않도록 열심히 검을 수련해야만 한다. 검을 든 자라면 높은 경지의 검술을 익힌 자가 강한 자가 아니라, 살아남은 자가 강한 자임을 명심해야만 한다."

학생들의 가슴에는 교수의 말이 화인처럼 새겨졌다.

살아남은 자가 강한 자다.

"하지만 검을 든 자에게 한 가지 불변의 법칙, 진리가 있다면 자신보다 더 많은 수련을 한 자에게 목숨을 내놓을 각오를 해야 한다는 사실이다."

교수의 강의에는 그의 신념이 가득 실려 있었다. 그렇기에 강의는 살아서 숨을 쉬었고, 학생들의 눈은 반짝였으며 갈망이 넘쳐흘렀다.

아리안은 어금니를 깨물었다.

'이런 게 진짜 강의야.'

"현 대륙은 가뭄이 이어지고 기근은 끊이질 않아서 지역 분쟁은 점차 심화되는 중이다. 머지않아 전쟁은 불가피한 현상이 될 것이고, 우리 아라카이브 제국도 그 영향에서 결코 벗어날 수 없는 형편이다. 고로, 이왕 검을 들었다면 검술 실습 시간에 수련하는 것으로 만족해서는 결코 안 된다. 검술 실습 시간이란 잘못된 자세를 잡는 시간이며, 자신이 수련할 올바른 방법만을 배우는 시간이기 때문이다. 현재 내가 올바른 길을 가고 있는지 확인하는 시간임을 명심하기 바란다."

인비에르노 교수는 잠시 강의를 멈추고 학생들의 얼굴을 한 사람씩 쳐다봤다. 학생들은 눈을 반짝이며 교수와 눈 맞추는 것을 두려워하지 않았다. 교수는 학생들과 모두 눈을 마주치자 흐뭇한 심정으로 강의를 이어갔다.

"좋다. 그럼 다시 원론으로 들어가 보자. 지금까지 검을 한 번도 잡아보지 못한 학생이 있나?"

강의실의 학생들은 주위를 두리번거렸지만, 아무도 손을 든 학생은 없었다.

"그런가? 그렇다면 과연 검이란 무엇인가? 누가 대답해 보겠나?"

"검은 검입니다."

"하하! 상당히 철학적인 대답이로군. 너무 심오해서 나조차 전부 이해하기는 어렵겠어."

하하하! 호호호!

한바탕 웃고 난 학생들은 좀 더 편안하게 자신의 생각을 말했다.

"길어진 팔입니다."

"의지의 표현입니다, 교수님!"

"만병의 제왕입니다."

그 외에도 많은 답이 나왔지만, 인비에르노 교수는 모든 답에 고개를 끄덕였다.

"모두 맞는 말이다. 오늘 강의 중에서 이것 하나만은 기억하자. 검술을 수련하려면 기본에 충실해야 한다. 그렇다면 검술의 기본은 무엇일까? 바로 기초 체력 단련과 기본 검술의 끊임없는 수련이다. 지금 너희에게 한 시간은 나이가 들어서 하루, 한 달, 일 년보다 소중함을 잊지 마라. 그 귀중한 시간을 어떻게 보낼지는 전적으로 너희 자신에게 달려 있다. 후회 없는 하루하루가 되길 바라면서 강의를 끝낸다. 다음 시간에는 검술 수련관으로 집합해라!"

"예, 교수님!"

강의가 끝났으나 자리를 떠나지 않고 눈을 반짝이며 생각에 잠긴 학생들이 눈에 많이 띄었다.

아리안도 그중 하나였다. 그는 자리에서 움직이지 않고 인비에르노 교수의 말을 되새겼다.

지금의 한 시간은 나이 들어서 하루, 한 달, 일 년보다 소중하다.

검술 수련관.

상당히 넓은 수련관에는 80여 명이 바닥에 앉았지만, 수련관 구석을 차지한 듯이 오히려 외로워 보일 정도였다.

인비에르노 교수가 목검을 들고 다가와서 그들 앞에 섰다. 교수가 든 목검은 뭔가 다른 듯싶어서 학생들의 시선은 자연스럽게 목검을 주시했다.

교수의 목검은 형태는 몽둥이에 가까웠고, 검은 칠을 했거나 철 중에서 빛을 빨아들인다는 묵철로 만들었는지 검은색이었다.

교수는 학생들의 관심이 마음에 들어서 검을 들어 보였다.

"이게 무엇인지 알겠나?"

"묵철로 만든 검입니다, 교수님!"

"나무를 먹물에 담근 것입니다!"

학생들의 엉뚱한 대답에 인비에르노 교수는 웃기만 했는데, 한 학생이 일어나서 대답했다.

"대륙 삼대절지인 남방 오지에만 있다는 철목으로 만든 것입니다. 무게가 일반 검보다 훨씬 무겁고 강도도 철로 된 검보다 대단히 강해서 마스터의 오라블레이드가 아니라면 잘리지 않는다고 들었습니다, 교수님!"

학생들은 철목이라는 말을 처음 들어보는지 서로 옆을 쳐다보며 두리번거렸다.

"자네 이름이 뭔가?"

"엔테로입니다, 교수님!"

교수의 질문에 그는 당당히 대답했다. 자신의 답에 자신이 있는 듯했다.

"누구에게 들었나?"

"예, 용병인 형에게 들었습니다, 교수님!"

"그렇다. 이것은 철목검이다. 일반 검과 격돌하면 몇 번 부딪치지 않아서 일반 검은 부러지고 만다. 단점이라면 철목검은 일반 검처럼 얇게 만들었을 때 그 효능을 잃게 된다. 그래도 무게가 강하기에 연습 검으로는 매우 이상적이다. 물론 아직 어린 너희에게는 조금 무리가 될 게다. 오늘 첫 시간에는 너희가 혼자 연습할 만한 체력 단련과 검술 기본 자세를 배우도록 한다. 모두 일어서!"

"……."

학생들이 부스럭대며 일어서자 교수는 얼굴을 찌푸렸다.

"다시 앉아라! 수련관에서 모든 행동에는 기합을 넣는다! 기합은 자신과 다른 학생에게 경각심을 올리고 의욕을 불태우게 한다! 모두 일어서!"

"야!"

학생들은 기합과 함께 벌떡 일어섰다.

"좋다. 지금처럼 하면 된다. 엔테로 기준!"

"기준!"

엔테로가 기준을 외치며 오른손을 번쩍 들자, 교수는 고개를 끄덕였다.

"팔열 횡대, 양팔 간격으로 헤쳐 모여!"

"야!"

학생들은 우렁찬 함성과 함께 엔테로를 중심으로 열 사람씩 여덟 줄을 만들었다. 모두 여든한 명이었다.

"거기 중간에 우뚝 선 학생, 이름이 뭔가?"

"아리안입니다, 교수님!"

주위의 시선이 모두 자신을 쳐다보자 아리안은 큰 소리로 대답했다. 확실히 아리안의 키는 다른 학생들보다 월등히 컸다. 아니, 교수보다 조금 작을 정도였다.

"좋다, 아리안! 앞으로 뛰어나와라!"

"예, 교수님!"

척!

아리안이 뛰어나와서 자세를 갖추자 교수는 그의 늠름한 체격과 반짝이는 눈동자, 그리고 허리에 찬 검을 유심히 봤다.

"아리안, 검을 배운 적이 있나?"

"예, 교수님!"

인비에르노 교수는 고개를 끄덕이며 학생들을 향해서 말했다.

"모두 그 자리에 앉아라!"

"야!"

교수의 말에 학생들이 고함치면서 모두 제자리에 앉았다. 물론 아리안도 그 자리에 앉으려 했으나, 교수가 막았다.

"아리안, 일어나서 검을 뽑아라!"

아리안이 검을 뽑아서 중단 자세를 잡았다. 검을 잡기 전에는 단지 덩치만 큰 학생이었으나, 검을 잡고 자세를 취하자 마치 전장을 호령하는 장군을 보는 듯했다. 그의 몸에서 스멀스멀 투기가 일어났다.

학생들은 동급생으로 보이지 않을 정도로 변한 아리안의 모습에 절로 탄성을 발했다.

"아~!"

교수는 아리안의 자세에서 금방이라도 상대를 일도양단하려는 듯한 단호한 기세를 읽었다. 상대가 선제공격한다면 그 검을 막는 즉시 치명적인 반격을 할 것이다.

학생들은 모두 기세에 눌려서 보지 못했지만, 교수는 아리안의 검신에 살짝 일렁이는 오라마저 발견했다.

아리안의 발 모습은 매우 안정된 듯하면서도 어느 방향이라도 움직임이 가능할 듯싶었다. 반보 앞으로 내민 그의 오른발 뒤꿈치는 살짝 들렸지만, 그의 자세는 마치 말뚝을 박아놓은 듯이 시종 흔들림이 없었다.

"됐다, 아리안! 네가 일 년 동안 검술학과 과대표다. 항상 아이들보다 일 보 앞에 앉아라."

"예, 교수님!"

아리안이 검을 검집에 넣고 아이들보다 한 걸음 앞에 앉자,

다른 학생들이 고개를 끄덕이며 아리안을 다시 한 번 쳐다봤다.

"지금 과대표의 기본자세가 대륙 모든 검가의 스승들이 제자들에게 가르치는 가장 모범적인 자세라 할 수 있다. 놀라운 것은 아리안이 도저히 배워서만은 일으킬 수 없는 투기와 살기까지 일으킨다는 사실이다. 아리안, 넌 전쟁에 참전한 적이 있나?"

"예, 교수님!"

인비에르노 교수는 참전 경험이 있다는 말을 듣고 그제야 이해가 되는지 고개를 끄덕였다. 다른 학생들은 속으로 놀랐다.

'와, 대단해. 전쟁에 나갔다가 살아서 돌아오다니……'

"지역 분쟁이었지만, 옆에 있는 성과 영지전을 할 때 참여했습니다."

"그럼 검으로 상대를 벤 적도 있겠군."

"적의 선발 부대와 부딪친 적도 있고, 적 정찰병과 백병전을 벌인 적도 있습니다."

"그렇다면 이해가 가는군. 하지만 그래도 뭔가 미흡한 점이 있어. 다른 싸움은 해본 적이 없나?"

"아카데미로 오는 도중에 오거와 싸운 적이 있습니다."

"뭐라고? 오거를 혼자 물리쳤다는 말인가?"

"싸우는 도중에 경호하던 용병들이 달려오자 오거는 도망치고 말았습니다, 교수님."

인비에르노 교수는 속으로 아리안을 바라보면서 고개를 끄덕였다. 오거와 싸우면서 다른 사람이 도우러 올 때까지 버틸 수 있었다는 말은 거짓말이다. 오거를 물리쳤거나 이미 죽었을 것이다. 오거는 기다려 주는 몬스터가 아님을 교수는 경험으로 잘 알고 있었다.

다른 사람들은 자신의 이야기를 부풀리기 바쁜데, 아리안은 어린 나이에도 불구하고 자신을 드러내지 않으려 한다는 것을 교수는 느낄 수 있었다.

'아, 시내 식당에서 용병들이 말하던 오거의 습격에서 활약한 이번 신입생이 바로 아리안이었구나.'

인비에르노 교수가 아리안의 정체를 깨닫고 있을 때, 잠자코 둘의 대화를 듣던 학생 하나가 불쑥 말했다.

"교수님, 아리안과 한번 지도 대련하시어 저희 안목을 넓혀 주십시오."

"교수님, 저희 꿈을 키워주세요. 예?"

"그럼요, 교수님. 과대표 아리안이 할 수 있다면 저희도 할 수 있잖아요."

학생들은 너도나도 한마디씩 했다. 학생들의 기대가 자신에게 쏠려 있었지만, 아리안의 표정은 변함이 없었다.

교수는 담담한 아리안의 얼굴을 보고 다시 한 번 속으로 놀랐다.

'정말 대단한 학생이구나. 나이는 어려도 디베르소 산맥 같은 신비함과 의연함이 깃들어 있어. 이 아이라면 내가 아카데

미에 온 꿈을 실현시켜 줄지도 모르겠군.'

"아리안, 어떻게 할래? 한번 대련해 볼까?"

"좋습니다, 교수님! 한 수 지도를 부탁드리겠습니다."

"너희는 모두 한쪽으로 물러나서 앉도록 해라!"

학생들은 벽으로 물러나고 아리안은 다시 검을 빼 들고 수련관 중앙에 섰다. 교수는 철목검을 들고 그 맞은편에 섰다.

윙~!

웅~!

두 사람은 점차 기세를 일으켰고, 기세는 다시 변하여 그들 사이에 바람을 일으켰다. 바람은 점점 강해지고 수련관 문짝이 몸살을 했다.

휘잉~!

덜컥덜컥!

"와, 석양의 결투 장면 같아. 이럴 때 음악이라도 흘러야 하는 것 아냐?"

"정말 대단하군. 아리안이 저 정도였다니. 마스터인 교수님과 겨루면서 아리안도 기세에서는 전혀 지질 않는 듯해."

"와우, 교수님이 내뿜는 투기를 아리안은 살기로 맞받아치잖아."

"네가 살기와 투기를 어떻게 구별하지?"

"그런 게 있어. 모르면, '아~ 그런 동물이 있나 보다' 하고 지나가는 게 좋아."

푸후훗! 하하하! 호호호!

꽝!

갑자기 격돌하는 굉음이 들리자, 잡담하던 학생들은 대전하는 두 사람에게 집중했다.

아리안이 먼저 선제공격을 펼쳤다. 중단으로 잡은 검을 상단으로 바꾸며 달려들어 내려치기를 했다. 교수는 사선 치기로 막으면서 철목검으로 아리안의 검을 밖으로 쳐내고 그의 어깨를 쳤다.

꽝, 꽝, 꽝, 꽝꽝!

아리안은 어느 틈에 검이 밀리는 오른쪽으로 몸을 날리면서 다시 교수의 왼쪽 어깨를 내려쳤다. 아리안은 집요하게 교수의 어깨를 노렸고, 교수는 아리안의 검을 방어한 즉시 공격을 퍼부었다.

검과 철목검이 부딪치는 굉음은 갈수록 빨라졌지만, 소리는 결코 약해지지 않았다. 아리안이 최선을 다한다는 뜻이었고, 시간이 흘러도 그의 힘이 결코 약해지지 않는다는 증거였다.

인비에르노 교수는 시간이 흐를수록 아리안의 검이 더욱 자유자재로 공격과 방어를 구사하고 그 수법 또한 유려해짐을 알고 속으로 경탄했다.

'이 아이의 검술이 갈수록 부드러워지면서도 그 속에 곁들인 힘은 오히려 강해지는구나. 더구나 조금씩이나마 나의 수법을 배워서 자신의 검술 속에 포함시키고 있어. 진정 천부적으로 타고난 검사임에 틀림없구나. 신기한 것은 그의 검이 이토록 강하게 철목검과 부딪치는데도 소리가 맑은 것을 보면 피해를 전혀 안 본다는 뜻이야. 만약 검에 오라가 깃들지 않았다면 도저히 불가능한 이야기가 아닌가. 이 나이에 그런 일이 가능하기나 한 이야긴가?

아리안의 능력에 교수는 호승심이 일었다. 오라블레이드를 펼쳐 아리안의 진정한 실력을 알아보고자 한 것이다.

꽝!

인비에르노 교수는 아리안의 검을 쳐내며 뒤로 훌쩍 물러났다. 검을 중단으로 올리고 내기를 흘려 넣었다. 교수의 검에서 오라가 뻗어나와 모양도 선명한 오라블레이드를 형성했다.

"와, 오라블레이드다!"

"아~! 검사들의 꿈이며 마스터의 상징인 오라블레이드를 첫 시간에 볼 수 있는 영광이 주어지다니……!"

학생들에게선 감동을 넘어선 탄성이 절로 터져 나왔다. 모두 마치 자신의 일인 듯이 기뻐했다.

"오~! 아카데미에 온 보람이 새록새록 하네."

"과대표가 이제 손을 들지 않을까?"

아리안은 교수의 철목검이 만든 오라블레이드를 보면서 자세를 다시 중단으로 잡았다.

"웅~!"

아리안이 작게 웅얼거리는 소리가 마치 맹수가 낮게 포효하는 듯했다. 그가 자신보다 강한 상대를 만나 기세를 일으켰다. 어떤 학생은 그 소리를 듣고 진저리를 쳤으며, 또 다른 학생은 소름이 끼치자 놀라서 아리안을 쳐다봤다.

"와, 심상치가 않아. 과대표가 오라블레이드와 격돌할 모양이야."

"오라블레이드는 자르지 못할 것이 없기에 그 무엇도 그 앞을 막을 수가 없다고 했는데, 과연 어떻게 될까?"

"야, 정말 대단하다. 과대표의 표정 좀 봐. 전혀 기죽은 모습이 아냐."

"고블린 새끼가 오거를 무서워하지 않는 격이겠지."

한 학생이 고블린 운운하자 여학생들은 그를 보며 입을 삐죽였고, 남학생들조차 그를 비난하는 소리가 쏟아졌다.

"이 새끼, 말하는 싸가지 하고는. 그럼 넌 뭐냐? 죽은 개새끼가 주둥이만 떨고 있는 격이냐?"

"맞다, 맞아. 남 잘되는 것은 죽어도 못 본다는 소인배의 전형적인 행태잖아."

학생들은 너도나도 그 학생을 여지없이 매도했는데, 그는 아리안과 기숙사 같은 방 학생이었다.

"저 자식은 과대표가 너무 뛰어나니까 육갑, 칠갑, 꼴값을 떠는군."

"놔둬. 한 마디 더 하면 아구통을 씹구통으로 만들어줄 테니까."

"야야, 그런 덜떨어진 아이는 상대하지 말고 조용히 해라. 이번에도 과대표가 선제공격을 할 모양이다."

학생들 사이의 소란은 그 한마디로 금방 사라졌다. 모두 다시 대련에 집중했다.

아리안은 인비에르노 교수의 주위를 천천히 돌았다. 교수는 아리안의 모습을 보고 고개를 끄덕이면서 왼쪽 허리에 허점을 만들었다.

"야!"

아리안의 기합이 처음으로 수련관을 울렸다. 워낙 빠른 그의 검에서 번쩍하는 번개가 인 듯했다.

꽈꽈꽝!

분명 아리안은 한 번 공격한 듯했지만, 격돌하는 굉음은 세 번이나 울렸다. 그리고 뒤로 물러나서 다시 검을 중단으로 잡은 채 빈틈을 노렸다.

아리안은 교수의 오라블레이드를 겨우 견뎌냈다. 그렇지만 그는 그게 얼마나 대단한 일인지를 알지 못했다.

'도대체 어떻게?'

학생들은 공통된 의문 때문에 눈을 동그랗게 떴다. 아리안은 교수가 오라블레이드를 펼치면서 공격은 하지 않고 방어만 하는 뜻을 깨달았다.

꽝꽝! 꽝꽝!

언제 이렇게 마음 놓고 진검을 휘두를 수 있겠는가. 언제 또 다시 상대가 다칠 것을 염려하지 않고 공격하면서 방어술을 습득할 수 있을까.

감격에 겨운 아리안은 마음껏 공격하면서 교수의 방어술을 마음에 담았다. 그의 검에서 조금씩 오라가 형성되어 검끝에 맺혔다. 그의 검에서 공간을 찢는 듯한 소리마저 울렸다.

일반적으로 아무리 오라 검이라고 해도 오라블레이드와 부딪쳤을 때 세 번을 넘기기는 어렵다고 했지만, 아리안은 아직까지 버티고 있었다.

쌩~ 쌩~!

수련관에 에코가 울려 퍼지면서 신비한 분위기마저 연출했다.

꽝~! 꽈꽝~!

검이 연방 부딪치며 굉음을 만들었다. 학생들은 아리안 대신 식은땀을 흘리며 주먹을 불끈 쥐었다. 옆과 뒤에 앉은 학생들은 조심스럽게 몸을 일으켜 서서 관전했다.

바로 그때였다.

땡땡땡! 땡땡땡!

꽝!

수업이 끝나는 종소리가 들리자 두 사람은 철검과 철목검을 힘껏 부딪치고 뒤로 멀찍이 물러났다.

뚝!

그제야 아리안의 검이 부러졌다.

휴~!

학생들이 일제히 숨을 크게 몰아쉬었다. 아리안이 허리가 접힐 듯이 숙이면서 절을 했다.

"감사합니다, 교수님!"

짝짝짝!

학생들이 모두 일어나서 손뼉을 쳤다. 교수가 아리안에게

다가가서 그의 어깨를 잡았다.

"수고했다, 아리안. 정말 기대가 크다. 내가 검 한 자루 주지."

"교수님, 많은 것을 가르쳐 주셔서 감사합니다."

학생들이 환호성을 터뜨렸다.

"와, 아리안! 정말 잘한다!"

"아리안! 나 반할 것만 같아!"

"우리도 할 수 있어. 해내고야 말겠어."

학생들은 아리안을 마음껏 칭찬했고, 더불어 나도 할 수 있다는 강한 신념을 품었다.

"야, 정말 멋지다. 하루 종일 검술 시간만 있으면 안 되나?"

"오, 세상에! 나, 눈물 마려워!"

"그러니? 난 눈물 고픈데."

학생들은 모두 자신의 일처럼 즐거워했다. 그들은 감동의 여울 속에서 마음껏 유영했다. 무작정 옆에 있는 급우가 좋았다. 뭔가 발견하고 이룰 수 있을 것만 같았다.

참으로 좋은 날이었다.

*　　　*　　　*

나무는 홀로 여여하고 싶어도 바람이 가지를 흔들었다.

소문은 소문을 더해가면서 온갖 이야기를 만들어냈다.

"이번 신입생 중에 마스터가 있다는데, 신의 능력에 버금한다는 거인족의 후예라며?"

"설마? 거인족이 멸망한 것은 신마대전이 끝날 무렵이야. 그리고 제국에 다섯 명밖에 없는 마스터가 열다섯 살짜리에서 탄생하다니, 완전 웃기는군."

"아카데미에 들어오기 전부터 아버지인 마스터에게 사사했다더군."

"인비에르노 교수님과 막상막하였다는 말도 있어."

수많은 유언비어가 난무하면서 이야기는 새로운 이야기를 탄생시켰지만, 주위에서 뭐라고 하든 간에 아리안만은 잘 모르는 듯했다.

때문에 식당으로 가는 길에 앞을 가로막는 학생 하나를 그는 멀뚱한 눈길로 쳐다보기만 했다.

"야, 네가 아리안이야?"

"그런데요?"

"나 잠깐 좀 보자."

"싫어요. 난 지금 배가 고프니까요."

"좋은 말로 할 때 따라와."

"다시 한 번 말하는데, 난 싫어."

"어라? 이 평민 자식이. 귀족이자 선배한테 엉기는 것 좀 봐."

그때, 아리안의 곁으로 선배 세 명이 더 다가왔다.

"야, 신입생 한 명 데려오라는데 뭘 그렇게 꾸물대고 있어?"

"아, 얘가 말을 잘 안 듣네. 아직 햇병아리라서 선배 무서운

줄 모르는 모양이야."

그때 밥을 먹는 중이거나 다 먹고 일어나던 애들이 한 명씩 그들 주위로 모여들었다. 여학생이 더 많은 듯했다.

"젠장, 선배면 후배 밥 먹는 것까지 간섭하는 모양이군."

"맞아. 근데 저 애들 정말 선배 맞아?"

"아, 그리고 귀족이라고 자랑하는 모양인데, 네 아버지가 백작이야, 후작이야? 우리 아버지는 공작이다, 남작의 덜떨어진 자식아."

이번 신입생들은 달라도 많이 달랐다. 그들은 신입생들끼리 단합이 잘됐고, 더구나 신분을 벗어나 하나로 뭉쳐진 듯했다.

"아닐걸. 진짜 선배라면 교수님께 말씀드리고 정식으로 나타나서 뭔가를 의논하려 했겠지."

"신나게 팬 후에 선배 증명서가 없어서 가짜 학생인 줄 알았다고 할까?"

신입생들이 점점 모여들면서 한마디씩 하자, 선배 네 명은 주춤거렸다.

"어, 이 자식들이 정말 혼이 나봐야겠군."

"너, 이 자식, 저 자식, 그 자식에게 좀 맞아볼래?"

"저 새끼 말하는 본새 좀 보소. 아예 싸가지라곤 밥 말아 처먹었어."

신입생들은 한마디도 지려고 하지 않았다. 선배들은 울화가 치밀었지만, 신입생 모두를 상대할 순 없었다.

"야야, 가자, 가. 나중에 조용히 교육시키자."

"놀고 있네, 머저리들! 우리가 네놈들한테 교육받으려고 아카데미에 온 줄 알아?"

선배 네 명은 끽소리 한 번 한 후 슬금슬금 달아났다.

"호호, 저 애들, 꼬리 말고 사라지는 실력이 가히 경지에 이르렀네."

"하하하! 저 자식들, 도망가는 과목은 에이 뿔다구 받았겠다. 역시 선배라더니 배울 점이 있긴 있군."

신입생들은 도망치듯이 몸을 피하는 선배들이 들으라고 마음껏 야유했다.

"자식, 넌 매사에 긍정적이야. 참으로 배울 점이 많다."

"크크, 내가 과대표보다는 조금 떨어지지만, 확실히 그런 면이 있지."

하하하! 호호호!

신입생들은 그 자리에 모여 서서 웃으며 헤어지지 않고 이야기를 주고받았다. 조금 전의 이야기를 들은 신입생들이 주위로 점점 더 모였다.

"으하하! 이번 학번은 확실히 명물들이 많군. 과대표, 그리고 너와 나를 비롯해서 말이야. 시대가 인물을 부른다는 말이 실감나."

"와, 엔테로! 너 정말 대단하다. 네가 우리 과대표의 참모가 되는 게 좋겠다."

"좋지, 안티야스. 그럼 네가 과대표의 부관이 되었으면 한다."

처음에는 두서없이 하는 말이었던 그들의 이야기는 점차 체계를 이루고 어느새 또렷한 방향을 잡아갔다.

"접수했다. 이럴 게 아니라 우리 신입생끼리 뭔가 모임 하나라도 만들어볼까? 방과 후에 원하는 애들끼리 모여서 의논하는 게 어때?"

"좋아, 너희들끼리만 의논하지 말고 신입생 전원에게 알리는 게 좋겠다."

그들은 이야기를 하면서 조금씩 틀을 잡았다..

"아냐. 구체적인 안을 만든 후에 전체에게 전해야 돼."

"야, 의논할 때 나도 함께하자."

이때만 해도 신입생들의 모임은 단순히 치기 어린 조직이었다. 누구도, 아리안조자도 그 조직이 훗날 대륙에서 가장 강력한 힘을 가지게 될 줄은 꿈에도 몰랐다.

역사를 돌리는 피의 수레바퀴는 서서히 구르고 있었다.

아리안은 부전공으로 택한 마법학 강의실을 찾아갔다. 아리안이 강의실에 들어가자 갑자기 강의실은 약간 들뜬 분위기가 됐다.

"얘, 얘. 검술학과 과대표가 왔어."

"어디, 어디? 어? 정말이네. 아리안은 마법도 잘할까?"

"모르지만 어느 정도는 할 수도 있겠지. 일단 검술이 그 정도의 실력이라면 세 가지는 증명이 된 셈이잖아."

역시 학생들의 화제 1순위는 아리안이었다.

"그래? 그 세 가지가 뭔데?"

"첫째는 천재란 뜻이지. 가르치는 스승의 말을 이해하는 정도만으로는 어림없지. 하나를 가르쳐서 둘, 셋을 아는 자는 보통 머리가 좋다는 정도고, 하나를 가르치면 열을 이해하여 자신의 것으로 만들 수 있어야 하거든."

그들은 서로 이야기하며 고개를 끄덕이는가 하면, 새로운 화제를 만들었다.

"아, 그러겠네. 그럼 둘째는?"

"응, 둘째는, 자신의 것으로 만들기 위해서는 꾸준한 노력이 필요하지 않겠니? 같은 일을 계속 반복하다 보면 지루하고 심심하고 꾀가 나는 게 일반적인데도 그것을 이겨냈다면 성실, 근면, 인내는 필수불가결이 아니겠어?"

"세 번째는… 교수님 오신다. 오늘이 첫 시간이야."

한참 떠들던 학생들이 마법학 교수의 등장으로 순식간에 조용해졌다.

40여 명의 학생이 앉은 강의실을 빙 둘러본 교수는 은근한 음성으로 입을 열었다.

"가르치는 자의 즐거움은 제자가 스승을 앞질렀을 때란다. 인비에르노 교수는 강의를 마치고 나서 계속 흥분을 감추지 못하는 모습이었다. 나는 아직까지 그처럼 감격에 겨운 표정의 인비에르노 교수를 본 적이 없다. 이것은 분명 자신이 기대를 걸어도 좋은 제자가 들어왔다는 뜻이다. 나도 여러분 중에서 나를 능가할 만한 대마도사가 탄생하기를 바란다."

교수는 말을 끊고 다시 한 번 강의실의 학생들과 일일이 눈을 마주쳤다.

"마법학이란 단순히 마법을 행하는 방법을 배운다는 생각을 하는 순간, 마도사나 대마도사와는 인연이 사라진다. 그가 아무리 열심히 노력하고 천재라 해도 4서클은 이룰 수 없기 때문이다. 머지않아 자신의 한계를 절감하고 이어서 닥친 생활이라는 복병을 만나기에 사회와 타협하여 마법과는 연관이 없는 직업을 택하고 말지."

교수는 강의를 중단하고 교탁 위에 놓인 주전자를 바라보았다. 주전자는 스스로 들려서 옆에 놓인 컵에 물을 따랐다. 주전자는 다시 제자리에 섰고 컵은 유유히 교수를 향해 공중을 날았다. 강의실은 쥐 죽은 듯이 고요했다. 물을 마신 교수의 강의는 다시 이어졌다.

"그렇다면 과연 마법이란 무엇인가? 마법은 종합 예술이다. 이 아보가도 대륙에는 하늘과 땅이 있고 인간과 유사인종, 몬스터와 정령, 그리고 온갖 식물이 존재한다. 존재가 있는 곳에는 일정한 섭리가 있고, 그러한 자연 법칙을 살짝 비트는 것을 마법이라 한다."

교수는 마법의 개념을 정리한 후 학생들의 반응을 본 뒤에 다시 강의를 이어갔다.

"그처럼 자연 법칙을 비틀기 위해서는 우선 자연 법칙에 대해 알아야 하고, 그 법칙을 수칙으로 변화시키는 법을 이해해야 하며, 그러한 과정에서 수많은 연산 능력을 요구한다. 그렇기에 마법사는 고도의 연산 능력, 암기력, 집중력, 이해력, 그리고 실천력과 체력까지 요구된다. 다른 학과와는 달리 마법학과는 일 년 동안 서클을 만들지 못하면 2년차 강의는 들을 수 없다. 마찬가지로 서클 두 개를 만들어야 4년차 강의를 듣게 된다. 고로, 아카데미 마법학과를 수료했다는 말은 3서클의 마법사가 됐다고 보면 된다. 마나를 전혀 느껴보지 못한 학생은 손을 들어라."

학생들의 고개가 좌우로 돌아갔다. 아리안이 손을 번쩍 들었다. 몇 명의 손이 더 올려졌다.

"손을 내려라. 생각보다 마나를 느끼는 학생이 많군. 거기 제일 먼저 용감하게 손 든 학생, 이름이 뭔가?"

"아리안입니다, 교수님!"

"아리안, 마나를 느끼지 못한다면 다른 학생들보다 뒤로 처지게 되고, 마법과의 인연은 일 년으로 끝날 수 있는데, 전혀 점수가 나오지 않을지도 모를 마법학 강의를 신청한 이유는 뭔가?"

마법학 교수는 왜 부질없는 일을 했느냐고 물었지만, 아리안의 대답은 당당하기 그지없었다.

"예, 교수님. 제가 듣기로 마법이란 불을 만들고 스피어(Spear)를 날려서 상대를 죽이는 것만이 아니라, 종합 예술이고 극히 아름다우며 심히 깊은 학문이라고 들었습니다. 가능하다면 그 깊이에 빠져들고 싶지만, 그러지 못해도 그 아름답다는 종합 예술에 입문하는 법이라도 배우고 싶어서입니다, 교수님!"

"종합 예술에 입문하는 법을 배우고 싶다?"

학생들은 검술학과 과대표가 하는 말이기에 무슨 말을 하는가 싶어서 유심히 듣고 있었다. 하지만 온전히 이해하기 어려워서인지 옆자리의 학생과 서로 얼굴을 쳐다보며 고개를 갸우뚱했다.

마법학 교수는 더는 아리안을 상관하지 않았고, 그도 질문하여 다른 학생들의 시간을 빼앗지 않았다.

아리안은 스스로 가졌던 의문대로 쉽게 마나를 느낄 수 없었다. 다른 학생들이 마나를 느끼는 정도를 지나 불을 만들어 낼 수준이 되는 동안, 그는 묵묵히 강의에 참석하여 열심히 듣고, 조용히 한쪽에서 명상으로 실습 시간을 보냈다.

그는 마나를 느낄 수 없었지만 그렇다고 실망하지는 않았다.

다른 학생들은 그가 시간 낭비한다고 여겼으며, 그가 명상을 하든 말든 참견하지 않았다.

*　　　*　　　*

아리안은 정령학 강의실로 들어갔다. 오늘이 첫 강의 시간이다. 정령학 교수는 아름다운 미모를 자랑하는 미혼 여성으로 학생들의 인기를 독차지했다.

"교수님, 질문 있습니다."

"그래요? 질문하기 전에 명심해야 할 게 있답니다. 누구든지 수업과 관련 없는 질문을 하면 점수를 깎을 수밖에 없어요. 알겠죠?"

"예, 교수님. 저는 한 가지 의문 때문에 수업에 집중할 수가 없습니다."

"잠깐만, 학생. 학생은 누구든지 교수님의 개인 신상에 관한 질문을 한다면 그것은 학생 신분을 벗어난 행위입니다. 그 정도는 알고 있겠죠?"

정령학 교수는 학생이 질문할 내용을 이미 아는 듯했다.

"교수님, 제가 교수님이 엘프 출신이라는 말을 들었는데, 사실인지를 질문하면 교수님의 신상에 관한 질문이 될까요?"

정령학 교수의 얼굴에서 표정이 사라졌다.

"학생 이름이 뭐죠?"

"후안 코스타입니다."

"학생은 상당히 짓궂은 면이 있군요. 아버지인 디네로 코스타 후작을 믿고 그런 것이라면 후회하게 될 거예요. 왜냐하면, 국립 로열 아카데미 교수의 신분은 황제 폐하께서 보증하셨기 때문이며, 이 안에서 일어난 모든 일은 교수들의 권한 내에 있답니다. 아직 어린 학생이기에 한 번만 용서해 주죠. 한 번 더 내 수업을 방해한다면 적절한 조치를 취할 것입니다."

후안의 말에 호기심을 보이는 학생도 있었지만, 대부분은 얼굴을 찌푸리며 후안을 돌아봤다.

후안은 바로 아리안과 같은 방을 사용하는 학생이었다.

"쳇, 모두 궁금해하면서도 야단은 나 혼자 맞고 있잖아.

쳇, 쳇!"

후안은 '쳇'을 연발하다가 고개를 책상에 박고 잠든 척했다. 교수는 그를 한 번 쳐다보고 강의를 시작했다.

"누구나 알다시피 정령술은 정령과 계약을 맺는 것입니다. 일단 계약을 맺으려면 정령을 불러내야 하는데, 자연과의 친화력이 문제가 됩니다. 예전에는 가능하면 하급보다는 중급, 상급 정령과 계약을 맺으려고 애를 썼으나, 지금은 하급 정령과 계약하여 정령을 진화시키면서 친화력도 키우는 추세랍니다. 인간과 가장 계약을 많이 하는 정령은 물, 불, 땅, 바람의 정령이지만……."

아리안은 강의가 끝나자 식당으로 갔다.

"아리안, 식당으로 가는 거야?"

아리안이 돌아보자 레이나가 다가오는 모습이 보였다.

"응, 레이나도 식당에 가는 중이야?"

"그래, 방에 갔다가 식당으로 가면 번거롭잖아."

"이쪽에서 오는 것을 보면 레이나도 정령학 강의 들어?"

"마법학 강의도 같이 듣는걸. 몰랐지?"

"그렇구나. 레이나는 워낙 조용해서 함께 강의 듣는 줄도 몰랐어."

두 사람이 같은 식탁에 앉아서 식사를 하자 많은 남녀 학생이 관심을 두고 쳐다봤다. 두 사람은 그러한 시선을 느꼈는지 말없이 식사만 했다. 아리안이 일어나자 아직 식판을 비우지 못한 레이나도 모이는 시선이 불편하여 따라 일어났다.

"왜? 덜 먹었잖아."

"아니야. 충분히 먹었어."

"그래?"

"응."

대화는 다시 끊어졌다. 아리안이 앞서서 식당을 나갔다.

"아리안!"

누군가가 식당 앞에서 아리안을 불렀다. 형이 용병이라는 엔테로였다.

"엔테로구나. 왜?"

"잠시 시간 좀 내줄 수 있어?"

아리안은 난처한 듯이 레이나를 쳐다봤다.

"아리안, 나 먼저 갈게."

"응, 그래. 잘 가!"

레이나는 고개를 살짝 숙여 보이고 돌아서서 걸어갔다.

아리안은 레이나가 가는 모습을 잠시 보다가 엔테로를 쳐다봤다. 엔테로도 레이나의 뒷모습을 보다가 아리안에게 말했다.

"사실은 나와 같이 좀 갈 데가 있어. 괜찮지?"

"그래, 가자."

아리안은 엔테로를 따라서 아카데미 본관 건물 뒷산을 넘어 갔다. 잔디가 있는 곳에 안티야스 등 다섯 명이 그들을 기다리고 있었다.

"어서 와, 아리안. 기다리고 있었다."

아리안은 그들과 일일이 악수를 하고 자리에 앉았다.

안티야스가 주위를 둘러보자 모두 고개를 끄덕였다.

"아리안, 먼저 얘기하고 싶은 것은, 지금 말하는 내용이 우리가 모여서 몇 날 며칠 의논한 후 내린 결론이야."

안티야스의 말에 다른 다섯 명이 아리안을 보면서 고개를 끄덕였다. 그들의 얼굴에는 기대감이 가득했고 눈은 별처럼 반짝였다.

Chapter 03

비사회

LEGEND OF
SWORD
EMPEROR

"아리안, 우리는 모임을 만들었으면 해. 아카데미에 있는 동안은 같이 공부하고 수련하여 서로 부족한 점을 채우고, 졸업해도 생사고락을 함께하는 그런 모임. 물론 모임의 방향을 정하는데 서로 의견이 엇갈릴 수도 있을 거야. 그런 경우에는 최종적으로 회장의 의견을 따라야겠지. 그래서 우선 모임의 이름을 정했는데, 가칭 '검우회' 야. 발기인은 우리 일곱 명이고 회장은 영구 직으로 네가 맡아줬으면 해."

"내가 회장이라고?"

아리안은 이들이 무슨 말을 하는지 잠깐 이해를 못하다가 이내 떠올렸다. 얼마 전 부당하게 아리안을 핍박하려고 하던 선배를 신입생들이 모두 모여 기세로 쫓아내 버렸을 때, 그때 엔테로를 비롯한 몇몇 학생들이 나누던 이야기였다.

"그래. 너로 인해 모임을 만들 의욕이 생겼으니까. 처음에는 너를 맏형으로, 피를 나누는 의형제를 맺을까도 생각했지. 한데 단점이 있더라고. 이 모임이 졸업 후에도 힘을 가지려면 끊임없이 능력자를 보강해야 하는데 의형제는 한계가 생기니까."

"맞아, 우리 제국의 초대 황제 폐하께서 생명수 나무 밑에서 12인의 기사와 한날 태어나지는 못했지만 같은 날 죽기를 바란다고 형제지의를 맺은 후 전쟁을 일으켜서 혼란한 대륙을 안정시키고 제국을 세우셨잖아. 우리도 힘을 모으면 그처럼 제국 탄생신화를 다시 만들 수 없다고 누가 말할 수 있겠어?"

"맞아, 맞아. 아리안!"

학생들은 눈을 반짝이며 아리안을 바라봤다. 아직 어리기는 했지만, 뭔가 이루고 싶다는 강한 열망이 그들에게서 넘쳐 났다.

진정은 동화력을 갖는다고 어느 현자가 그랬던가?

"음~!"

아리안은 깊은 숨을 내쉬고 생각에 잠겼다. 그가 눈을 감자 안티야스도 말을 끊고 그가 생각할 수 있도록 기다렸다.

'이것은 간단한 모임이 아니야. 명령에 절대 복종한다던 일진회도 고등학교를 졸업하면 대부분 흩어지게 되는데, 안티야스가 말하는 것은 졸업한 후에도 그러한 관계를 계속 유지하겠다는 것이군. 나에게 회장이 되라는 것은 책임을 지라는 것

으로 해석할 수도 있고, 끝까지 힘을 합쳐서 멋진 내일을 만들자는 뜻도 되겠어.'

안티야스 등이 말하는 건 판타지 책에서 봤던 주군과 가신의 이야기와도 비슷했다. 단지 나이가 어리니까 모임이란 말로 대신하는 것뿐이다.

그 무게를 느낀 아리안은 한 번 더 짚고 넘어가자는 마음에 다시 물었다.

"안티야스, 취지는 알겠는데 모임의 결속력 강화는 어떻게 할 셈이지? 한 사람이라도 중도에 빠져나가면 모임은 해체된다고 봐야 할 테니까."

"맞아. 그래서 모임의 회칙을 정했어. 모임은 정회원과 준회원으로 나눠. 준회원은 단지 스터디 그룹의 일원이야. 졸업 후에는 정보 교환과 모임의 동조 세력으로 남길 예정이고. 단, 정회원은 비밀결사조직, 즉 비사회 회원으로 봐야겠지. 배신이나 모임의 탈퇴는 죽음으로 이어져. 그렇기에 귀족이나 영주 후계자는 처음부터 제외했어."

"비밀결사조직? 갑자기 웬 비밀결사조직이 필요한 거지?"

"그래, 앞에 내세운 이름은 스터디 그룹이고, 성격은 비밀결사조직이란 뜻이야. 비사회가 필요한 이유는 우리가 졸업했을 때라도 능력이 생기고 이름이 알려지면 틀림없이 귀족들의 견제나 회유가 생길 거야. 그때도 널 중심으로 굳게 뭉쳐 닥친 어려움을 해결하자는 굳은 결심을 잊지 말자는 뜻이지."

비사회란 말이 안티야스의 입에서 흘러나오자, 엔테로와 다른 친구들의 얼굴은 비장한 표정을 감추지 못했다.

아리안을 그들을 둘러보며 천천히 말을 시작했다.

"그런 강력한 조직을 왜 만들지? 잘 생각해 봐. 아카데미에서 할 수 있는 스터디 그룹이나 단순히 친목회라면 처음부터 이런 강력한 조직을 만들 이유가 없잖아. 처음엔 단순한 스터디 그룹이었다가 시간이 흐르면서 결속력이 강해지고 능력도 향상되면서 놀라운 단체로 변해가는 걸 거야. 처음부터 그런 조직을 만들고 일을 시작하면 드래곤을 그리려다가 고블린을 그리는 격이 되고 말 거야. 우리가 공부를 하다 보면 마음이 힘들고 해이해질 때도 있을 텐데, 그때마다 그런 언행이 회의 정신에 맞는지 따지다가 보면 마음을 다치는 사람이 생기는 건 필연이고, 그러다 정작 중요한 것을 놓친다고 봐."

아리안은 무거운 표정으로 그들을 둘러봤다. 그를 쳐다보는 여섯 명의 얼굴에는 자신의 말에 대한 이해보다 기대감이 넘실거렸고 비장함마저 엿보였다.

학생들의 모임으로는 너무 과하지 않은가 생각하고 있던 아리안은 다시 한 번 찬찬히 그들이 기세를 살폈다.

그들의 표정은 아직 어리기에 일어나는 치기 어린 행동이나 영웅심과는 거리가 있어 보였다. 뭔가를 이뤄보고자 하는 열망을 읽은 아리안이 입을 열려고 하는데 엔테로가 먼저 말했다.

"아리안, 우리도 많은 생각을 했어. 우리가 아카데미를 졸업한다면 어떻게 될까? 물론 몇몇은 황궁이나 귀족의 기사가 되겠지만, 과연 우리가 그 후에도 꾸준히 노력하고 지도를 받아서 마스터가 될 수 있을까? 모르긴 해도 난 아니라고 봐. 명령에 따라 이리저리 바삐 뛰어다니며 귀족의 궂은일을 처리하거나 전장에서 죽어가겠지. 이왕 그렇게 해서 죽는 길밖에 없다면, 우리가 선택한 회장과 공생공사 하는 게 더 바랄나위가 없고, 최소한 죽을 때 후회는 없을 거야."

아리안은 이를 악물고 엔테로의 말에 고개를 끄덕이는 친구들을 한 명씩 둘러봤다.

"너희들 결심이 대단하다는 것을 느끼겠다. 한데 내가 이 모임을 해체하라고 한다면 어떻게 할 거야?"

"당연히 해체해야지. 우리가 힘을 비축했을 때 너를 제거하고 다른 사람이 우리의 힘을 이용하게 할 수는 없으니까. 네가 바로 우리고 우리의 바람이니까."

아이들의 발상은 그 누구도 아닌 아리안의 존재에서부터 시작되었다. 또래보다 월등한 체격, 비교를 불허하는 검술 실력, 거기다 도저히 같은 나이라고 생각되지 않는 심지까지, 아리안이 없었다면 애초에 이 비사회라는 발상은 생겨나지도 않았을 것이다.

아리안을 갈구하는 아이들의 마음이 통한 것일까, 그는 깊게 숨을 몰아쉬더니 말했다.

"좋다, 엔테로의 말은 누구도 쉽게 생각할 수 없는 깊은 통찰력이야. 해보자. 하지만 졸업할 때까지 우리는 비사회가 아니고 단순한 스터디 그룹이야. 거창하게 시작해서 중간에 해체하는 것보다 작게 시작해서 점점 키워 나가 보자."

아리안이 어금니를 깨물며 고개를 끄덕였다. 친구들의 표정이 밝아졌다. 그때 엔테로가 굳은 표정으로 자신들의 최후 조건을 말했다.

"그건 좋아. 마지막으로 하나만 이야기할게."

"뭔데?"

"우리 여섯 명과 싸워서 쓰러뜨려. 검으로는 여섯 명이 아니라 육십 명도 상대가 안 되겠지만, 맨손으로 싸워서 우리를 굴복시켜 주길 바라."

이야기를 하는 엔테로나 다른 친구들의 얼굴도 긴장감으로 가득했다.

"만일 내가 지면?"

"돌아가면서 회장을 맡고 가끔씩 다시 붙어서 혼자 다른 사람을 모두 꺾는 자가 생기면 그가 바로 회장이야. 누구나 회장 도전 자격이 있는 거지."

아리안은 그의 말에 충분한 이유가 있다고 여기고 고개를 끄덕였다.

"좋아, 언제 할까?"

"지금이 좋지 않겠어?"

"좋아, 준비하자."

열다섯 살짜리 신입생, 자칭 미래 비밀결사조직의 회원들은 싸운다는 얘기를 나누면서도 싱글벙글했다. 여섯 명 모두 아리안보다는 작았지만, 보통 애들보다는 머리 하나가 더 큰 애들이었다. 그들도 싸움이라면 심심찮게 해본 모양이다.

"으랏챠! 싸움은 선방이고 필승의 전법이지."

"와, 죽여라!"

"회장을 팰 기회는 지금밖에 없어."

그들은 신이 나서 소리를 지르며 덤벼들었다.

"맞아. 목숨까지 바칠지도 모르는데 원도 한도 없이 패야
지."

"쓰벌, 연애소설 읽지 말고 빨리 덤벼들어."

"접수했다. 황도의 풍운아 엔테로가 간다!"

안티야스가 제일 먼저 아리안에게 선방을 날렸다. 아구통을
날리는 그의 주먹을 턱으로 막은 아리안은 뒤로 넘어지면서
양발 올려치기로 안티야스의 가슴을 찼다.

다른 두 명이 합세하며 덤볐으나, 아리안은 어느새 낙법으
로 땅에 떨어지는 즉시 뒤로 한 바퀴 굴러 태권도 하단 자세를
잡았다. 그리고 하단 돌려차기로 덤비는 두 명을 쓰러뜨렸다.

"윽! 헉!"

다른 네 명이 한꺼번에 달려들었다. 그때부터 치고받는 막
싸움으로 변질했다. 아리안은 다섯 대 맞으면서도 한두 대를
치곤 했다.

"교수님! 큰일 났어요! 여러 명이 한 명을 때려요!"

"어디, 어디?"

인비에르노 교수는 싸움이 났다는 여학생과 뒷산으로 왔다.

"어? 저 녀석은 아리안 아니야? 이놈들아! 당장 멈추지 못해!"

"헉헉!"

싸우던 학생들은 숨을 몰아쉬며 싸움을 멈추고 교수를 쳐다봤다.

"이런 불량 학생들을 봤나? 아카데미 안에서 싸움을 해? 모두 따라와!"

그때, 안티야스가 앞으로 나서서 말했다.

"교수님, 저희가 스터디 그룹을 조직하고 회장 선출하는 중인데, 조금만 기다려 주시면 안 됩니까?"

"뭐? 스터디 그룹 회장을 뽑는 중이라고?"

"예, 교수님."

"내가 보기에는 여섯 명이 일방적으로 아리안에게만 달려들던데?"

"히히, 당연하죠, 교수님. 아리안이 가장 강력한 후보라서 우리가 먼저 아리안을 공격해서 쓰러뜨린 후 우리끼리 다시 싸워야죠. 아무래도 다음 상대는 나일 듯싶어서 저는 힘을 조금 비축하는 중입니다. 히히!"

머리를 긁적이는 안티야스와는 달리 다른 학생들의 얼굴에는 지친 표정이 조금 남았다. 그러나 모두 얼굴만은 밝았다. 한쪽에는 정당한 대결임을 증명하듯 아카데미 정복 상의 일곱 벌이 곱게 접혀서 함께 놓여 있었다.

교수는 아리안의 검술 실력은 인정하지만, 그의 격투 실력은 참으로 궁금했다. 격투 실력은 검술 능력에 영향을 미치기도 하지만 완연히 별개의 것이었다.

"좋아, 내가 참관인이 되어주지. 자, 시작해라."

"예, 교수님!"

휙휙! 퍽! 퍽!

그들은 다시 격돌했다. 그들의 주먹과 발길질은 장난이 아니었다. 어떻게 알았는지 학생들이 한 명 두 명 모여들었다.

"학생들이 싸우는데 교수가 구경만 하시잖아?"

"조용히 해. 지금 스터디 그룹 회장 선출하는 중이래."

"칫! 고무줄이나 줄넘기라면 나도 출마했을 텐데."

아리안의 주먹에 뒤로 날려갔던 안티야스 등도 포기하지 않았으나, 숱한 공격을 당한 아리안은 아직 숨결도 거칠어지지 않았다.

"뭐야? 벌써 한 시간이 다 됐잖아. 정말 대단한 놈들이네."

"젠장, 단지 5분 싸우는 것도 숨이 턱에 차고 대낮에 유성우가 보이며, 하늘과 땅이 빙글빙글 도는 신비경을 연출하던데, 아리안은 말할 것도 없고 다른 놈들도 괴물들이야."

구경하는 학생들이 연신 감탄을 터뜨렸다.

레이나도 아리안이 싸운다는 말을 듣고 놀라서 달려와 나무 뒤에 숨어서 구경하고 있었다. 아리안이 맞을 때마다 마치 자신이 맞는 것처럼 몸을 움찔거렸다.

한 명이 아리안에게 맞아서 넘어진 후 일어나려고 안간힘을 쓰다가 쓰러졌다. 엔테로가 아리안의 턱을 주먹으로 갈겼다. 그는 턱을 방어할 생각도 하지 않고 그대로 맞으면서 주먹으로 엔테로의 배를 쳤다. 순간 고개를 푹 숙이는 엔테로의 턱을 무릎으로 올려쳤다.

뒤로 넘어진 엔테로가 안간힘을 쓰면서 일어나려 했다. 아리안은 그에게 다가가서 손가락으로 그의 이마를 살짝 밀었다. 그는 그대로 뒤로 넘어졌다. 그래도 일어나려고 꿈틀거렸다. 보던 여학생들이 모두 고개를 돌렸다.

아리안이 상의 한 벌을 가져다가 그의 머리에 괴어줬다. 그제야 그의 팔이 축 늘어졌다. 쓰러졌던 안티야스와 세 명의 학생이 주먹을 하늘로 쳐든 채 비틀거리며 다가왔다. 아리안이 안티야스의 몸을 부축했다.

안티야스는 마치 망치로 못을 박듯이 아리안의 코를 주먹으로 때렸다. 그리고 곧장 아리안에게 안겨서 정신을 놓아버렸다. 아리안은 그를 조심스럽게 눕히고 역시 상의를 가져다가 머리에 받쳐줬다.

다른 두 명도 한계에 달했는지 아리안이 섰던 자리에 도착해서 서로 부딪친 후 사이좋게 껴안고 쓰러져 버렸다.

땅에는 여섯 명이 각기 편안한 자세로 베개를 베고 누웠다. 그들은 남자란 나이로 되는 게 아님을 분명히 보여줬다. 그들의 놀라운 정신력에 구경하던 학생들은 모두 손뼉을 쳤다.

짝짝짝!

"스터디 그룹 회장 짱이다. 나도 그룹에 가입해야지."

"어머, 멋있어. 남자들은 저렇게 우정을 다지는구나."

"와우, 정말 멋있다. 참으로 아름다운 것 같아."

레이나는 나무 뒤에서 눈물을 닦으며 아리안을 한 번 더 바라본 뒤에 조용히 사라졌다.

아리안이 상의를 입고 인비에르노 교수에게로 갔다.

"교수님, 이젠 끝난 것 같습니다."

"그런 것 같구나. 회장, 축하한다."

인비에르노 교수는 아리안의 어깨를 한 번 툭 치고 학교로 돌아갔다.

관전하던 교수와 학생들이 모두 물러나고 쓰러졌던 안티야스 등이 차례로 정신이 들었다.

"어? 어떻게 된 거야? 싸우다 말고 내가 잠이 들었나?"

학생들은 일어나자마자 어리둥절해서 주위를 둘러봤다.

"쉿! 마스터가 생각 중이니 방해해서는 안 돼."

한쪽에서 아리안이 그들이 깨어나기를 기다리다가 단전호흡을 하는 중이었다. 그의 전신에서 아직은 차가운 날씨에 김이 모락모락 피어올랐다.

아리안은 단전호흡을 하며 친구들이 깨어나기를 기다렸다. 추운 날씨를 버티기에는 최적의 방법이었다. 물론 만약 아카데미의 누군가가 아리안의 자세를 보고 그의 강함의 원인이 그것임을 알아본다면, 그런 부주의가 훗날 사고와 연결된 가능성도 높았다.

하지만 자세를 본다고 단전호흡은 쉬이 따라 할 수도 없기에 아리안은 크게 걱정하지 않았다.

"음, 역시 마스터는 보통 사람들과 달라."

"그래, 뭔가 신비스러운 데가 있어."

작은 목소리로 속삭이던 아이들은 조용히 앉아서 그가 일어나기를 기다렸다.

아리안은 단전호흡을 하며 명상을 통해 내부를 관조하고 있었다. 그는 매우 놀라고 있었다. 싸우기 전에 비교하여 싸운 후의 지금 몸의 기운이 훨씬 더 늘어나 있었다.

'몸이 격돌하니까 마치 세포가 환호성을 터뜨리는 것 같아. 몸이 부딪칠수록 기운이 더욱 샘솟듯이 솟아나는 것은 무슨 조화지? 혹시 저승사자를 따라서 강을 건너는 중에 마셨던 세 모금 물의 기운이 몸속에 갇혔다가 애들이 몸을 두드리자 풀려난 것일까? 그게 아니라면 싸우기 전보다 더 기운이 강해진 게 설명이 안 되잖아. 애고, 모르겠다. 차츰 알게 되겠지.'

아리안이 고개를 들고 눈을 뜨자, 안티야스 등이 다가와서 마치 기사처럼 한쪽 무릎을 꿇었다. 하지만 아직은 장난기가 다분한 듯했다.

"마스터!"

"마스터? 난 아직 마스터가 아닌데?"

아리안이 의아한 얼굴로 되묻자, 엔테로가 대표로 말했다.

"예, 마스터! 공식적으로는 회장이고, 우리는 마스터로 부르자고 결정했습니다. 회장이 제일 먼저 되겠지만 우리가 원하는 1차 목표가 마스터이니까요."

"흠, 좋다. 한번 제대로 해보자. 마스터라는 구호로 자신의 바람을 항상 상기한다는 뜻이군."

"예, 마스터!"

"좋다. 너희와 같은 그룹이 되어 기쁘다. 실력은 미흡하지만 그것은 증진될 테고, 끈기와 오기가 대단했어. 그 정도라면 같이 갈 만한 가치가 있겠지. 하지만 내 기대에 미칠 때까지는 죽었다고 여겨야 할 거야."

"감사합니다, 마스터. 얼마든지 굴려주십시오."

아리안이 이끌어준다는 말을 하자 그들의 얼굴에는 희색이 만연했다. 어쩐지 벌써부터 곡소리가 들리는 듯했다.

*   *   *

스터디 그룹 회장 선출에 대한 소문은 아카데미 교수와 학생들 사이에서 신화가 됐다.

"신입생 스터디 그룹 회장 선출 방식이 정글의 법칙을 택했다며?"

"그랬다는군. 한 시간도 넘게 싸웠으니 지독한 독종들이지."

"그럼 얼마 후에 있을 각 연차 회장 선출 중에서 1년차 회장은 이미 결정 난 듯해."

"그렇겠군. 아무리 생각해도 대단해. 2년차 스터디 그룹과 통합하자고 할까?"

"너, 신입생 회장과 싸워서 이길 수 있겠어? 그는 우리보다 결코 체격이 뒤떨어지지 않는 여섯 명과 싸워서 이겼는데……."

"젠장, 그렇겠다. 호락호락 누구 밑에 들어가려고 하지 않겠지."

한편, 스터디 그룹 회원을 모집한다는 소문이 은밀히 신입생들 사이에서 전해졌다. 은밀하게 할 일이 아니었으나, 공개하기 전에 입소문이 먼저 난 경우였다.

한데 이변이 일어났다.

"회장님, 이상한 일이 일어났습니다."

안티야스가 아리안에게 뛰어와서 큰 소리로 말하자, 회원 모집을 하려고 모였던 엔테로 등이 다가왔다.

"이상한 일?"

"예, 회장님. 학교에서 공인된 스터디 그룹의 원래 취지는 검술학과 전공 학생이 주대상자였습니다. 그래서 입회 신청서를 80장만 만들려고 하다가 혹시나 해서 100장을 만들었는데, 접수된 것만 300장이 넘습니다."

"뭐? 그럴 리가 있나. 사실이라면 정말 이상한데?"

작은 상단주 아들이라는 마데라가 고개를 갸웃거렸다.

"1년차 학생이 모두 몇 명이지?"

"매년 200명 정도입니다."

"그럼 다른 연차에서도 신청했다는 말이잖아?"

"이거 이렇게 인기 있어도 되는 거야? 회장님, 이건 문제의 소지가 있습니다."

"흠, 확실히 문제가 생길 수도 있겠군."

"회장님, 이렇게 하면 어떻겠습니까? 우선 1년차를 정회원으로 합니다. 물론 우리는 특별회원이지요. 다른 연차생은 준회원으로 참여는 가능하되 발언권은 없는 것으로 하는 것입니다. 물론 다른 연차생은 배제하는 게 운영을 원활하게 하는 방법이겠지만, 인재를 뽑는다는 면에서는 참여의 문을 여는 게 좋을 수도 있습니다."

아리안은 여러 사람의 이야기를 듣고 최종적으로 결론을 내렸다.

"일단 엔테로는 내일 저녁 식사 후에 검술 수련관에서 검술 스터디 그룹 첫 모임을 갖는다고 발표해라."

"예, 회장님! 학생 공고 게시판에 적어서 붙이겠습니다."

"그리고 너희들은 내일 새벽 다섯 시에 수련복을 입고 검술 수련관으로 집합해라. 내일부터 특훈에 들어간다."

"예, 마스터!"

다음날 새벽, 동이 트기도 전에 일곱 명은 수련관에 모였다.

"지금부터 내가 너희에게 따로 가르치는 것은 결코 다른 사람에게 알려줘서는 안 된다. 알겠나?"

"예, 마스터!"

"훗날 결혼했을 때, 자식에게만은 가르치는 것을 허락하겠다. 만약 같은 검술을 사용하는 사람을 만나면 서로 형제라는 것을 인식하고 돕고 양보하기 바란다."

"예, 마스터."

그들의 음성은 어느 때보다 감격에 겨웠으며 보람이 가득했다.

"우선 몸 풀기 체조를 알려주겠다."

아리안은 테이프로 연습했던 기공 수련법을 자세히 알려줬다.

왼손과 오른손이 각기 따로 놀면서 부드럽게 원을 그리며 허공에 수를 놓았다. 끊어질 듯이 그치질 않았으며 왼손이 머리 위에서 원을 그리면 오른손은 허리 아래에서 원을 그렸다. 왼손이 앞에서 원을 그리고 오른손은 뒤에서 원을 그렸다. 왼발과 오른발도 쉬지 않고 움직이는데, 언제나 뒤꿈치는 살짝 들린 상태였다.

10분이면 끝나는 동작이 부분 동작의 시범을 보이고 잘못된 동작을 교정하면서 30분이 훌쩍 넘었지만, 모두들 제법 잘 따라와 주었다. 다시 연속 세 번을 행한 후에 자리에 앉았다. 안티야스 등은 자리에 앉으며 놀라운 눈으로 아리안을 쳐다봤다.

"와, 정말 신기하네. 가벼운 동작에 이처럼 많은 땀을 흘렸어."

"맞아. 마치 한 시간 동안 계속 달린 것도 같고 엄청난 대적과 쉬지 않고 싸운 것 같은데, 이상하게도 기운은 펄펄 넘쳐 나는군."

"마스터가 숨은 비기를 전수해 주신 거야."

임원들은 감격에 겨운 눈빛으로 아리안을 쳐다봤다. 그들이 아리안을 바라보는 시선은 점차 변화되어 갔다. 아리안을 친구로 대하는 게 조금은 오히려 부담스러울 정도였다.

"난 너희가 타고난 전사가 되길 바란다. 적과는 물론이고 끊임없이 현실과 타협하려는 자신과 싸워 이기길 바란다. 자신과 싸워 이기려면 확실한 목표 의식이 있어야 한다. 기존의 가진 자들은 우리를 그들의 도구나 이용물로 삼으려 할 것이고, 그 도전은 온갖 모습으로 다가올 것이다. 그러한 과정에서 우리가 꿈을 안고 비상하려면 눈을 바로 뜨고 흔들림 없이 자신을 단련하여 상대가 예상치 못한 실력을 갖추는 수밖에 없다. 결코 자신의 실력, 자신이 가진 것에 안주해서는 안 된다. 알았나?"

"예, 마스터!"

아리안은 임원들에게 이야기를 하면서 자신도 설득하고 있었다. 그들의 우렁찬 함성은 지금까지 자신의 틀을 깨고 넓고 높은 창공을 마음껏 유영했다. 그들의 타오르는 젊은 가슴은 '할 수 있다'라는 무한한 가능성을 안고 비상했다. 회장 대신에 부르기로 했던 마스터란 말은 본래의 의미보다 점점 소중함을 더해갔다.

"지금부터 숨 쉬는 법을 배운다."

"마스터, 숨 쉬는 법도 있습니까?"

안티야스가 의아한 눈으로 반문했다. 그들은 모두 아리안에게 말을 높였는데 이젠 그 말 속에 진정을 곁들이기 시작했다.

그가 자신의 비기를 전해주는 고마움에서였다. 다른 자들도 다르지 않아서 서로 얼굴을 쳐다보며 어깨를 으쓱거렸다.

"하하하! 인간이 존재하는 데 제일 필요한 것은 가장 많은 공기다. 필요하다고 해서 무한정 들이마시기만 해서는 살 수 없다. 적당히 내보내야 한다. 받았으면 주는 것을 당연하게 여겨라. 먹는 것도 중요하지만 싸는 것도 못지않게 중요하다. 그러기에 숨 쉬는 법이 필요하게 된다. 어린아이는 배로 숨을 쉬고, 소년, 청년은 코로 숨을 쉬지. 하지만 나이가 들면 입으로 숨을 쉬다가 죽을 때가 되면 목으로 헉헉대다가 가게 된다."

그제야 아리안의 말을 어렴풋이 짐작한 회원들은 눈을 반짝였다.

"물론 나에게는 놀라운 검술 스승이 계시다. 하지만 최고의 스승은 언제나 자신임을 잊어서는 안 된다. 그리고 가장 소중한 것은 나에게서 가장 가까이 있는 사람들임을 명심해야 한다. 자, 그럼 숨 쉬는 법을 시작하자. 모두 나와 같은 자세를 취해라!"

회원들은 아리안이 취한 가부좌 자세를 뼈가 굳지 않아서 쉽게 흉내 낼 수 있었다.

"허리를 펴라. 목은 뒤로 당기는 듯한 자세에서 고개를 살짝 숙인다. 엔테로, 목에 힘이 너무 들어갔다. 가슴은 펴되 힘은 빼야 한다. 주먹은 자연스럽게 쥔 후에 무릎 위에 놓아라. 혀는 위로 동그랗게 말아서 입천장에 대야 한다. 마데라, 어금니를 악물지 말고 힘을 빼라. 몸 어느 곳에도 힘이 들어가서는 안 된다. 눈은 가늘게 뜨고 마음은 배꼽 밑 손가락 두 개 지점에 두어라."

아리안은 주위를 둘러보며 자세를 수정한 후 정작 중요한 설명을 시작했다.

"좋다, 지금부터가 중요하다. 배를 천천히 등 쪽으로 민다. 하나, 둘, 셋, 넷, 다섯! 이번엔 다시 천천히 배를 부풀려라! 하나, 둘, 셋, 넷, 다섯! 코로 숨을 쉬는 게 아니라 코는 그대로 두고 이처럼 배로 숨을 쉬는 것이다. '고무풍선의 부풀려진 부분을 잡았다가 놨다'를 반복하면 저절로 공기가 들어왔다가 빠져나가기를 반복하는 것이지 풍선 입구가 노력할 필요는 없다."

아리안은 주위를 돌아다니며 그들의 자세를 조금씩 수정하면서 이야기를 계속했다.

"호흡법은 '호', 즉 공기를 먼저 내보내는 것부터 시작한다는 점을 명심해라. 비운 다음에 '흡', 채우는 것이다. 숨 쉬는 소리가 조금이라도 들린다면 코로 숨 쉬는 것이고 잘못된 길로 들어서는 것이다. 자, 계속해라! 천천히, 천천히, 아주 천, 천, 히!"

여섯 명의 회원은 아리안을 향해서 동그랗게 앉아 숨 쉬는 법을 새롭게 연습했다.

'마스터도 참, 숨 쉬는 법이라니. 하지만 이런 자세로 무게 잡고 있으면 뭔가 있는 듯한 분위기를 연출할 수는 있겠군. 마스터가 시키는 것이니 하긴 해야겠지.'

그들의 자세는 시간이 흐를수록 점차 고요 속에 스며들었
다. 태풍의 핵이 될 어린 씨앗들은 그렇게 발아할 준비를 갖추
고 있었는데…….

강의가 끝나고 저녁 식사를 마친 아카데미 1년차 학생은 너
도나도 검술 수련관으로 향했다.

"넌 검술학과 학생도 아니면서 검술학과 과대표가 회장인
스터디 그룹에 가입한 거니?"

"지지배. 넌 아직 어려서 몰라. 아리안은 사내 중의 사내 아
니냐. 그런 사내 주위에는 진정한 사내, 내 행복을 밤낮으로 지
켜줄 그런 전사들이 있게 마련이지."

"그들이 졸업하고 기사가 된 후에 작위를 받고 영지를 하사
받으면 낮은 알겠는데, 밤은 또 뭐야?"

친구의 이야기를 이해 못해서 물었지만, 그녀는 자상하게
가르쳐 줄 마음이 없는 듯했다.

"호호, 낮도 중요하지만 밤은 더욱 소중해. 밤은 인간을 성
숙시키거든."

"얘가 무슨 소릴 하는지 모르겠네. 넌 밤에 잠 안 자고 뭐하
니?"

"호호, 그럼, 그럼. 밤엔 잠을 자야지. 에휴, 꽤나 몰려 왔잖
아. 이러다간 입술 도장은 물론이고 얼굴도장 찍기도 어렵겠
는걸. 일수는 도장 찍는 맛에 하는 건데."

"……?"

도장 찍는 것을 지극히 사랑하는 소녀와 의아한 표정의 친구가 수련관으로 들어갔다. 그녀들만이 아니라 상당수의 학생들이 이미 수련관 이곳저곳에 삼삼오오로 모여 모임이 시작되길 기다렸다.

2, 3년차는 물론이고, 4년차 학생의 모습도 보여서인지 신입생들은 그들을 쳐다보느라 여념이 없는 듯했다. 시간이 다 됐는지 수련관은 벌써 여유있게 기다릴 형편이 되지 않았다. 웅성거리는 소리가 수련관을 가득 메웠다.

그런 소리가 뚝 그쳤다.

갑자기 조용해졌다. 무슨 일인가 싶어서 모인 학생들은 사방을 두리번거렸다. 맨 먼저 아리안이 들어오고 네 명의 임원이 그 뒤를 따랐다.

아리안이 모인 학생들 앞 단상에 서서 담담한 음성으로 말했다.

"안녕하십니까? 제가 스터디 그룹 회장을 맡은 아리안입니다. 스터디 그룹은 회원들의 건강 증진과 검술 향상을 목표로 하는 그룹입니다. 내가 신입생이기에 신입생들만 신청할 줄 알았는데, 선배들도 참석한 일은 실로 의외입니다."

"잠깐!"

그때, 왼쪽 벽에 섰던 선배 한 사람이 아리안의 말을 끊었다. 학생들의 시선이 모두 그 학생에게 쏠렸다.

"난 4년차 검술학과 선배다. 각 연차 별로 스터디 그룹은 모두 있고, 신입생 스터디 그룹은 4년차 선배가 한동안 회장을 맡아서 지도하여 올바른 방향을 잡은 뒤에 신입생 중에서 회장을 선임하고 있다. 회원들에 의해서 선출되지도 않았고, 선배들에게 인정받지도 않은 너희는 그만 내려와라!"

갑작스런 선배의 말에 수련관 안은 너도나도 웅성거렸다. 엔테로 등 비사회 회원들은 아리안을 쳐다봤다.

"하하! 스터디 그룹이라는 이름 때문이라면 당장에라도 바꿀 테니 염려하지 말기를 바랍니다. 여러분, 스터디 그룹은 해체됐습니다. 저는 마스터 그룹의 창립을 선포합니다. 인비에르노 교수님처럼 진정한 마스터가 되기를 갈망하는 그룹입니다. 여러분을 마스터 그룹의 회원으로 초대합니다. 초대에 응해주실 분은 함성으로 답해주기 바랍니다."

짝짝짝!

"와와! 마스터 그룹 회원이 되겠습니다!"

"와, 회장 최고다! 마스터 그룹 만세!"

선배의 위협에도 불구하고 조금도 주눅 들지 않고 일을 처리하는 아리안을 격려하는 손뼉 소리로 수련관은 마치 떠나갈 듯했다.

앞으로 나섰던 선배가 숨을 씩씩대다가 자신의 스터디 그룹 회원들에게 소리쳤다.

"이 자식이 선배 알기를 우습게 알잖아? 야, 끌고 가서 교육 좀 시켜!"

"잠깐!"

눈가에 흉터 있는 선배가 뒤쪽에 섰다가 앞으로 나서며 말하자, 옆에 있던 선배 두 명이 앞으로 나섰다. 아리안이 손을 쳐들어 그들을 막았다.

"저 자식이 이제야 정신이 든 모양이군. 하지만 혀가 반 토막이야. 데려가서 야들야들하게 만들어주라는데 뭐하는 거야?"

"선배에게 하나 물어볼 게 있습니다."

아리안이 그들의 행동을 멈추게 한 뒤에 말했다.

"뭐야? 말해봐!"

"내가 듣기로, 아카데미에 교수님 몰래 20여 명 정도가 떼로 몰려다니며 여학생을 희롱하고 남학생을 괴롭히는 개새끼들이 있다던데, 당연히 선배님들은 아니겠죠?"

아리안의 말이 끝나자 수련관은 갑자기 시끄러워졌다.

"아니, 이게 무슨 말이야? 신성한 아카데미에 깡패가 있다니⋯⋯."

"그런 말이 은밀히 퍼지고 있어. 교수님들이 대부분 아카데미 밖으로 퇴근하시는 금요일 오후부터 일요일 저녁까지야. 당한 여학생은 입을 꼭 다물고 남학생들은 두려워서 입을 봉한다는군."

여기저기서 웅성거리는 소리가 들렸다. 이미 아카데미 내에서 유명한 이야기였기에 모르는 아이들이 없었다. 그들은 한결같이 소문의 내용을 말하며 은근히 성토하는 분위기였다.

"아주 못된 놈들이네. 하면, 졸업반인 5년차 선배들도 그들을 그대로 두고 보나?"

"글쎄, 그건 왜 그러는지 잘 모르겠지만, 들리는 소문에는 그들의 검술과 격투 실력만은 상당한 모양이고 모두 귀족인가 봐. 한두 명이 나서서 될 일이 아니니까 모른 척하는 건지도 모르지."

"젠장, 대륙에서 우리 아카데미만이 귀족과 평민을 차별하지 않고 배울 수 있는 유일한 아카데미로 소문이 났는데, 그런 자식들이 먹칠을 하는군."

그때, 웅성거리는 말을 듣다 못한 흉터장이가 앞으로 나섰다.

"흥, 어린 녀석이 머릴 쓰는군. 혼자 힘으로 안 될 성싶으니까 다른 애들이 돕기를 바라는 모양인데, 누구든지 나서는 자는 완전히 죽여주지."

그가 돌아서서 학생들을 돌아봤다.

"요 꼬맹이가 도와달라는데, 누구 대신 나설 정의의 사나이가 없나?"

학생들이 두려워서 뒤로 물러섰다.

"이 머저리 같은 새끼들, 안 꺼져? 교수님들도 모두 퇴근했는데, 아가들도 먼저 가서 발 씻고 자라. 어서!"

그가 '어서!' 하면서 고함을 지르자, 학생들이 우르르 뒤로 밀리면서 수련관 중앙에 넓은 공간이 생겼다. 수련관 중앙에는 아리안과 임원 네 명, 그리고 흉터장이 선배와 십여 명만 남게 됐다. 아리안은 그들과 체격이 비슷했지만, 임원들은 신입생 중에서는 키가 큰 편이었으나 그들과 비교할 수는 없었다.

그때 아리안이 앞으로 나서면서 소리쳤다.

"젠장, 어디서 이런 거지발싸개 같은 자식이 나타나서 큰소리를 치고 있어?"

"뭐라고? 이 자식이 쥐약 먹고 완전히 맛이 갔군."

휙! 퍽!

"윽!"

그의 말이 끝나기도 전에 아리안의 몸이 공중으로 날았다. 돌아서는 흉터장이의 턱을 양발 올려치기로 날려 버렸다. 아리안에게 맞은 흉터장이는 뒤로 날아가듯이 넘어졌다. 아리안이 공격하자 임원들도 수가 배도 넘는 선배들에게 달려들었다. 수련관 입구에서 안내를 맡았던 임원 두 명도 합세했다.

아리안은 넘어진 흉터장이에게 다시 달려들었지만, 그는 재빨리 일어나서 아리안에게 왼 주먹을 날렸다. 아리안은 그 주먹을 오른손으로 쳐낸 후 왼발로 그의 목을 쳤다.

퍽퍽퍽!

"윽!"

그가 잠시 휘청거리는 사이, 아리안은 오른발로 복부와 가슴, 그리고 턱에 연타석 타격기를 날렸다. 그가 다시 뒤로 쓰러졌다.

뒤쪽에 있던 선배 두 명이 아리안에게 달려들었는데, 손에는 시퍼렇게 날이 선 검을 뽑혀 있었다. 아리안은 오늘따라 모임 때문에 검을 허리에 차지 않았다.

"아니, 저 새끼가! 아예 죽여 버려!"

"누.구.든.지! 내 앞에서 검을 들고 덤비는 자는 죽.인.다!"

아리안의 음성이 낮게 깔리면서 살기가 피어났다. 검을 들고 덤비던 선배 두 명은 갑자기 일어난 살기에 주춤거리며 땀을 흘렸다. 아리안의 살기는 아직 살인을 해보지 않은 학생들에게는 드래곤 피어 같은 항거하기 어려운 공포를 일으켰다.

아리안이 한 걸음 앞으로 다가섰다. 그들은 뒤로 물러나지도 못하고 그 자리에 주저앉았다.

"무릎 꿇어!"

아리안의 명령이 떨어지자 검을 들고 덤비던 선배 두 명은 재빨리 무릎을 꿇었다.

아리안이 고개를 돌려서 임원들이 싸우는 광경을 봤다. 체격이나 수가 적은 임원들은 오기로 싸우고는 있으나 많이 맞는 편이었다.

아리안이 그쪽으로 뛰어들었다. 쓰러진 마데라를 발로 차는 두 명에게 달려들어 공중으로 뛰어오르며 양발차기로 그들의 머리를 찼다. 그들은 그대로 뒤로 넘어져서 일어나지 못했다.

아리안은 가장 가까운 곳에서 싸우는 안티야스의 상대 중한 명의 옆구리를 옆차기로 날려 버렸다. 그때부터 아리안의 몸은 눈에 보이지도 않았다.

휙휙! 퍽퍽! 허걱! 윽!

단지 맞는 소리가 크게 들렸고, 한 명씩 뒤로 날아가서 쓰러졌다.

"아니, 이 새끼들이 지금 뭐하는 짓이야?"

흉터장이가 쓰러졌다가 일어나서 무릎을 꿇은 부하들을 보고 화를 냈다.

그 소리를 들은 아리안이 그에게 달려가서 올려치기, 돌려차기, 내려치기 등을 연방 날렸다. 무릎을 꿇고 있던 자들의 얼굴이 파랗게 질리면서 머리를 더욱 숙였다.

흉터장이의 입에서 피가 터져 수련관에 뿌려졌고, 이빨이 부러져 세상 구경을 했다. 화가 나서 싸우기로 작정한 아리안은 도저히 신입생으로 보이지 않았다. 마치 죽음마저 아랑곳하지 않는 전장의 전사였고, 새끼를 보호하고자 하는 밀림의 맹수였다.

그가 정글의 법칙을 통과해서 회장이 됐다고 했던가? 그가 드러낸 능력을 보고 너무 놀란 학생들은 숨조차 쉬질 못했다.

쓰러졌다가 일어난 선배들이 그 광경을 보고 재빨리 무릎 꿇은 학생들 옆에 가서 자신들도 같은 자세를 취했다.

흉터장이는 아리안의 옆차기에 맞은 옆구리의 늑골이 부러졌고, 내려치기에 맞은 어깨뼈는 박살이 났다. 아리안이 그를 때리다가 그대로 돌아섰다. 쓰러지지도 않고 얻어터지던 흉터장이는 아리안이 때리는 것을 멈추자 그제야 통나무처럼 그 자리에 쓰러졌다. 무릎 꿇은 자는 모두 열두 명이었다.

안티야스는 그 광경을 보고 속으로 너무나 놀랐다.

'세상에, 마스터가 움직이는 모습을 보니 전에 우리와 싸울 때와는 완전히 다르군. 아, 그때는 우리가 다칠까 봐 슬슬 한 것이었구나. 와, 마스터가 화를 내니 정말 장난 아니네. 난 절

대 개개지 말아야지.'

다른 임원들의 마음도 대동소이했다. 아리안은 한편이 되면 무척 든든한 아군이지만, 적이 되면 소름 끼치는 상대였다. 그리고 그는 이미 동급생의 한계를 훨씬 벗어나 있었다. 그들 마음에 조금씩 믿음과 신뢰, 그리고 공포마저 깃들었다. 어쨌든 간에 치기신공의 대상만은 무조건 피하고 볼 일이었다.

"오늘 모임은 사정이 여의치 않아서 연기합니다. 다음 모이는 날은 다시 발표하겠습니다. 안녕히 돌아가 주십시오."

*   *   *

강의가 없는 토요일의 아카데미는 새로운 소문으로 들썩거렸다.

"글쎄, 정글의 법칙이라는 새로운 선출 방법으로 회장이 된 아리안이 4년차 악동 그룹을 깨버렸다는군."

"어, 그게 정말이야? 명색은 스터디 그룹이지만, 나쁜 일은 도맡아서 저지르던 놈들 아냐?"

"그룹 회장을 맡은 흉터 있는 놈의 얼굴은 죽사발이 되고, 어깨뼈는 바스러졌으며, 갈비뼈마저 부러진 모양이야. 그래서 마법학 교수님이 부러진 뼈만 마법으로 붙였대."

그들은 악동들이 깨졌다는 말을 듣고 신이 나서 이야기를 나눴다.

"그놈들은 항상 떼로 몰려다녔잖아? 그리고 나쁜 놈들이긴 해도 귀족인데다 검술 실력만은 뛰어났던데."

"아리안이 더 뛰어났겠지. 속으로 손뼉 치고 고소해하는 학생이 한둘이 아닐 거야."

　다음날 새벽, 아리안은 여전히 임원들과 단전호흡을 했다. 안티야스에게 두 시간의 단전호흡은 무척 지루한 시간이었고, 몸이 비비 꼬이고 다리는 저리다 못해 아팠지만, 조금도 움직이지 않는 아리안을 보자 억지로라도 계속해야만 했다.

　'이거 죽을 지경인데, 마스터는 도대체 어떻게 저럴 수가 있지? 이렇게 불편한 자세를 취한 채 미동도 하지 않네. 힘들기는 하지만 분명 뭔가 있을 거야.'

　안티야스는 억지로 참으면서 아리안이 알려준 방법을 계속했다. 순간 그는 뭔가 달라진 것을 느끼고 깜짝 놀랐다.

　'아니, 횡격막이 조금씩 아픈데, 혹시 잘못되는 것은 아닐까? 아니, 이게 무슨 일이야? 갑자기 횡격막이 뻥 뚫리는 기분이 들잖아? 어? 점점 배가 따뜻해진다. 이젠 가슴까지 따뜻해졌어.'

　안티야스는 분명 신비스러운 일이 일어났다는 것을 직감했다. 그의 가슴은 흥분으로 터질 것만 같았다.

　'히야, 땀나는 게 장난이 아니네. 어라? 마치 옷이 타는 것처럼 단내가 다 나네. 와, 정말 신기하다, 신기해. 그래, 바로 이거였어, 이거야. 이젠 잠자기 전에도 두 시간씩 해야지.'

　임원 대부분 약간의 시간 차이는 있었지만 모두 횡격막이 뚫리는 기분을 느낀 후 호흡 문을 열 수 있었다. 세상에서 그 누구에게 들어본 적도 없는 신기한 일이 일어나자 임원들은 더욱 열심히 호흡에 전념했다.

"그만!"

아리안이 소리치자 눈을 뜬 임원들은 서로 쳐다보며 놀라움을 감추지 못했다.

"오, 세상에! 나만 그런 줄 알았더니 모두 땀투성이가 됐구나."

"정말 신기하지? 진짜 꿈만 같아. 마스터, 정말 감사합니다."

"마스터, 감사합니다. 정말 감사합니다. 이렇게 놀라운 비기를 전수해 주시다니……."

이거야 말로 마스터로 가는 진정한 비기란 생각이 든 임원들의 눈에는 눈물이 글썽거렸다. 제국 다섯 개의 검가는 절대 마스터의 비기를 밖으로 노출시키지 않았다. 한데 아리안은 조금도 망설이거나 주저하지 않고, 그 무엇보다 귀한 비기를 자신들에게만 공개했다. 그들의 가슴에는 주체할 수 없는 감동의 물결이 넘쳐흘렀다.

안티야스 등의 눈에 아리안은 더는 동급생으로 보이지 않았다. 그들은 자신들의 끓어오르는 감격을 표현할 길이 없었다.

"마스터, 정말 고맙습니다!"

여섯 명은 일어나서 아리안에게 큰절을 했다. 아리안은 그들을 일으키고 같이 자리에 앉았다.

"자리에 앉아라!"

그들이 아리안처럼 평좌로 앉을 수가 없어서 무릎을 꿇으려고 했다.

"가부좌 자세로 앉아라!"

"예, 마스터!"

그들이 모두 자리에 앉자, 아리안이 조용한 음성으로 말했다.

"너희가 지금 어떤 마음인지 알고 있다. 성년이 되어 졸업할 때까지는 지켜보면서 그때도 지금과 같은 마음인지, 모든 걸 걸어도 좋을지를 생각해야만 한다."

"예, 마스터!"

땡땡땡!

그때, 식사 시간을 알리는 종소리가 울렸다.

"가자. 식사 후에 함께 수련해야겠다."

"예, 마스터!"

그들의 음성에는 자신감이 넘쳐흘렀다. 그들은 참기 어려운 기쁨을 참자니 얼굴이 씰룩였다. 귀족이 아닌 아버지와 어머니도 고마웠고, 자신에게 아리안을 마스터로 삼자던 안티야스와 엔테로도 좋았다. 갑자기 세상은 나를 중심으로 돈다는 기분까지 들었다.

'아, 좋다. 참으로 좋다. 모든 게 좋구나. 맑은 하늘이 좋고, 부모가 좋고, 아카데미가 좋고, 친구들이 좋구나.'

안티야스는 아무리 참으려고 해도 눈에서 눈물이 그치지를 않았다. 엔테로, 마데라 등도 수건을 꺼내서 코를 풀었다.

"젠장, 어디서 고블린 잡나? 훌쩍! 킁!"

얼굴에 눈물, 콧물, 땀이 뒤섞여 얼룩졌으나 그들은 전혀 개의치 않았다.

식당으로 들어가니 다른 학생들이 그들을 보고 소곤거렸다.

"회장이 훈련을 무지 심하게 시킨 모양이야. 모두 얼마나 힘들었는지 땀과 눈물로 범벅 됐네."

"그러게. 그러니까 선배들에게도 지지 않았겠지."

임원들은 그 말을 듣고 서로 쳐다보며 빙그레 웃은 후 아리안에게 말했다.

"마스터, 앉아 계십시오. 제가 가져오겠습니다."

"그렇게 하십시오, 마스터. 차례로 저희 밥도 가져오기로 했습니다."

아리안과 두 명이 먼저 자리에 앉아서 기다리자, 다른 임원 세 명이 식판 두 개씩을 들고 왔다.

"다음부터는 이렇게 하지 마라. 다른 동급생들과 거리감이 생긴다."

"알겠습니다, 마스터. 그 생각은 미처 하지 못했습니다."

아리안은 식사 후에 그들을 운동장으로 불렀다. 그들이 운동장에 모인 모습을 보자 많은 학생이 관심을 가지고 어떻게 훈련하나 싶어서 구경했다.

"일단 운동장을 다섯 바퀴만 돌자!"

아리안은 앞에 서서 함께 돌았다. 운동장은 상당히 넓어서

한 바퀴 도는 데 10분이 조금 더 걸렸다.

"구보 중에 군가를 부른다. 군가는 '대륙의 사나이'. 군가 시작! 하나, 둘, 셋, 넷!"

"사나이 붉은 가슴에 대륙을 품고!"

"황무지를 달리고 사막을 횡단한다!"

"오거를 때려잡고 가고일을 걷어차니!"

"사나이 가는 길, 거칠 것이 없어라!"

"약한 자를 돕고 여성을 위하는!"

"우리는 사나이! 대륙의 사나이!"

"의리에 목숨 걸고 명령에 산다!"

"우리는 사나이 대륙의 사나이!"

그들이 달리면서 두 번, 세 번 대륙의 사나이를 반복했다. 잠시 후 점차 따라서 부르는 학생이 생겨났다. 그들은 한 바퀴 돌 때마다 한 번씩 불렀고, 끝날 때는 제법 많은 학생이 합창했다.

"선두 제자리에! 무릎을 굽히고 손을 머리 위로 올려라! 이 자세를 오리걸음이라고 한다! 오리걸음 앞으로!"

고된 달리기로 인해 숨이 턱에 차고 가슴이 폭발할 것 같은 이때 오리걸음은 차라리 쉬워 보였다. 하지만 약간의 시간이 지나자 종아리가 당겨서 상당히 아팠다.

5분 정도 오리걸음을 한 후에는 다시 달렸다. 임원들은 허리에 찬 목검만 아니라면 얼마나 쉬울까 싶었지만, 목검을 몸에서 떼어놓을 수는 없었다.

"선두 제자리에! 지금부터 가볍게 숨쉬기를 한다! 양손을 머리 위로 올렸다가 뒤로 약간 숙이면서 왼발을 조금 앞으로 내민다! 다음에는 같은 동작을 취하면서 오른발을 내밀도록 해라!"

아리안은 임원들의 숨소리가 안정되자 다시 명령을 내렸다.

"목검 들고 양팔 간격으로 헤쳐 모여!"

"야!"

임원들은 검을 배운다는 생각에 신이 나서 고함을 지르며 간격을 넓혔다.

"내려치기, 백 번 실시!"

"야!"

임원들은 내려치기를 했다.

"눈앞에 적의 모습을 그리고 그를 내려쳐야 한다. 검을 들어 막는 상대의 검과 적을 단번에 일도양단하지 않으면 안 된다."

그들이 훈련하는 광경을 구경하는 학생들은 금방 질렸다.

"세상에, 벌써 세 시간이 지났는데도 계속하잖아?"

"정말 독종들이네. 아리안도 함께 뛰고 똑같이 수련하는군."

"하지만 저렇게 심하게 한다면 며칠이나 할 수 있을까?"

"모르긴 해도 쓰러져서 내일은 어렵겠어."

그들이 내려치기 100번을 끝냈을 때, 점심 식사 시간을 알리는 종소리가 들렸다.

땡땡땡!

"아침 식사 끝내고 내내 구경하다 보니 어느새 점심시간이 잖아."

"그러게. 같이 연습했으면 네 시간은 훈련했을 텐데……."

"맞아. 혼자서는 어려워도 같이하면 할 수도 있을 거야."

"만약 점심 식사 후에도 훈련하면 우리도 따라서 하는 게 어때?"

학생들은 아리안과 같이 수련하는 학생들이 참으로 부러웠다. 누군가 같이한다면 모를까 혼자 수련하는 일은 참으로 어려운 인내를 요구했다.

"에이, 우리를 받아주기나 하겠어?"

"그게 무슨 관계가 있지? 우리가 그들과 함께하는 게 아니라 근처에서 하면 되잖아."

"좋아, 그러자."

그렇게 아리안과 임원들이 하는 훈련을 따라서 하는 학생들이 생겨났다. 아리안은 그들을 말리지 않았다. 아리안과 임원들의 훈련이 계속되고, 점차 많은 학생이 방과 후에 운동장을 뜨겁게 달궜다.

그 과정을 처음부터 지켜보고 있던 인비에르노 교수는 뜨거운 눈길을 그런 학생들에게 보냈다. 그러나 그와는 반대로 그 광경을 못마땅해하는 이들도 생겨났다.

"쓰벌, 알라들이 설치는 걸 보고만 있으려니 손이 근질거려서 환장하겠네."

"대장, 우리 여덟 명이 가서 밟아주고 올까?"

3층 빈 강의실에서 운동장을 내려다보는 흉터장이는 전신을 붕대로 감고 있었다. 옆에 있던 부하 한 명이 검을 만지작거리며 말하자, 그는 어이없다는 듯이 부하를 쳐다봤다.

"너희 여덟 명만으로 밟히지 않고 밟는다고?"

"아무래도 검은 우리가 더 많이 휘둘렀을 테니까……."

부하의 말에 붕대를 감은 흉터장이가 버럭 화를 냈다.

"쌩 까고 있네. 야, 이 새끼야. 검을 겨눴다가 저 존만 한 놈의 기세에 눌려 바지에 시원하게 질러 버린 후 다신 나타나지 않는 두 놈보다 네가 더 강하냐? 귀신 씻나락 까먹는 소리 하지 말고 내가 나을 때까지……."

"아, 귀신은 씻나락을 좋아하는구나."

"…이런 머리에 돌밖에 안 든 새끼가 내 말을 중도에 끊어?"

퍽!

"윽!"

"허걱!"

흉터장이가 부하의 어이없는 말을 듣고 발로 중심을 걸어찼다가, 아물지 않은 상처가 잘못되어 함께 비명을 질렀다. 아무래도 마법학 교수가 그의 평소의 비행을 알고 상처를 완쾌시키지 않은 듯했다.

"크으! 젠장, 아물던 상처가 잘못된 모양이군. 네놈들은 모두 내가 나을 때까지 저놈들이 언제 어디서 무얼 하는지 잘 지켜보기나 해."

"예, 대장!"

여덟 명이 힘차게 대답하자, 대장은 다시 창가로 고개를 돌렸다. 운동장을 내려다보는 그의 눈에서 불길이 이는 듯했다.

'크크, 조금만 기다려라. 이놈의 평민 자식들, 살지도 죽지도 못하게 만들어주마.'

*   *   *

날씨는 제법 쌀쌀하여 옷깃을 여밀 정도였고 사위는 어둠의 장막이 드리워졌으나, 운동장의 열기는 뜨겁게 달궈져 있었다.

마법등이 환히 밝혀진 운동장에는 200여 명의 남녀 학생이 같은 간격으로 벌려 선 채 아리안의 구령에 맞춰서 몸을 움직였다.

"오거 타격세, 하나!"

"야!"

학생들이 기합과 함께 양 주먹을 가슴에 놓은 채 왼발로 뒤에 있는 가상의 적 상단을 올려쳤다. 특히 다른 학생들보다 세 걸음 앞에서 같은 동작을 취하는 여섯 명의 임원의 모습은 동작에 흔들림이 전혀 없었다.

"둘!"

"야!"

뒷발차기로 상단치기를 한 자세에서 움직이지 않던 학생들은 '둘'이라는 소리에 기합과 함께 발을 끌어당겼다가 힘차게 중단으로 뻗었다.

"셋!"

"야!"

역시 중단 자세의 발을 당겨서 하단을 찼다.

200여 명의 학생이 함께 내뱉는 우렁찬 고함과, 같은 자세로 힘을 뿜어내는 모습은 실로 장관이었다.

"넷!"

"야!"

학생들은 상단치기, 중단치기, 하단치기를 연속해서 실시했다.

"대륙 평정세, 하나!"

"야!"

학생들의 왼발이 올려치기 자세로 상단을 찼다. '둘'에 옆차기를 시도하고, '셋'에 중단을 돌려 찼으며, '넷'에 상단차기, 옆차기, 중단 돌려차기를 연속 동작으로 깔끔히 마무리했다.

운동장의 학생들은 점차 증진하는 자신의 실력에 자신감이 넘쳐흘렀고, 교수실에서 내려다보는 인비에르노 교수는 감격스러웠다.

'참으로 아름답구나. 아리안 덕분에 신입생들이 남녀 학생을 가리지 않고 기본 체력은 누구나 갖췄어. 아니, 그 어느 때보다 월등한 편이지.'

인비에르노 교수의 눈에는 아리안의 모든 게 좋아 보였으며 보물이 따로 없었다. 열다섯 살로 보이지 않는 체격, 아무리 참 전 경험이 있다고 해도 졸업반 학생보다 월등해 보이는 능력 또한 탄복할 일이었다.

운동장을 보면서 교수의 생각의 여로가 이어졌다.

'4년차 악동들이 말썽을 부려 다른 연차 학생을 회원으로 받지 않는다고 회칙에 못을 박는 바람에 선배들은 불만을 토로하고 신입생들은 환호하는 현상이 빚어지는 이변이 일어날 줄이야 누가 알았겠나. 그런데 대륙에는 저런 체술 자세가 전 혀 없는데, 아리안은 도대체 어디서 배운 걸까?'

아리안이 현재 학생들에게 가르쳐 주고 있는 체술은 '만상 도(万象道)'라는, 아리안 스스로가 만들어낸 무술이었다. 전생 에 왕따를 벗어나기 위해 온갖 도장을 다니고 무술 교본 탐독, 무술 테이프 연구 등 처절한 몸부림을 쳤던 기억을 토대로 만 든 것이었다. 대륙에 있을 리가 없는 움직임이니 교수의 의아 함을 깊어만 갔다.

만상도는 그가 아무리 전생에서 전교 1등인 천재라고 해도 조금은 억지스러운 면이 있었다. 그와 같은 성과는 전쟁의 신 으로 알려진 치우천왕의 능력이 배어 나온 듯했다. 그러나 그 는 치우천왕과의 일을 전혀 몰랐기에 스스로 만들었다고 여겼 고, 만족스러웠다.

만상도를 연마하면 군살이 빠지고 키가 잘 크며 균형 잡힌

몸매를 갖출 수 있다는 소문이 퍼지면서 여학생들도 전공을 떠나 너도나도 참여했다.

"만상도를 배우면서부터 확실히 키가 커졌어. 옷이 작아서 못 입겠다니까."

"만상도는 손보다 발을 많이 사용하잖아. 그래서 그런지 다리가 점점 늘씬해지는 것 같아."

학생들은 신이 났다. 작은 효과는 부풀려졌고, 연차를 떠나서 참여 학생은 더욱 늘어났다.

"맞아. 처음엔 다리를 번쩍번쩍 드는 게 부끄러웠는데, 발을 이렇게 능수능란하게 사용하게 될 줄은 정말 몰랐다, 얘!"

"한데, 회장은 애인이 있을까?"

"얘, 얘, 정신 차려라, 정신! 열다섯 살짜리가 무슨 애인 타령이니? 더구나 그는 하루 종일 훈련뿐이던데. 그리고 열다섯 살에 애인 타령하는 너도 거울 좀 보고 정신 차려."

"흥, 그러니까 널 어리다고 하는 거야. '여성의 아름다움은 나이에 있지 않고 마음가짐에 따른다'는 현자님의 말씀도 듣지 못했어?"

"풋! '여성의 아름다움은 그 미모에 따르지 않고 마음가짐에 따른다'란 말을 잘도 바꿨네. 그러나저러나 선배 언니들이 우리를 무척 부러워하더라. 학장님께 건의도 하고 항의하는 일이 의외로 많은가 봐."

만상도뿐만이 아니라 아리안에 대한 것은 그렇게 모두 화제의 대상이었다.

아리안은 저녁 식사 후에 두 시간의 만상도 수련을 마친 후, 임원들과 수련관 사무실에 모여서 이야기를 나눴다.

"마스터, 우리가 수련하는 동안 상당수 선배가 옆에서 따라 하던데, 그대로 두어도 문제없겠습니까?"

"그대로 두어라. 운동장이 우리만의 것이 아닌데, 어쩔 수 없는 일이지."

"하지만 마스터의 비기가 밖으로 새어 나가지 않을까요?"

"그것은 내가 만든 것이니까 비기라고 할 것도 없다."

아리안이 만들었다는 말에 임원들은 모두 깜짝 놀랐다.

"예? 마스터가 만든 것이라고요? 마스터, 지금까지 대륙 어느 곳에서도 만상도처럼 발을 자유자재로 쓸 수 있게 하고, 강력한 타격을 가할 수 있는 비법을 선보이거나 가르친 적이 없습니다."

"괜찮다. 그렇지 않아도 너희에게만 따로 가르칠 중급 만상 비법을 만드는 중이니까, 완성되면 너희에게만 공개할 예정이다."

만상도 중급은 자신들에게만 가르친다는 아리안의 말을 듣고 임원들은 하늘을 나는 듯했다.

"고맙습니다, 회장님!"

안티야스가 허리를 깊이 숙였다. 다른 임원들이 그를 따라서 허리를 굽혔다. 그들은 정말 신이 난 모습이었다. 서로 얼굴을 쳐다보며 기쁨을 감추지 못했다.

똑똑!

그때, 그들이 모인 사무실의 문을 누군가 두드렸다.

"누가 온 모양이다. 나가봐라!"

"예, 마스터."

임원들은 중요한 시간에 방해를 받아 언짢았지만, 마데라가 아리안의 눈짓을 받고 문을 열었다.

"어떻게 왔어요?"

"아리안에게 집에서 가져온 떡과 과일을 좀 주려고……."

양손에 무거워 보이는 보따리 두 개를 든 레이나가 부끄러운 표정으로 문밖에 서 있었다.

"아이고, 이리 주시죠. 이렇게 무거운데 직접 들고 오셨네요. 말만 하시면 내가 쪼르륵 달려갔을 텐데요. 자, 들어오세요."

마데라는 레이나 손에 든 짐을 빼앗듯이 들고서 앞장섰다.

"마스터, 하늘나라 선녀님이 기아선상에서 헤매는 부하들을 먹이시려고 하강했사옵니다."

아리안과 임원들이 마데라의 너스레에 밝게 웃었다. 마데라는 자신들이 아리안과 동급이 아니라 부하임을 은근히 밝혀서 그들이 하나라는 암시를 심었다.

아무것도 모르는 레이나의 얼굴은 하늘나라 선녀란 말에 그만 붉게 물들었다. 얼굴을 붉히는 레이나의 모습이 하도 예뻐서 임원들은 시선을 돌리지 못했다.

아리안이 자리에서 일어나 레이나를 반겼다.

"레이나, 어서 와. 같이 먹자. 마침 출출해서 매점 생각을 하던 참이었어. 마법으로 우리 마음을 읽은 거야?"

"마스터, '이심전심' 이란 시험 볼 때만 제 역할을 다하는 단어가 아니라, 옛날부터 도도히 흐르는 청춘의 강을 감싸 안은 향기랍니다."

"와, 안티야스! 너, 유랑시인이 돼도 배곯지는 않겠다."

"하하! 그것도 좋겠지만, 마스터의 명령에 모든 걸 거는 가신이 더 좋겠는걸!"

"맞다, 맞아. 그게 우리가 진정 바라는 거지."

임원들은 무슨 이야기를 해도 좋았다. 그 어떤 말을 하더라도 그들만의 정을 나누는 방법인 듯했다. 그리고 기회만 있으면 은근히 아리안을 압박했다.

"자식! 이 형님을 그처럼 존경스런 표정으로 보지 마라. 부담스러워진다."

"에라, 이 자식아. 네가 땀을 많이 흘려서 형이냐, 아니면 비듬이 많아서 형이더냐? 조금만 추켜주면 정신을 못 차리잖아."

"자, 모두 이쪽으로 앉자. 안티야스하고 마데라는 기운이 넘치는 모양이니 기본 검술 백 번만 해라!"

그런 아리안의 말에도 안티야스는 결코 지려고 하지 않았다.

"애고, 마스터. 무슨 말씀을 그리도 어렵게 하십니까? 단 한마디만 하시면 될 것을 가지고."

"단 한 마디만?"

"예, 마스터! 순대 채워라! 이 얼마나 고상하고 아름다우며 이해하기 좋은 표현입니까?"

"하하하! 푸훗! 호호!"

음식을 보자 입술에 양기가 한껏 오른 안티야스의 말에 모두 웃음을 터뜨렸다.

"그래, 그래. 모두 순대 채우자!"

"예, 폐하! 명심봉행 하겠나이다."

"크크, 먹는 것은 시키지 않아도 명심봉행 하겠지."

"하하하! 호호호! 푸훗!"

안티야스가 과장 연기를 하며 떡 하나를 날름 입에 넣었다. 엔테로가 미소를 지으며 말하는 순간 사무실은 폭소의 도가니가 됐다.

우정을 쌓아가는 성숙이라는 이름의 밤은 그렇게 깊어갔다. 그들이 서로 위하며 간식을 먹는 모습이 부러운지 별님도 침을 뚝뚝 떨어뜨렸다.

Chapter **04**
학년 말 시험

레이나는 한 번도 경험하지 못했던 그런 분위기가 매우 좋았다. 아리안은 나이가 같다고는 하지만 어쩐지 오빠와 같았다. 그런 느낌은 자신만이 아닌 듯했다.

'여기 임원들도 나와 같은 기분인 모양이지? 모두 아리안에게 깍듯이 존칭을 사용하잖아. 보통 모임에서 회장이라고 해도 평소에는 이름을 부르고 허물없이 지내는데, 이들은 마스터라고 호칭하며 절대 말을 낮추지 않아. 혹시 주군과 가신 같은 관계인가? 호호, 지금 내가 무슨 생각을 하는 거지? 애들은 불과 열다섯 살인데. 하지만 덩치만은 다른 애들보다 머리 두세 개는 커서 졸업반 선배들의 평균 키는 되겠다.'

레이나가 미소를 지으며 생각하는 동안 다시 문을 두드리는 소리가 들렸다.

똑똑!

"누구세요?"

마데라가 냉큼 일어나서 문 쪽으로 갔다. 문 앞에는 예쁜 꽃으로 장식한 과일 바구니를 든 소녀가 서서 방긋 미소를 짓고 있었다.

"마스터 그룹 임원들이 학생들을 위하여 수고가 많기에 먹을 것을 조금 준비해 봤어요. 들어가도 될까요?"

마데라는 그녀의 미모에 놀라서 얼굴을 멍하니 쳐다보았다. 그러다가 자신의 실수를 깨닫고 깜짝 놀라 고개를 돌려 아리안을 돌아보았다. 아리안이 고개를 살짝 끄덕이자 그는 황급히 가로막은 앞을 비켜섰다.

"물론입니다. 어서 들어오세요."

그녀는 성큼성큼 걸어서 아리안 등이 있는 테이블로 다가갔다.

"난 4년차 학생회장을 맡은 파비안느라고 해. 여러분의 활동이 참으로 놀라워서 격려차 들렀지. 동생은 참 예쁘네. 이름이 뭐예요?"

파비안느는 물 흐르듯이 거침이 없었다. 레이나는 그녀의 당당함에 의기소침해지는 것을 느꼈다.

"레이나예요."

그녀의 목소리는 겨우 들릴 정도였다.

"레이나? 참으로 예쁜 이름이네. 펠리즈 백작의 영애와 이

름이 같기도 하고. 레이나는 머리도 좋은 모양이지? 학년 말
시험이 발표됐는데도 남학생들과 이야기를 나누느라 정신이
없는 것을 보니."

마스터 그룹이 조직되고, 전 아카데미에 만상도 붐이 일어
난 지도 한참이 지나, 어느새 학년 말 시험 기간이 되어 있었
다.

"아리안, 나 먼저 갈게."

레이나는 부끄러운지 작은 목소리로 말하고 일어났다. 파비
안느는 레이나 아버지의 진정한 신분을 몰라서 실수를 범했
다. 사실 레이나 역시 자기 아버지의 신분을 모르는 것은 마찬
가지였지만.

아리안도 자리에서 일어났다.

"레이나, 잠깐만 기다려. 우리도 일어날 참이었어. 배가 부
른 상태에서 숨 쉬기는 힘들 게다. 오늘은 모두 그만 일어나자.
너희들, 우리가 모일 다른 장소를 알아봐라. 아무나 나타나서
선배라고 말하며 우리 행동을 간섭하니 심히 불쾌하구나."

"예, 마스터!"

여섯 명의 임원이 자리에서 일어나 허리를 구부려 절도 있
게 절하며 힘차게 대답했다.

"레이나, 가자."

"응."

레이나는 아리안의 배려에 눈물이 날 것만 같았다. 레이나
역시 파비안느를 슬쩍 흘겨보는 배려를 아끼지 않았다.

아리안과 레이나가 사무실을 나가자, 임원들은 허리를 펴고 사무실 정리를 시작했다.

"흥!"

파비안느는 아리안과 레이나의 뒷모습을 노려봤다. 눈에서 불길이 이글거렸다. 임원들은 그녀를 쳐다보지도 않았다. 자존심이 극도로 상한 파비안느는 찬바람을 일으키며 사무실을 나갔다. 문밖으로 나온 그녀는 아직 손에 들린 과일 바구니를 던져 버리고 갔다.

'두고 보자, 아리안. 오늘 일을 후회하게 만들어주지.'

연말 시험이 끝났다. 시험 기계로 훈련받은 전생의 기억을 가진 아리안에게 1년차 시험은 대학 입시생이 초등학교 과정을 묻는 중학교 검정고시 같은 수준이었다.

"와, 드디어 필기시험은 모두 끝났다."

"어휴! 드디어, 마침내, 이윽고, 이제 실기시험과 전 아카데미 행사인 검술 시합만 끝나면 그리운 방학이구나."

아리안은 마법과와 정령학과 시험에서 필기시험은 잘 치렀으나, 실기는 점수가 나오지를 않았다. 하지만 전공인 검술학과 실기는 A플러스를 받았기에 개의치 않았다.

"이젠 격투 시험만 남았군."

"마스터, 격투 시험 A플러스를 신청했습니까?"

"그런데, 왜?"

아리안이 묻는 말에 안티야스가 대답했다.

"마스터, 격투 시험 A를 신청한 학생은 3년차 선배와 대련하고 A플러스를 신청한 자와 대련할 학생은 졸업반인 5년차 선배 중에서 나온답니다."

"그래? 다행이군. 5년차 선배와 비슷해야 원하는 점수를 준다는 말이군. 아무래도 그래야 실력을 발휘할 수 있겠지. 조금은 즐길 수 있다면 좋겠군. 너희들은 모두 A플러스를 신청했겠지?"

"예, 마스터!"

"가자. 시간이 다 된 듯싶다."

아리안과 임원들은 격투기 실습장으로 갔다. 그들 중에 누구도 초조해하는 사람은 없었다.

실기장으로 들어가자 수많은 학생이 관전 중이어서 열기마저 후끈했다.

대기석에 앉은 A플러스를 신청한 학생들과 그 반대편에 앉은 선배들의 태도는 정반대였다. 대련 상대가 될 선배들의 태도는 여유로웠으며, 신청자들은 초조한지 목을 풀어보거나 손가락을 꼼지락거렸다. 그들은 결코 선배들을 쳐다보려고 하지 않았다.

마스터 그룹이 실기장에 나타나자 선배들이 그들을 손가락으로 가리키며 뭐라고 소곤거렸다. 안티야스는 그 광경을 보고 속으로 웃었다.

'크크, 일 년 동안 마스터의 지옥훈련을 겪은 우리다. 단전수련의 효과를 확실히 본 우리에게 너흰 그저 어린아이들일

뿐이란다.'

임원들이 겪은 만상도 중급 훈련은 주먹 굵기의 나무를 한 손으로 뽑고 1m 정도는 그 자리에서 뛰어오를 정도였다. 또한 그들이 벽돌과 자갈을 수도로 깨뜨리는 실력임을 모르고 웃는 그들이 참으로 가소롭기만 했다. 정말 일 년 사이에 이렇게 변할 줄은 그들 스스로도 상상조차 못했다.

그들은 문득 아리안을 돌아봤다.

'우리 자신조차 놀라는 그런 우리 여섯 명의 합격을 간단히 물리치는 마스터가 진짜 인간이 맞기는 한 걸까?'

땡땡땡!

종소리가 울리자 교수와 시험관들이 들어오고 웅성거리던 시험장은 갑자기 조용해졌다. 아리안 등은 신청자 대기석에 앉았다.

"A학점을 신청한 학생의 시험은 끝나고 결과만 남았다. 한두 명을 제외하곤 모두 통과할 것으로 기대한다. 하지만 관례에 따라서 A플러스를 신청한 학생에게는 엄격한 룰을 적용할 예정이다. 시험은 학점을 신청한 학생이 항복하지 않고 5분을 버티는 것이다. 음, 열두 명인 것을 보면 모두 출석했군."

첫 신청자는 선배의 어깨치기에 걸려 그대로 넘어졌는데, 탈골됐는지 무릎 꿇고 어깨를 잡은 채 안간힘을 쓰다가 더는 싸워보지도 못하고 항복했다.

두 번째 신청 학생은 그런대로 잘 버텼다. 정면 공격을 피하고 외곽으로 돌면서 아웃사이드를 택했다. 선배는 신청 학생의 워낙 빠른 발놀림을 잡지도 못했고, 마음만 조급해서 뒤를 쫓다가 간간이 한 대씩 주먹이나 발길을 허용하기도 했다.

"그만! 통과!"

짝짝짝!

시험관의 통과라는 외침이 들리자, 사방에서 손뼉 치는 소리가 요란했다. 두 명이 통과하고 세 명이 떨어졌다.

"엔테로!"

"예."

드디어 엔테로의 이름이 호명되었다. 엔테로가 일어나서 아리안을 쳐다보자, 아리안이 주먹을 들었다가 힘껏 내렸다. 엔테로는 눈을 감았다가 뜨고 격투 시험장으로 들어갔다.

엔테로의 체격은 선배보다 결코 작지 않았다.

"야!"

선배는 상대가 심상치 않다고 여겼는지 기합을 지르며 달려들어 오른손 주먹으로 엔테로의 왼쪽 턱을 쳤다. 그의 턱이 선배의 주먹에 맞아서 휙 돌아갔다.

"앗!"

관중석에서 누군가가 외마디 비명을 질렀다. 엔테로는 왼쪽 턱을 만져 본 뒤 빙그레 웃으며 그 자리에 선 채 선배의 왼쪽 뺨을 손바닥으로 갈겼다. 선배의 턱이 돌아가고 피가 튀었다.

엔테로는 그 자리에 서서 선배가 회복하길 기다렸다. 선배는 휘청거리는 몸을 바로 하고 엔테로의 뺨을 주먹으로 때렸다. 두 사람은 피하거나 방어를 하지 않고 차례로 오직 한 군

데만 서로 때렸다.

관전하던 학생들은 갑자기 벌어진 이 어이없는 격투 시험에 차츰 광분했다.

"와, 정말 대단하다!"

"역시 A플러스 신청자답다."

"정말 멋지다. 두 사람 다 진짜 사나이야."

정말 놀라운 격투 방법을 들고 나온 에이 플러스 신청자를 보고 관전자는 모두 탄성을 터뜨렸다.

"와, 잘한다. 이런 장면이 보고 싶었어."

"역시 우리 임원답다. 최고야, 최고."

"그만! 통과!"

시험관의 통과 외침이 들리자 다시 함성이 일었다. 엔테로가 선배에게 목례했다. 선배가 다가와서 그의 손을 번쩍 들었다.

"와, 멋지다."

"오메, 정말 진짜 남자들이네."

"와~!"

짝짝짝!

학생들은 함성을 지르고 발을 구르며 손뼉을 쳤다. 상대를 인정하는 마음이 모두에게 감격으로 전파됐다.

다음은 안티야스였다.

"안티야스!"

"예!"

안티야스가 아리안에게 목례하고 시험장으로 들어섰다. 안
티야스의 대련자는 일반 성인보다도 키가 큰 편이었다.

그는 성큼성큼 다가왔다. 안티야스는 이처럼 큰 사람과 대
적해 본 경험이 없어서 잠시 상대의 움직임을 지켜봤다.

가까이 다가온 꺽다리는 갑자기 자세를 약간 숙이는 듯했다
가 오른발로 안티야스의 턱을 올려 찼다. 안티야스는 오히려
그의 올라오는 발의 정강이를 마치 딛듯이 차면서 뛰어올라
선배의 목을 돌려 찼다.

"헉!"

그는 비명을 지르며 짚단이 넘어가듯이 뒤로 쓰러졌다. 순
간적으로 일어난 일이었다.

시험장은 자신의 숨소리가 들릴 정도로 갑자기 조용해졌다.
순식간에 일어난 일이라 시험관도 선배가 일어나기를 기다리
는 듯했다. 그러나 그는 일어나지 못했다. 시험관이 놀라서 소
리쳤다.

"빨리 마법학 교수님을 모셔와!"

쓰러졌던 선배는 다행히 마법학 교수가 오기 전에 일어날
수 있었지만, 아직 제정신을 차리지 못했다.

"통과!"

짝짝짝!

시험관이 판정을 하자, 시험장은 다시 소란스러워졌다.

"와, 마스터 그룹 임원들은 모두 괴물들이네."

"그러게 말이야. 처음 나와서는 맷집을 자랑하더니, 두 번째

는 파괴력이잖아. 정말 대단하다는 말밖에 나오지를 않는군."

"에고, 나도 입학하자마자 저 팀에 들어갔으면 지금쯤은 누구도 부럽지 않았을 텐데."

누군가가 미스터 그룹 임원이 부럽다는 말을 하자, 한 학생이 어이없다는 식으로 말했다.

"놀고 있네. 말도 마. 내가 밤에 설사가 나서 화장실에 다녀오는데, 수련관에 불이 켜져 있어서 가봤지."

"그래? 그래서?"

학생들은 그의 말이 흥미로운지 모두 귀를 기울였다. 그는 고개를 절레절레 흔들면서 말했다.

"어휴, 말 마. 웃통을 벗고 모래를 넣은 자루로 서로 상대를 치는데, 어찌나 세게 치는지 장난이 아니었어. 끔찍해서 끝까지 보지 못하고 그대로 돌아왔다는 거 아냐. 모르긴 해도 임원들 모두 몸 자체가 흉기일 거야."

"세상에, 그렇게 단련하니까 저렇게 되는구나. 끔찍하다, 끔찍해."

그때, 시험관이 마지막 신청자를 불렀다. 남은 임원들은 누구도 떨어진 사람 없이 모두 통과했다.

"아리안!"

시험관이 아리안을 호명하자 시험장은 다시 시끄러워졌다.

"드디어 회장이 나오는구나."

"마스터 그룹 임원들은 모두 회장이 훈련시켰다며? 그럼 시험을 보나마나겠네."

"어? 저길 좀 봐! 뭔가 이상하잖아."

"그러게. 대련 상대인 5년차 선배가 시험관에게 다가가서 뭐라고 하는데?"

그들의 말대로, 5년차 학생이 시험관에게로 가 무언가 이야기를 주고받고 있었다.

시험장의 수상한 분위기에 모두 신경을 곤두세우며 지켜봤다.

"대련자가 오히려 기권하는 것은 아닐까?"

"글쎄, 설마 그러기야 하겠어? 그래도 5년차 선밴데."

시험관은 아리안의 대련 상대가 될 5년차 선배와 이야길 하더니 교수에게 가서 다시 의논하는 모양이었다. 그리고 아리안을 불러서 또 뭔가를 물었고, 아리안이 고개를 끄덕이자 그제야 시험장에 들어가서 발표했다.

"상황이 바뀌어서 잠시 발표를 하겠다. 아리안의 상대자가 기권하는 바람에 그는 원칙적으로 통과한 것으로 간주한다. 한데, 그의 진정한 실력을 궁금해하는 사람이 많은 관계로, 그의 동의를 받아 특별히 조교수와 자유 대련을 하기로 했다."

"와! 오늘의 백미 중 백미로군. 신난다!"

"마스터 그룹 회장이 이제야 힘을 좀 쓰겠군. 조교수님은 한때 특급 용병 생활까지 했던 분이잖아."

갑자기 시험장은 웅성거리기 시작했다. 용병 생활까지 했던 순수한 격투 실력자인 조교수와 아카데미의 화제를 몰고 다니는 신입생과의 결투, 학생들은 그들이 싸우기도 전에 한껏 달아올랐다.

"그래? 그러면 아리안이 조금 힘들겠군. 그러다가 다치는 것은 아닐까?"

"마누엘 조교수님이 봐주면서 하시겠지."

교수들 사이에서 마누엘 조교수가 걸어나왔다. 듣던 대로 탄탄한 체구를 한 건장한 장년의 남자였다.

마누엘은 고개를 숙인 후 자세를 잡는 아리안을 가만히 쳐다봤다.

'저 아이가 아카데미에 새로운 바람을 일으키는 아리안이군. 저 자세가 신입생들에게 가르친다는 만상도의 자세인가? 흠, 기세만 봐서는 B급 용병은 인정받을 수 있겠어. 이제 조교 딱지를 떼고 부교수로 내정됐는데 제대로 해야겠지. 어디, 소문처럼 그렇게 대단한지 실력을 한번 보도록 할까?'

조교수 마누엘은 도저히 열다섯 살로 보이지 않는 아리안을 향해 성큼 다가서며 매섭게 주먹을 휘둘러 아리안의 턱을 쳤다. 아리안도 피하지 않고 왼손으로 막으며 동시에 오른발로 마누엘의 턱을 노렸다.

마누엘도 아리안처럼 왼팔로 막으면서 재차 공격하려다가 깜짝 놀랐다. 아리안의 발은 조교수의 팔에 막히자 물러나는 게 아니라 무릎만 굽혔다가 재차 가격했다. 그는 급히 팔목으로 방어했다.

마누엘 조교수는 아리안의 발과 부딪친 팔에 은근한 통증이 오는 것을 알고 엄청 놀랐다.

'아니, 이게 뭐야? 내가 특별히 단련한 팔과 아리안의 정강이가 부딪쳤으면 아리안이 통증을 호소하거나 얼굴을 찡그려야 하는 게 아닌가? 저 아이의 표정은 변함없는데, 오히려 내 팔뚝이 아프잖아. 세상에, 저 녀석은 격투사같이 정강이도 단련했다는 소리 아냐. 그리고 허벅지는 그대로 둔 상태에서 무릎만 굽혔다가 폈는데, 처음에 휘어 찬 것과 같은 강도를 지니다니 말도 안 되는군. 정신 바짝 차리지 않으면 망신당할 수도 있겠다.'

관전하는 임원들은 마스터의 공격과 수비 방법을 하나도 놓치지 않으려고 눈을 부릅떴다.

아리안의 공격이 묘한 자세에서 세 번 연속되자 관전하던 학생들은 환호성을 터뜨렸다. 시험장에서 계속 함성이 터지자 시험이 끝난 학생들도 차츰 모여들었다.

시험장은 입추의 여지가 없을 지경으로 학생들이 자리를 메웠고, 응원하는 소리에 귀가 먹먹할 지경이었다.

"와, 아리안! 정말 잘한다! 역시 회장답다!"

"교수님, 저놈 괴물입니다. 봐주지 말고 하세요."

획!

마치 학생들이 외치는 소리를 들었다는 듯이 갑자기 날카로운 음향이 시험장을 울렸다. 마누엘의 오른발 올려치기에서 일어난 바람 소리였다.

아리안은 황급히 한 걸음 물러서서 마누엘 조교수를 바라봤다.

조교수의 기세가 바뀌었다. 그의 몸에서 투기가 물씬물씬 풍겨서 시험장을 싸늘하게 만들었다. 그의 투기에 아리안은 피부가 따끔거렸다.

휙!

마누엘의 몸이 순간적으로 다가서더니 오른발로 아리안의 어깨를 찍어 찼다. 아리안이 순간적으로 오른쪽으로 한 걸음 비켜서는 순간 어느새 조교수의 돌려차기가 기다렸다는 듯이 공격했다. 아리안은 성큼 한 걸음 물러섰다.

바로 그때였다. 그럴 줄 알았다는 듯이 훌쩍 다가서서 간격을 줄인 마뉴엘의 2단 옆차기가 아리안의 복부에 박혔다.

픽!

"앗!"

관전하던 임원들이 놀라서 비명을 질렀다. 무서울 정도로 빠르고 정확한 삼단 연속 공격이었다. 한 치의 피할 틈도 용납하지 않는 특급 용병의 무서움이었다.

가격당한 아리안은 공중에서 한 바퀴 맴을 돌며 떨어지면서 자세를 잡았다.

"아~!"

마누엘은 그가 충격을 대부분 흡수했다는 것을 표정을 보고 깨달았다.

'정말 괴물이군. 내 옆차기에 걸리면 누구도 상황 끝이었는데, 쓰러지지도 않았어? 조심해야겠다.'

학생들은 날려갔던 아리안이 자세를 다시 잡는 순간, 뭔가 상황이 바뀌었음을 깨닫고 침을 삼켰다.

꿀꺽!

그 소리가 들릴 정도로 아주 잠깐 찰나의 적막이 지나갔다. 아리안이 행동을 개시했다.

아리안이 양손으로 허공에 커다란 원을 그린 후 오른손은 눈높이에 두고 주먹을 거머쥐었다. 왼손도 주먹을 쥐고 왼쪽 가슴에 댔다. 그는 무릎을 살짝 굽히고 상체를 세운 후 마누엘 교수를 바라봤다. 그에게서 살기에 가까운 투기가 일어났다. 두 개의 투기가 서로 부딪쳐 회오리바람이 형성됐다.

휘~ 잉!

'마스터가 만상도 중급 비법을 사용하려는 거야.'

안티야스 등 마스터 그룹 임원들이 주먹을 불끈 쥐고 눈에 힘을 주었다.

마누엘 조교수는 아리안이 아직 어린 학생임을 잊었다. 참으로 오랜만에 피부를 찌르는 듯한 투기를 느끼자, 자신이 전장에 선 듯한 느낌이 들었다. 두려움과 함께 전사의 피를 뜨겁게 달구는 희열이 말초신경에서부터 피어올랐다.

휘~ 잉!

회오리바람은 점점 강해졌고, 급기야 두 사람에게서 가까운 곳에 있던 시험관이 비칠비칠 뒤로 물러났다. A플러스 신청자와 대련 상대 선배들도 급히 물러났다. 임원 여섯 명은 한 동작이라도 놓치지 않으려고 꼼짝도 하지 않았다.

꽝! 꽈꽝! 꽝! 꽝!

아리안이 달려들어 공중에 뜬 상태로 연속 공격을 퍼부었다. 한 번 부딪칠 때마다 굉음이 퍼져서 학생들은 신음과 함께 손으로 귀를 막아야 했다. 그렇게 굉음이 울릴 정도로 부딪쳤는데도 팔과 다리가 멀쩡한 게 도리어 이상했다.

"윽!"

마누엘 조교수는 난공불락의 요새와 같았다. 그는 은퇴한 특급 용병이 아니라 은인자중하는 맹수처럼 의연했다.

아리안이 마누엘을 중심으로 서서히 돌자, 마누엘 조교수도 똑같이 움직였다. 그들의 움직임은 점점 빨라졌고, 그들의 모습은 잔상만이 남을 지경이었다.

꽝! 꽈꽝! 꽝! 꽝!

그들은 돌기만 하는 게 아니라 한 번씩 부딪쳤다. 한 번 부딪칠 때마다 대여섯 번씩 격돌했지만, 그들의 모습을 똑바로 본 사람은 몇 명 되지 않았다.

마누엘 조교수는 공격할 수가 없었다. 그가 공격하면 틀림없이 아리안은 빈틈을 보일 것이고, 전사의 피는 그것을 놓치지 않을 것이다. 그는 싸울수록 놀라움과 더불어 아리안을 아끼는 마음이 점점 강해졌다.

아리안이 강한 것은 사실이었지만, 아직은 특급 용병 출신의 마누엘 조교수에게는 역부족이었다. 마누엘은 이 싸움에서 아리안은 한 단계 더 위로 이끌어주고 싶었다. 그것은 자질있는 아이를 발견한 순수한 무인의 마음이었다.

아리안은 조교수의 마음을 안다는 듯이 마음껏 공격했다.

그의 세포 하나하나가 환희하며 성장하는 듯한 느낌이 새록새록 다가왔다. 그는 싸우면서 성장하고 있었다. 그는 한계를 모른다는 듯이 끝없이 성장하는 무서운 아이였다.

"그만!"

시험관의 외침이 퍼지자 두 사람은 그 순간 모든 동작을 멈췄다. 시험관이 오히려 한숨을 내쉬며 이마의 땀을 닦았다.

"휴~!"

"감사합니다, 교수님!"

마누엘 조교수는 허리를 깊이 숙이는 아리안의 어깨를 두드리다가 속으로 신음을 삼켰다. 아리안은 땀을 흘렸지만 숨결은 고요하기만 했다. 이는 얼마든지 더 싸울 수 있다는 뜻이고, 실력의 삼 푼은 드러내지 않았다는 말이다.

마누엘 조교수는 진정으로 그를 아끼는 마음이 들어 그의 어깨를 안았다. 관전하던 학생들은 그제야 허리를 펴고 손뼉을 치며 환호했다.

짝짝짝!

"와! 정말 놀랍다! 회장, 최고다!"

"오빠! 나 미칠 것만 같아!"

바로 그때 누군가가 조용한 음성으로 노래를 불렀다.

"사나이 붉은 가슴 대륙을 품고!"

누군가가 '대륙의 사나이'를 선창했다.

"황무지를 달리고 사막을 횡단한다!"

많은 학생이 일어나서 함께 불렀다.

"오거를 때려잡고 가고일을 걷어차니!"

모든 학생이 남녀를 가리지 않고 어깨동무를 한 채 합창했다.

"사나이 가는 길 거칠 것이 없어라!"

마스터 그룹 임원들이 앞에 서서 손을 허리에 얹고 같이 불렀다.

"약한 자를 돕고 여성을 위하는!"

아리안이 대련 상대였던 선배들에 이끌려 시험장 중앙에 섰다.

"우리는 사나이, 대륙의 사나이!"

그들은 노래를 부르는 게 아니라 악을 쓰며 눈물을 흘렸다.

"의리에 목숨 걸고 명령에 산다!"

시험관과 교수도 자리에 서서 함께 불렀다.

"우리는 사나이, 대륙의 사나이!"

그들은 모두 하나가 됐다. 남자와 여자, 선배와 후배, 교수와 학생을 가리지 않고 아카데미라는 이름으로 굳게 뭉쳤고, 대륙의 사나이로서 하나가 됐다.

하나가 된 그들의 가슴에 꿈이 심어졌다. '할 수 있다'는 무한한 가능성의 씨앗이 심어졌다.

그리고 그 씨앗을 키우는 것은 각자의 몫이 될 터였다.

그 씨앗을 키우기 위해 성숙의 밤은 그렇게 깊어만 갔다. 그날 저녁 식사는 모두 굶고 말았지만, 그것은 아무래도 좋았다.

그날의 일은 추억이라는 이름표를 달고 그들 가슴에 깊이 간직됐다. 가슴 깊이 간직한 아름다운 추억은 그들에게 희망이라는 날개를 달아줬다.

　참으로 좋은 날이었다.

＊　　　＊　　　＊

　"아, 드디어 방학이라는 실감이 나는군."

　"그래도 아카데미 가장 큰 행사인 전 아카데미 검술대회가 남았잖아."

　시험이 끝난 학생들이 이곳저곳에 삼삼오오 모여 한껏 밝은 모습으로 이야기를 나누는 광경이 참으로 보기 좋았다.

　"에이, 이번엔 검술대회에서 이변이 일어날 것이라고 기대 만빵이었는데, 1년차 마스터 그룹 회장이 기권했잖아."

　"그래? 왜 그랬을까? 만약 우승하면 다음 학년 검술 시험은 무조건 A플러스를 받는데."

　이야기를 하는 학생들은 아리안의 시합을 볼 수 없다는 생각이 들어서인지 아쉬움이 가득했다.

　"그 깊은 속을 누가 알겠나. 졸업반 선배들에게 기회를 주는 건지, 아니라면 자신의 능력을 드러내고 싶지 않아서인지."

　"그럴지도 모르겠다. 교수님과 비등한 실력으로 겨누다가 학생들과의 시합은 성에 차지 않을지도 모르지. 한데, 그 소문 들어봤어?"

　"무슨 소문? 아리안 회장이 최소한도 소드 익스퍼트 상급은 될 거라는 소문?"

이제 2년차가 되는 학생이 소드 익스퍼트 상급이란 말조차 이야깃거리도 되지 못하는 모양이다. 어쩐지 반응이 시원찮았다.

"에이, 당연한 이야기지. 마스터라면 모를까 그게 무슨 소문이라고. 다른 게 아니라, 마스터 그룹 정회원 모집을 하는 모양이야."

"새삼스럽게 무슨 회원 모집? 1년차 학생들은 거의 회원인 걸로 아는데."

회원 모집 이야기를 꺼낸 학생은 친구에게 마치 커다란 비밀이라도 말하듯이 주위를 한번 둘러보고 작은 목소리로 속삭였다.

"아, 그건 준회원이고, 정회원에게는 회장의 비기를 일부 공개하나 봐. 아리안 회장이 마누엘 조교수님과 겨룰 때 사용했던 타격 기술이 만상도 중급 비법인데, 그걸 지도한다는 은밀한 이야기가 있어."

"와, 그럼 졸업하고 용병이 돼도 A급 용병은 문제없겠군. 어디 가서 맞고 다닐 정도는 아니라는 이야기지."

"크크, 고생은 되겠지만 그게 어디야. 얼른 가서 신청해야겠다."

그들은 조용히 일어나서 어디론가 급히 갔다. 그러나 그들은 정회원 결격 사유로 가입이 불가능했다.

"아니, 정회원은 1년차에서만 뽑는 게 아니라던데, 내가 잘

못 들은 건가?'

"아닙니다. 맞습니다, 선배님. 하지만 정회원이 배워야 할 것은 3년 이상이기에, 2년차까지만 대상입니다. 죄송합니다, 선배님."

"뭐 그런 규정이 다 있어? 배울 수 있는 데까지만 배우다가 나가면 될 게 아닌가?'

"죄송합니다, 선배님. 우리 회장님은 어중간하게 하는 것은 보지 못하는 성격이라서, 정회원은 일정 능력을 갖추어야 한다고 말씀하셨습니다."

그들은 불만을 토로했지만 더는 해볼 방법이 없었다. 임원들은 선배들의 불만에 일일이 대답해 주며 신청서를 돌려보냈다. 그동안 아리안은 운동장에서 깊은 생각에 잠겼다.

'음, 일이 생각보다 복잡해진다. 임원들의 검술과 격투 실력이 대륙의 관점에서 보면 터무니없이 높아. 여기서 그들을 놔둘 수는 없는 문제야. 그래, 이렇게 된 이상 처음 마스터 그룹을 만들 때의 생각대로 저들을 이끌고 뭔가를 해보자. 그러려면 지금보다 더욱 체계적으로 이끌어야겠지. 음, 어쩔 수 없이 아직 나이가 조금 어리기는 하지만 가신으로 받아들여야 하는 걸까?'

"아리안!"

책을 가슴에 안은 레이나가 운동장 한쪽에서 생각에 빠져 허우적거리는 아리안을 구제했다.

"아, 레이나! 교재가 아닌 것을 보니 도서관에 다녀왔구나."

"응. 아리안은 여기서 뭐해?"

레이나는 아리안을 만난 게 반가운지 얼굴을 희색이 확연했다.

"그냥 생각 좀 하느라고."

"무슨 생각? 혹시 집 생각?"

"하하, 방학이 다 돼가니 그렇지, 뭐."

아리안은 민망한 듯이 레이나가 가슴에 안은 책에 눈길을 주다가 깜짝 놀랐다.

"아니, 한문?"

"한문? 한문이 뭐야, 아리안?"

아리안이 레이나가 안은 책 중에서 한 권을 가리키자, 레이나는 그 책을 뽑아 들고 의아한 듯이 아리안에게 말했다. 놀랍게도 그 책의 제목은 분명히 한문이었다.

"응? 이 책이 왜 여기 있지? 내가 신청한 책이 아닌데. 아리안, 고대어도 공부했어?"

"고대어?"

"그래, 고대어. 거인족의 언어이긴 하지만 그들이 사라지고 난 후엔 고대어라고 불러. 그들은 마법과 검법의 종주였으나, 신마대전 이후 사라지고 말았대. 신마대전에서 드러난 그들의 엄청난 능력을 모든 종족이 두려워했거든. 마법 실력은 웜 급 드래곤을 능가했고, 검법은 마장(魔將)을 압도했다고 들었어. 신마전쟁에 그들이 참여하지 않았다면 중간계는 어떻게 됐을지 모른다는 설이 지배적이야. 그런데도 그들의 놀라운 능력이 불안한 인간들은 신마전쟁이 끝나자마자 대륙의 힘을 모아 그들을 공격했지. 그리고 그들은 사라졌어."

"아니, 그게 말이나 돼? 마계 마장을 능가하는 검법과 드래곤이 두려워할 정도의 마법 능력이 있었다면서?"

아리안이 이해가 안 된다는 얼굴로 반문하자, 레이나는 고개를 끄덕이며 말했다.

"그랬어. 물론 일차 공격은 백만 대군이 담당했으나, 거인족 1,200명의 전사를 당할 수가 없어서 거의 전멸했어. 그러나 인간의 공격 방법은 인간 자신도 짐작을 못하잖아. 힘만으로는 유사종족 중에 가장 약한 게 인간이지만, 갖가지 교묘한 방법으로 그들을 공격했지. 함정, 독, 화공, 수공, 덫 등을 이용했고, 유희 중인 드래곤들이 적극적으로 인간을 도왔어. 그래서 마법이 많이 전해진 이유가 되기도 했고."

"하지만 그들이 그 정도의 공격에 멸족했다고 보기에는 뭔가 미심쩍은 점이 있는데?"

"아, 정말 대단하다, 아리안. 네 말이 맞아. 그들은 인간의 공격에 멸족된 게 아니라 스스로 사라졌어. 그들이 지하로 들어갔다는 말도 있고, 원래 그들의 고향인 먼 대륙으로 이주했다는 설도 있지. 그들이 살던 곳에서 많은 보물과 서적을 찾을 수 있었는데, 누구도 그 글씨를 해석하지 못했지. 물론 드래곤도 마찬가지고."

아리안은 아무래도 고대어라는 그 책이 마음이 쓰여서 레이나에게 물었다.

"그 책 좀 봐도 돼?"

"그럼. 내가 보려던 책도 아닌걸. 보고 나서 도서관에 반납만 해줘."

"그래, 그럴게."

아리안은 책을 들고 자신의 방으로 갔다. 책상 앞에 앉아서 눈을 감고 두근거리는 마음을 진정시켰다. 눈을 뜨고 책표지를 보자, 표지에는 분명 '太虛劍法(태허검법)'이라고 적혔다.

한동안 지겹게 공부했기에 '한국 사람이 왜 한문과 영어에 목을 매야 하는 거지?' 하면서 교과서를 집어던졌던 바로 그 한문이었지만, 지금은 그렇게 반가울 수가 없었다.

'세상에! 정말 한문이야.'

아리안은 손으로 책표지를 감격스럽게 쓰다듬었다. 갑자기 서울에 계실 부모님 생각이 나서 가슴이 뭉클해지고 눈시울이 뜨거워졌다.

'공부 잘하고 있을 줄 알았던 자식이 죽었다는 소식을 들었을 때 얼마나 청천벽력 같으셨을까. 자식이 죽으면 가슴에 묻는다고 했던가? 어머니! 저 잘 지내고 있어요. 가슴 아프시겠지만 그만 잊으시고 어머님의 삶을 사세요. 예? 어머니.'

아리안은 이번 생에서도 언젠가 이 세상에 안 계실 부모님께 효도해야겠다고 생각하며 눈물을 닦았다.

그는 표지에 적힌 '太虛劍法(태허검법)'이란 글을 보고 속으로 조금 걱정했다.

'젠장, 책장 넘기는 게 겁이 나잖아. 혹시 모든 글이 한문으로 적혔으면 어떡하지? 난 겨우 천자문과 교과서 한문밖에 공부한 적이 없고, 더구나 이곳에는 한문사전도 없는데……'

"앗! 이럴 수가!"

아리안은 긴장을 풀지 않고 책장을 넘겼다. 그리고 그만 깜짝 놀라고 말았다. 분명 심법 구절은 한문이었으나, 구절을 해설한 주석은 한문과 세종대왕이 창제한 자모음 28자 한글로 적혀 있었기 때문이다.

"크하하하! 이거 정말 판타지 아냐? 우리 조상이 이미 아보가도 대륙에서 거인족으로 환생하셨다니, 이거야 말로 내 한을 풀어주려는 조상님들의 눈물겨운 배려가 아니고 무엇이겠나. 에고, 그것은 너무 확대 해석한 것이겠고, 어쨌든 간에 이제 진정한 아보가도 대륙의 바람은 이 아리안에게서 시작하겠구나. 내 뜻이 사라지지 않는 한 죽어도 죽지 않을 것이다. 난 저승의 영천수마저 마셨지 않은가."

아리안은 그날부터 새로 태어난 기분으로 태허검법과, 함께 적혀 있는 태허심법을 수련했다. 아리안은 아카데미 뒷산 숲속 공터에서 땀을 흘렸고, 그의 주위에는 임원 네 명이 학생들의 접근을 막으면서 수련했다.

하지만 그들도 레이나가 바구니를 들고 오는 것은 막지 않았다. 저녁 식사 시간이 지났어도 아리안의 수련은 그칠 줄을 모르자, 레이나는 아리안의 수련을 방해하지 않으려고 수풀 사이에서 그를 바라봤다.

'아, 인간이 몰두하는 모습은 누구나 아름답다고 하더니 아리안이 수련하는 광경은 가슴이 저미는 것 같아. 세상에, 어떤 한이 저렇게 깊을 수 있을까? 그렇지 않으면 도대체 어떤 갈망이 있기에 저토록 자신을 잊을 정도로 몰두할까?

레이나는 아리안이 마치 다른 세계에서 온 사람처럼 느껴졌다. 쪼그리고 앉아서 무릎 위에 머리를 얹고 물끄러미 그를 바라보는 동안 해가 기울었다가 사라졌다. 그리고 날이 어두워지기 시작했다.

"마스터는 보통 인간이 아닌 듯해."

마데라와 세 명의 임원이 더는 수련할 수 없어지자 레이나 옆에 앉았다.

"아~ 아름답다."

"앗!"

날이 완전히 어두워지자 아리안의 검에서 흘러나온 오라가 선명한 황금빛을 띠며 허공을 수놓았다. 둥근 검의 궤적은 차츰 잔상을 남기고 허공에 금가루를 뿌렸다.

"아~!"

모두가 감탄성을 터뜨렸다. 아리안의 검에서 뿌려지는 빛이 무엇을 뜻하는 것인지 모두가 알아챈 것이다.

"오, 익스퍼트 최상급이 되셨구나!"

레이나는 그 아름다움에 넋을 잃었고, 임원들은 회장의 확실한 징표를 보면서 뜨거워진 가슴으로 주먹을 불끈 쥐었다.

아리안이 수놓는 검의 궤적은 추호의 막힘이 없었으며, 시간이 흐를수록 점점 빨라져서 빛나는 달걀 모습을 만들며 그의 모습마저 감췄다.

그의 보법이 바뀌었다. 한곳에 서서 방향만 바꾸며 검을 휘두르던 아리안은 동서남북으로 걸음을 옮겼다. 황금빛으로 찬연한 광구는 점차 커졌다. 밤에 떠오른 태양처럼 주위를 환히 밝혔다.

레이나와 임원들은 기적의 순간, 역사의 현장을 바라보며 할 말을 잃었다. 그들이 할 수 있는 것은 놀람뿐이었다.

그리고 어느 순간, 태양이 아침 바다에 고개를 내밀다가 불끈 솟아오르는 것처럼 번쩍 허공으로 솟구쳤다.

"오, 세상에!"

꿀꺽!

레이나가 급기야 입을 벌리고 말았으며, 누군가가 침을 삼키는 소리에 그들은 혀로 입술을 적셨다.

아리안이 또 한 번의 깨달음을 얻은 그때 교수는 이상한 마나의 유동을 느끼고 급히 아리안이 평소에 수련하는 뒷산으로 갔다.

그곳에는 임원들이 식사를 하는 중이었고, 레이나가 휴대용 마법등 작은 것을 손에 들고 그들이 먹는 모습을 무릎에 턱을 괴고 지켜봤다.

여섯 명이 모두 일어서서 교수를 맞이했다. 누구도 땀을 흘리는 사람이 없었다. 단지 아리안의 입술 옆에 밥알 하나가 붙어 있을 뿐이었다.

교수는 아리안에게 손을 뻗어 그 밥알을 떼어 자신의 입속에 넣었다.

"푸홋, 큭큭!"

아리안은 미소를 짓고, 다른 학생들은 웃음을 참느라 고생했다. 입을 가린 손을 뚫고 새어 나온 소리는 그렇게 밝을 수가 없었다. 교수는 학생들을 당겨서 모두 끌어안았다.

"너희를 믿는다. 이제 너희가 대륙의 주인이로구나."

"교수님!"

교수는 굳이 설명을 듣지 않아도 그들의 실력이 한 단계 더 높은 곳으로 도약했음을 눈치챘다. 교수의 인정을 받은 그들은 가슴이 벅차서 울먹이며 그의 품에 안겼다.

"좋구나. 참으로 좋구나. 내가 이런 날을 그렇게 애타는 심정으로 기다려 왔단다. 이제 머지않아 확인하는 절차만 남은 것인가?"

"……."

"자, 밥 먹자."

교수가 팔을 풀고 자리에 앉으며 말했다.

"헤헤, 교수님, 벌써 끝났어요. 애들 손이 얼마나 빠른데요."

"그래도 마스터의 손길과 비교할 수 있나요? 마스터의 손은 아예 보이지도 않던데요."

"맞습니다, 교수님! 저희가 더 열심히 수련하지 않으면 저희는 아마도 음식을 구경만 하고 굶어 죽을 겁니다."

"그럼, 언제라도 날 찾아와라. 내 밥이라도 나눠 주마."

"푸훗, 호호!"

그들의 티없이 맑은 웃음은 밤하늘에 곱게 수놓였다. 어디선가 들리는 밤새 우는 소리가 그렇게 맑고 정다울 수가 없었다.

초로롱~!

*   *   *

"마스터, 정회원 40명을 뽑는데 지원자 신청서는 200장이 넘습니다."

아리안과 일행은 검술 수련관을 사무실로 사용하다가 찾아오는 사람이 많아서 마데라의 기숙사 방을 이용하기도 했다. 하나, 불편한 점이 한두 가지가 아니고, 밤 12시엔 소등해야 하는 관계로 다시 검술 수련관 사무실에서 모였다.

"그럴 수가 있나? 검술 수련 전공 학생이 그렇게 많았어?"

"아닙니다, 마스터. 일단 검술 전공과 부전공 학생으로 1, 2년차의 지원서를 모두 받았습니다."

"좋다, 면접을 보기로 하자."

다음날부터 아리안과 임원들은 신청자를 직접 만나서 개인에 관한 신상 파악에 나섰다.

"전공이 뭔가요?"

엔테로가 들여다본 신청서에는 검술이 부전공이고 2년차로 적혀 있었다.

"영지 경영학이다. 아카데미 학생 그룹에 가입하는 것도 이렇게 까다로운가?"

"하하하! 선배님은 후배의 그룹에 가입하는 것보다 이상에 맞는 그룹을 하나 만드시는 게 좋을 듯싶습니다. 우리 그룹은 회장님의 모든 것을 닮으려는 그룹이니까요. 정회원 명단 발표는 며칠 후에 게시판에서 보시기 바랍니다."

다음에 들어온 학생은 검술 전공에 2년차였다.

"검술을 전공한 이유는 뭡니까?"

"힘! 힘을 가지기 위해서다. 난 부모님이 안 계시니까."

"부모님이 안 계시면 아카데미 입학이 불가능한 것으로 알고 있는데요?"

"우리 아버지가 성의 기사였기에 영주님이 보내주셨다."

"그럼 졸업한 후에는 기사가 되시겠군요?"

"그것은 나의 희망이고, 힘이 없다면 어려울 것이기에 꼭 정회원이 되기를 바라지."

"알겠습니다. 발표는 게시판에 붙일 겁니다."

안티야스는 고개를 끄덕이며 그가 나가자 신청서에 불합격을 표시했다.

마데라의 책상 앞에 선 학생은 1년차 검술학과 여자였다.

"검술을 전공으로 택한 이유는 뭡니까?"

"아빠와 오빠들이 약해 어머니 혼자 고생하는 것을 볼 수 없기에 기사가 되거나 용병이 돼서 돈을 벌려고요."

마데라는 상대의 말에 동의는 하지만, 그녀의 확실한 마음을 알아야만 했다.

　"돈을 벌기 위해서라면 상단이 훨씬 낫지 않나요?"

　"그럴 수도 있겠지요. 그러나 경호무사 외의 상단 일이란 상단주의 입장에선 실력자보다 믿는 자가 더 중요하지 않을까요? 하지만 검술 실력만은 남자든 여자든 간에 어디서나 제대로 된 대우를 받지요."

　"그렇게 생각하는군요. 마스터 그룹 정회원의 수련은 생각보다 빡셉니다. 나도 처음 수련할 때 하루에도 열두 번씩 그만두고 싶은 생각이 났었으니까요."

　마데라는 호의를 느낀 지원자에게 다시 생각해 보라고 말했지만, 여학생은 그보다 한술 더 떴다.

　"알았습니다. 마스터 그룹 정회원은 하루에 열세 번씩 마음을 가다듬어야 한다는 뜻이군요. 그런데 그런 말을 해주는 다른 이유가 있는 듯하네요."

　"얼굴도 예쁜데 상할 수도 있기 때문입니다."

　"정말 아름답고 귀한 것은 겉으로 드러내 놓고 자랑하지 않는 법이랍니다, 임원님."

　마데라는 놀란 눈으로 상대를 쳐다보고 고개를 끄덕였다.

　"좋은 것을 배웠습니다. 발표는 회장님의 결정을 받아 게시판에서 볼 수 있을 겁니다."

　"임원님이 남녀 차별하는 분이 아니기를 바랍니다."

　"……"

마데라는 살짝 목례하며 나가는 여학생의 뒷모습을 멍하니 바라봤다. 그의 가슴이 세차게 두근거렸다. 그는 자신의 심장 뛰는 소리가 너무 커서 급히 주위를 둘러봤다.

며칠 후 정회원 합격 발표가 게시판에 올랐다. 합격자들은 공지에 따라 수련관에 옹기종기 모였다.

그들의 앞에 아리안이 나타났다.

"마스터 그룹 정회원이 되신 것을 축하드립니다. 이것이 진정 축하할 일인지는 여러분이 재삼 숙고하기 바랍니다. 왜냐하면, 아름다워야 할 학창 시절이 어느 순간 지옥으로 변해 있음을 실감하게 될 것이기 때문입니다."

80여 명의 합격자는 숨을 죽이고 아리안의 말을 경청했다.

"아직은 어린 나이이기에 입에 사탕을 물고 어리광과 엄살이 통할 때인데도, 입안에는 모래가 자글거리고 눈앞에는 별들이 춤을 출 것입니다. 남녀를 구분하지 않을 것이고, 누구든지 훈련을 쫓아오지 못하면 정회원 자격을 박탈할 것입니다. 더구나 여러분이 나에게서 배웠으면 하는 비기는 2년의 훈련을 거쳐야 하고 우리와 어울릴 수 있는 사람인지를 수없이 테스트한 후가 될 것입니다."

아리안의 말을 듣는 정회원 합격자들의 표정은 비장해 보이기까지 했다.

"훈련할 때는 선배와 친구, 혹은 남녀의 구별이 없으며, 오직 여러분을 가르치고 지옥의 맛을 보여줄 회장과 나를 돕는 임원, 그리고 지옥의 유황불을 오히려 그리워할 훈련생만 남게 됩니다. 첫 번째 문제를 냅니다."

아리안은 신입 회원들의 얼굴을 천천히 쭉 둘러봤다. 긴장감이 더욱 고조됐다. 학생들은 어금니를 질끈 깨물었다.

"학년이 끝난 방학은 3개월간입니다. 한 달 후 오늘, 바로 이곳에서 출석 체크를 합니다. 영리한 사람은 집에서 3개월간 지내다가 오기 바랍니다. 편한 길 놔두고 힘든 길을 선택하는 바보들만이 훈련복으로 갈아입고 오면 됩니다."

"일동, 차렷!"

척!

안티야스의 구령에 정회원들은 정신을 차리고 차려 자세를 취했다.

"회장님께 경례!"

"마스터!"

소드 마스터를 바라는 초입 검사들은 오른손 주먹으로 왼쪽 가슴을 쳤다. 동시에 힘차게 마스터를 외치며 스스로 다짐을 재확인했다.

그리고 첫 번째 방학이 시작됐다.

Chapter 05
자객

"마스터!"

갑자기 임원 여섯 명이 약속이나 한 듯이 그 자리에 무릎을 꿇었다. 그들이 어금니를 단단히 악문 모습을 보자 뭔가 결심을 단단히 한 모양이다.

"마스터, 1년 동안 우릴 평가하셨을 테니 부디 우릴 가신으로 받아주십시오."

"물론 아직 우리 나이가 어리다는 것을 압니다. 그러나 그건 일반적인 평가일 뿐이고, 우리가 얼마나 단합됐으며 오직 한마음으로 마스터를 따르는지는 마스터도 알 것입니다."

"마스터, 우린 이미 동급생이나 친구의 관계를 벗어났습니다. 그건 마스터도 알고 우리 자신도 너무나 잘 압니다. 아니,

아카데미 어떤 학생이라도 마스터와 감히 동등하다고 여기는 학생은 없을 겁니다."

"그렇습니다, 마스터! 우린 이미 마음속으로 마스터의 부하인 지 오래됐습니다. 부디 가신으로 허락하여 우리 가슴속에 태양을 품을 수 있게 허락하여 주십시오, 마스터!"

"어찌 나이로만 판단하여 모든 것을 미루려고만 하십니까? 부디 허락하여 주십시오, 마스터!"

아카데미 뒷산, 그들이 어울려 마스터 그룹 회장을 선출하던 바로 그곳에서 한 학년이 끝난 여섯 임원의 간절함이 숲을 울렸다.

'맞아. 난 사람들에게 나이로 판단하느냐고 물었었는데, 그런 내가 정작 나 자신의 일에는 나이로만 판단했구나. 배신보다 두려운 것은 처음부터 믿지 못하는 일이 아니었던가. 정녕 무엇이 두려워 저들의 요구를 거절했던 거지? 나이? 책임감? 아카데미의 문책? 젠장, 내 앞에 닥치는 벽은 그게 무엇이든 간에 무너뜨리고 말 테다. 나이, 관습, 귀족 계급, 운명까지 내 길은 내가 개척한다. 나서라, 운명아. 여기 아리안이 간다.'

아리안은 마음의 흔들림을 다잡고 그들을 둘러봤다.

"좋다. 너희를 가신으로 받아들인다."

"감사합니다, 주군!"

여섯 임원은 울먹이는 음성으로 부르짖으며 머리를 다시 한 번 숙였다.

"잘 들어라. 그러나 불필요한 문제를 만들고 싶지는 않다.

졸업할 때까지 마스터로 부르도록 해라."

"예, 마스터!"

그렇게 해서 여섯 명의 사내는 가슴에 아리안이라는 태양을 품었다. 누가 그들을 어리다고 할 것이며 누가 있어 그들의 앞을 막을 수 있을까.

대륙 태풍의 핵은 그렇게 서서히 돌기 시작했다.

"아리안!"

아카데미 무술대회가 끝나고, 아리안은 임원들과 새로운 관계를 정립했다. 많은 것을 이루어 감격스러운 가슴을 안고 비교적 한산한 운동장을 지나 정문으로 나오자 알폰소가 기다리고 있었다.

"형, 많이 기다렸겠네."

"유명한 동생님을 기다리는 것은 당연한 일이겠지."

"에고, 그러셨구나. 얘들아, 우리 형이다. 인사해라."

아리안과 함께 나오던 안티야스 등은 마스터가 자신보다 작은 사람에게 형이라고 부르자 의아한 표정으로 알폰소를 바라봤다.

그들은 아리안이 인사하라는 말에 허리를 깊숙이 숙여 절했다.

"안녕하세요? 반갑습니다."

"그래, 반갑다. 너희가 그 유명한 마스터 그룹 임원들이구나."

알폰소와 임원들이 서로 인사를 나누자 아리안이 임원들을 향해 말했다.

"자, 너희도 한 달 후에 보려면 어서 가라."

"예, 마스터! 편안히 다녀오십시오."

"그래, 너희도 잘 다녀와라."

깎듯하게 인사를 하고 떠나가는 임원들의 태도가 지나칠 정도로 정중하고 절도 있음을 알폰소는 유심히 보았다. 그러나 이를 마음에 두기만 할 뿐, 특별히 아리안을 추궁하지는 않았다.

임원들과 헤어진 아리안은 형과 함께 레포르마에 가서 엘레노 성으로 가는 마차를 탔다.

용병들이 경호하는 네 대의 마차가 달리기 시작하자, 아리안은 검을 다리 사이에 세우고 눈을 감은 채 명상에 잠겼다.

무료해진 알폰소는 책을 꺼내 읽다가 허리를 의자 뒤에 기대지도 않고 눈을 감은 아리안을 보면서 신기한 생각이 들었다.

"아리안, 그렇게 앉으면 불편하지 않아? 좀 편하게 앉지? 한두 시간 갈 것도 아닌데……."

"형, 걱정 마. 난 이게 편해. 허리를 구부리면 오히려 아프거든."

마차에 함께 탄 용병이나 검사처럼 검을 찬 20대 중반의 남녀, 백발이 성성한 노인, 그리고 역시 검을 든 40대 중반의 눈빛이 날카로운 중년인이 아리안을 신기한 듯이 쳐다봤다.

알폰소는 한마디만 하고 다시 눈을 감는 동생을 물끄러미 바라봤다.

'정말 여러 모로 신비한 아이야. 나보다 분명 세 살이나 어린데도 머리 하나가 더 크지를 않나, 검술 가문도 아니고 특별히 검술 선생에게 사사한 적도 없이 혼자 연습한 것만으로 소드 마스터인 인비에르노 교수님께 인정을 받다니, 도무지 이해할 수가 없어.'

알폰소는 고개를 잘래잘래 흔들고 다시 책을 폈다.

아리안은 몸속에서 꿈틀거리는 기운이 움직이는 모습을 관조하는 중이었다.

'태허심법은 정말 대단해. 심법이 자리를 잡자 특별히 운기하지 않아도 단전호흡을 할 때보다 몇 배나 효력이 강한지 모르겠어. 그러니까 명가의 유명 심법을 얻으려고 목숨 바쳐 쟁탈전을 벌이는 거였구나. 게다가 이곳은 마나가 풍부하여 태허심법에 비할 수조차 없는 가장 기본적인 단전호흡만으로도 상당한 효과를 거뒀잖아.'

눈을 감은 아리안의 생각은 그치질 않고 이어졌다.

'거인족이 따로 있었던 게 아니라, 나처럼 기억을 잃지 않은 조상이 이곳에 온 후 태허심법의 결과로 육체가 잘 성장하다 보니 몇 대에 걸쳐 차츰 체격이 커진 듯해. 이 대륙에서 검술과 비슷한 능력을 나타내는 마법에 대해서도 어떤 단서를 남긴 게 있는지도 알아봐야겠다.'

아리안이 마음속으로 또 하나의 생각을 떠올린 그 순간, 태허심법이 그에게 위험한 무언가를 알려왔다. 아리안은 단숨에 그 위협이 무엇인지 알아챘다.

'세상에, 이건 독 아냐?'

아리안은 숨을 멈추고 눈을 떴다. 맞은편에 앉은 노인과 눈이 마주쳤다. 노인의 오른손이 그의 옷 속에서 꿈틀거렸다.

"형, 숨을 멈춰! 모두 숨을 쉬지 마세요! 마차에 독이 있습니다!"

"뭐? 독이라고?"

"쉿!"

알폰소가 놀라서 반문하자, 아리안은 손가락으로 입을 가려 말하지 말라는 신호를 보낸 후 마차 양쪽 창문을 열었다.

"콜록콜록!"

노인이 기침하면서 허리를 숙이자 아리안이 검을 뽑았다.

"가면을 벗고 정체를 밝히시오."

노인에게 말하는 아리안의 음성은 그렇게 싸늘할 수가 없었다.

"콜록! 젊은이, 내게 하는 말인가? 콜록!"

"글쎄요, 만약 품에 넣은 손을 또 움직이면 다신 사용할 수 없을 겁니다."

아리안이 검의 손잡이를 잡은 채 노인에게 말하자, 알폰소와 다른 승객들은 놀라서 조금이라도 노인과 아리안에게서 떨어지려고 애를 썼다.

"마차를 세워요! 마차에 자객이 탔어요!"

여검사가 창밖으로 고개를 내밀고 소리쳤다.

"워~! 워~!"

"뭐야? 무슨 일이야?"

마차가 서서히 멈췄다. 함께 가던 여객 마차 네 대가 모두 멈추고 용병들이 급히 모여들었다.

뻥!

갑자기 마차 안에 연기가 자욱하게 퍼졌다.

"악! 독이다!"

휘익!

아리안의 검이 연기를 가르며 휘둘러졌다.

꽝!

아리안이 검을 휘두르는 것과 동시에 마차 천장이 뚫렸다. 아리안이 급히 형을 부축하여 마차에서 뛰어내린 뒤 사방을 돌아봤으나 노인은 이미 숲속으로 숨은 뒤였다.

"형! 괜찮아?"

"가슴이 조금 답답할 뿐 괜찮은 것 같다."

아리안이 걱정스런 표정으로 물어보자, 알폰소는 가슴을 쥐고 괜찮다는 듯이 고개를 끄덕였다.

아리안은 주위를 둘러봤다. 남녀와 중년 검사가 품에서 뭔가를 꺼내 마시는 모습이 보였다.

여검사가 아리안을 힐끗 보고 다가왔다.

"고마워, 젊은 형제. 신세를 졌어. 이 약을 형에게 주도록 해. 해독제야."

"고맙습니다, 여검사님!"

아리안이 빙긋이 웃는 여검사에게 가볍게 목례하고 자신이 조금 마셔본 후 알폰소에게 약병을 건넸다. 그 모습을 본 여검사는 깊은 눈으로 그를 바라보며 고개를 끄덕였다.

아리안이 마차를 보니 용병들이 마차 안을 조사하는 중이었다.

"여기 핏자국이 있어. 앗! 독낭도 있다."

"손대지 마. 마법사를 불러라!"

마차로 온 용병 마법사는 잇달아 마법을 펼쳤다.

"윈드! 클리어! 정화!"

마법을 끝낸 마법사는 독낭을 집어 조심스럽게 자신의 주머니에 넣었다. 독과 자객이란 말에 용병들의 긴장은 최고도에 달했다.

"자, 승객들은 어서 마차에 오르시죠. 조금 늦었습니다. 출발!"

마차는 한동안 매우 빠르게 달렸다. 말발굽 소리가 사위를 진동했다.

해가 서산마루에 걸렸다. 힘들게 언덕에 오른 마차는 다시 힘을 내어 내리막길을 달렸다.

커엉~!

요란한 말발굽 소리가 부른 듯한 늑대 울음이 승객들을 불안하게 만들었다. 기울어졌던 승객들의 몸이 제자리로 돌아올 무렵 마차가 다시 천천히 달리기 시작했다. 마차 속도가 느려지다가 멈춘 곳은 이미 20여 대의 짐마차를 이끄는 상단과 그들을 경호하는 용병들이 저녁 식사 준비를 하는 제법 커다란 공터였다.

"안녕하십니까? 대륙여객의 정기마차입니다. 이곳에서 함께 일박했으면 합니다."

"환영합니다. 집 떠나면 모두 형제 아니겠습니까? 저는 노블리아 상단의 카르네프입니다."

"아니, 노블리아 상단주님이 직접 상행을 나오셨습니까?"

상대의 이름이 상당히 유명한지 용병은 이름만 듣고 놀라서 반문했다.

"하하, 상단에만 있기에는 피가 너무 뜨겁지요."

"하하하, 이번 상행이 매우 중요한 일인 모양입니다."

"하하하, 중요하지 않은 상행이란 없는 법이랍니다."

두 사람의 대화를 들은 아리안은 상단주인 카르네프의 얼굴을 유심히 쳐다봤다. 눈은 웃는 듯이 부드러웠으나 입술은 꾹 다문 모습이 강한 결단력을 드러냈다. 그의 전신에서 풍기는 압도적인 기세는 마치 소드 마스터다운 벽을 느끼게 했다.

"자, 식사 집합입니다."

아리안과 알폰소는 수프 한 그릇과 말린 고기, 그리고 빵을 받아서 풀밭에 앉았다. 그때, 여검사와 잘생긴 청년도 그들의 자리로 다가왔다.

"같이 식사해도 될까?"

"그러시죠. 앉으세요."

여검사는 아리안에게 방긋 미소를 지으며 쳐다보지도 않고
풀밭에 앉았지만, 청년은 자신이 앉으려는 위치에 놓인 돌을
치우고 조심스럽게 앉았다. 마치 남녀가 바뀐 듯한 모습에 아
리안이 미소를 지었다.

"아카데미 학생인가? 친형제 맞아?"

"예, 학생이죠. 그리고 엄마가 형을 낳는 것을 보진 못했어
도 형이 맞대요."

"호호, 그런 걸 엄마에게 물어봤어?"

여검사는 어이없다는 표정보다는 재미있다는 얼굴로 웃으
면서 물었다.

"그럼요. 확인해야죠. 전 혼자서 고민 많이 했어요. 형은 나
보다 훨씬 머리가 좋고, 난 형보다 힘이 무척 강하거든요."

"호호, 그럼 당연히 확인할 필요가 있었겠다."

"그렇죠? 잘했죠?"

아리안의 말에 알폰소는 어이없는 표정으로 동생을 쳐다봤
다. 알폰소는 동생의 머리를 한 대 쥐어박고 일어나서 천막으
로 들어갔다.

콩!

"아야!"

"호호호!"

머리에 손도 올리지 않고 아프다는 소리를 내며 형의 뒷모
습을 쳐다보는 아리안을 보고 여검사는 웃음을 참지 못했다.
청년도 손으로 입을 가렸지만 눈은 웃음을 참지 못하는 빛이

역력했다.

아리안은 청년의 모습을 유심히 살폈다. 자객은 그를 목표로 삼은 게 아닌가 싶었다. 그 청년만이 다른 사람과 달리 예사롭게 보이지 않았기 때문이었다. 아리안은 그의 얼굴만 뇌리에 심었다.

점차 날이 어두워졌다. 용병들은 바삐 움직이면서 모닥불을 중앙 세 곳에 피우고 마차로 원을 그린 후에 말들은 마차에서 풀어 한쪽에 매고 먹이를 주었다.

어느새 천막이 세워졌고, 벌써 천막 안으로 들어가는 사람이 많았다. 양쪽 용병대장들이 모여서 상의하고 헤어지자, 용병들이 마차 위에 올라가 경계 서는 모습이 보였다.

"힘센 동생은 잠자지 않을 건가?"

"먼저 가서 주무세요. 전 조금 더 앉아 있을 겁니다."

아리안은 여검사와 청년을 눈으로 배웅했다.

그는 마차가 이곳에 선 이후 우스갯소리를 던지는 와중에도 전혀 긴장을 늦추지 않았다. 그것은 이곳에 자신들만이 아닌 무엇인가가 있음을 일찌감치 감지하고 있었기 때문이다.

새벽안개처럼 은밀히 퍼지는 이질적인 기운을 느끼고 그는 검집을 무릎 위에 놓았다.

기운은 점차 강해졌고 끈적끈적한 느낌마저 들었으나, 경호무사들은 누구도 감지하지 못한 듯했다.

밤은 점점 깊어만 갔고, 천막의 불빛도 하나둘 점차 꺼졌다. 세 곳에 피워놓은 모닥불만이 스스로 삶이 덧없다는 듯이 타

닥거리며 주위를 밝혔다. 몸을 오싹하게 하는 한기는 겨울 초
입에 들어선 날씨 때문만은 아닌 듯했다.

아리안은 검을 고쳐 잡고 자리에서 일어나 용병이 없는 마
차 위로 올라갔다. 가까운 곳에 있던 용병이 그를 쳐다봤다가
곧 고개를 돌렸다.

사물을 분간하기 어려운 어둠 속에서 반짝이는 눈이 조금씩
늘어났다.

"기상! 기상! 몬스터다! 몬스터가 습격했다!"

그제야 몬스터를 발견한 용병이 고함을 치고, 천막의 불빛
이 밝혀지면서 용병들이 뛰어나왔다. 용병대장인 듯한 두 명
이 먼저 나와 마차 위로 올라가 사방을 살폈다.

용병대장이 천막 밖으로 나온 상단주 카르네프에게 보고했
다.

"몬스터가 무리로 모여들었습니다. 아무래도 심상치 않으
니 싸울 수 있는 사람은 모두 무기를 들어야 할 것 같습니다."

"음, 알겠소. 수고해 주시오."

용병대장은 염려 말라는 말도 하질 못하고 뒤로 돌아서서
부하들에게 명령했다.

"천막을 치우고 모닥불로 원을 만들어 싸울 수 없는 사람은
그 안에 모아서 보호하도록 해라!"

"예, 대장님!"

상단을 경호하는 용병들은 손발이 척척 맞아서 그들이 하루
이틀 손을 맞춘 게 아님을 드러냈다. 또한 상단 소속 무사들도

무기를 챙기며 용병들과 합세했다.

"마법사! 불을 밝혀라!"

"라이트!"

불이 밝혀지고 사방이 환해지자 마차 주위를 포위한 몬스터가 눈에 보였다.

"아니, 저게 뭐야? 전사 오크잖아. 오늘 일은 심상치가 않구만."

"오크는 알지만, 전사 오크는 또 뭔가?"

어느새 용병대장 옆으로 온 카르네프 상단주가 검을 든 채 물었다.

"오크 전사는 일반 오크보다 상당히 까다롭습니다. 그야말로 우리 용병들과 일반인과의 차이라고나 할까요? 그리고 오크 전사들은 지휘하는 놈이 있는데, 그놈은 소드 마스터가 아니라면 저 혼자선 장담하기 어렵습니다."

"흠, 오크 전사 대장이라? 대장, 상단 물건보다 인명 피해를 줄이는 데 최선을 다해 주게."

용병대장은 상단주가 하는 뜻밖의 말을 듣고 카르네프를 다시 쳐다봤다.

'상단은 인명보다 재물을 중시하지 않았던가?'

"알겠습니다, 상단주님!"

용병대장은 힘차게 대답하며 고개를 숙였다.

둥둥! 둥둥!

"젠장, 정말 오크 전사 대장이 나타났군."

"선배, 그걸 어떻게 알죠?"

"저 북소리는 진짜 북소리가 아니고 오크들이 자신의 가슴을 쳐서 존경을 표현하는 거야. 더구나 그가 오면 최소 오크 전사 백은 덤벼들겠지."

고참의 말에 신참 용병은 잠시 말을 잃었다가 착 가라앉은 음성으로 말했다.

"그럼, 내일도 살아 있다는 보장은 누구도 못하겠군요."

"크크, 아니지. 네가 내일은 신참 딱지를 뗀다는 뜻이기도 해. 해가 일찍 뜨기나 빌어라."

"해가 일찍 뜨면 좋은 일이 있나요?"

"다른 오크 떼와 달리 오크 전사들은 해가 있을 때 공격하면 해가 질 때까지 공격하고, 밤에 공격하면 해가 뜰 때까지만 공격한다. 그때가 지나면 상대를 전사로 인정하고 물러가."

젊은 용병은 고참 용병의 말을 듣고 하늘을 한 번 쳐다봤다. 하늘은 젊은 용병의 불안한 마음처럼 어둡기만 했다.

"치익! 공격!"

어둠 속에서 어설프지만 갑옷까지 입은 오크 전사의 공격이 시작됐다. 오크 전사들은 마차로 방어막을 쌓은 벽의 어느 한 곳을 공격하는 게 아니라 사방에서 몰려들었다.

"쏴라!"

용병들은 마차 위나 옆에서 활을 겨눴다가 명령이 떨어지자 일제히 시위를 놓았다.

휘익!

끄악!

눈에 화살을 맞은 오크의 비명은 먹이가 되느냐, 살아남느냐를 판가름하는 전투의 시작을 알렸다.

아리안은 마차 사이의 공간으로 침입한 오크를 향해 달려들었다. 아리안이 크다고는 하지만 어른 장정보다 훨씬 더 큰 오크에 비하면 턱없이 작았다.

"위험하다! 피해!"

검을 뽑아 들고 모닥불 주위에 있던 여검사가 소리치며 달려왔다.

오크 전사는 자신에게 달려드는 소년을 한칼에 날려 보내려는 듯이 무식하게 큰 칼을 힘차게 아래로 내려쳤다.

아리안은 칼을 맞받지 않고 발에 내기를 모아 땅을 박찼다. 더욱 빨리 오크 전사의 옆을 스치듯이 지나가며 오크의 목을 베었다.

"앗!"

죽은 오크 전사의 눈은 여전히 앞을 노려봤는데, 놀란 비명은 여검사가 질렀다.

"세상에, 투구까지 베어버렸어. 저 소년이 소드 마스터란 말인가? 말도 안 돼."

여검사는 고개를 잘래잘래 흔들면서도 눈으로는 그의 뒷모습을 쫓았다. 교수가 부러진 검 대신 아리안에게 준 검은 이름난 명검은 아니었지만 의외로 무척 좋은 것이었다. 아리안이 실력을 내보이기에는 충분했다.

활을 쏜 용병들은 마차에서 내려와 마차 사이로 습격하는 오크와 싸웠다. 오크의 습격을 막는 용병들의 수는 오크 전사의 수와 비슷했으나, 그들 중에는 전문적인 칼잡이가 아니라 인부들도 섞였기에 인간들의 피해는 점차 늘어났다.

"헉!"

더구나 오크 전사를 용병 한 사람이 막기에는 무리가 있었고, 마차를 뚫고 들어오는 전사의 수도 점점 많아졌다.

아리안은 속전속결만이 피해를 줄일 수 있다고 판단했다. 그는 여객 마차를 뒤엎어 버리고 들어오는 두 오크에게 달려들어 단번에 베어버렸다.

"아악!"

모닥불 안으로 피했던 여객 한 사람이 날카로운 비명을 지르며 쓰러졌다.

챙챙!

여검사가 오크 전사를 상대했으나, 워낙 상대의 힘이 강해서 위태롭게 보였다. 하지만 흘려 치기로 상대의 힘을 직접 받지 않고 가끔 공격도 하면서 겨우 버텨냈다.

아리안은 상황을 다시 한 번 둘러봤다.

"아악!"

비명을 지르며 쓰러지는 용병을 돌아봤다가, 마차가 쓰러진 사이로 달려오는 오크를 발견하고 검을 휘둘렀다. 그의 검에서 오라가 생성되더니 오크들을 향했다.

휙휙휙!

오크 세 마리가 화살에 맞아서 그대로 쓰러졌다. 활 솜씨가 대단한 용병이었다.

아리안은 쓰러진 마차 밖으로 나왔다. 마차 사이로 들어가려는 오크들의 모습과 뒤를 잇는 전사들의 수가 여전히 눈에 많이 띄었다.

아리안은 검에 오라를 입히고 그들을 향해 달려들었다. 오라가 어두운 밤을 밝혔고, 그의 전설이 시작됐음을 만천하에 알렸다.

아리안의 검은 부딪치는 게 검이든 오크든 간에 용서하지 않았다.

휘익!

"커억!"

오크도 죽을 때는 '치익' 거리는 소리를 내지 않았다. 아리안이 그렇게 마차 주위를 돌면서 십여 마리의 오크 전사를 베었을 때, 굉장한 투기를 느끼고 고개를 돌렸다.

어둠 속에서 아직도 상당한 오크 전사들이 갖가지 무기를 뽑아 들고 명령을 기다리는 광경이 보였다. 그 수가 상당해서 100마리는 족히 넘는 듯했다. 어둠을 뚫고 볼 수 있는 아리안이 아니라면 결코 발견할 수 없는 무력이었다.

그들 가운데 선 전사는 다른 오크보다 훨씬 컸으며 오거보다 더욱 오거다웠다. 그가 오크 전사 대장인 듯했다. 그의 눈빛이 유난히 반짝이며 아리안을 주시했다.

"치익! 인간 전사, 나 겨룬다."

쾅쾅!

오크 전사 대장이 주먹으로 자신의 가슴을 치는데 우렁찬 굉음이 퍼졌다.

"좋다! 이리 와라!"

둥! 두둥둥! 둥! 두둥둥!

오크 전사 대장이 뒤로 신호하자 진짜 북소리가 들리고 마차를 공격하던 오크들이 재빨리 뒤로 물러났다.

"와, 오크들이 물러난다. 살았다."

"아니, 뭔가 이상한데? 오크 전사들이 이처럼 쉽게 물러나지 않을 텐데? 모두 다음 공격에 대비해라!"

"앗, 대장님! 마차 밖을 좀 보십시오!"

용병대장이 마차 위로 올라갔다. 다른 용병들도 마차 위로 올라가거나 그 사이로 밖을 내다봤다.

100여 마리가 넘는 오크 전사들이 반원을 그린 곳에 오크 전사 대장이 소년과 검을 들고 대치했다.

"아니, 저 소년은 자객을 발견했던 그 소년이잖아? 그런데 왜 위험한 밖에 나갔지?"

"그게 아닌 것 같아. 전사 대장이 소년과 일기투를 원한 듯해. 그러니까 다른 오크 전사들이 그대로 구경만 하잖아."

상단주를 포함한 모두가 지켜보는 가운데 오크 전사 대장과 맞선 소년의 검에서 선명한 오라가 밤하늘을 밝혔다.

"세상에! 오라 아냐? 저 소년이 벌써 소드 익스퍼트 최상급이란 말이잖아."

"넌 저 나이 때 여자애들 치마 올리는 데 온통 정신 팔았겠지."

"자식, 스스로 고백하는 건 좋은데, 구경 좀 하자."

알폰소는 아리안이 도저히 상대가 안 될 것 같은 전사 대장과 마주 선 모습을 보고 주먹을 불끈 쥐었다. 오크 전사는 아리안에 비해 키도 머리 하나는 훨씬 더 컸지만 체격도 배는 됐다. 마치 어른과 소년이 겨루는 듯했다.

노블리아 상단주 카르네프는 중단으로 겨눈 검에서 아름답기 그지없는 오라를 앞세우고 조용한 자세로 전사 대장을 응시하는 소년을 눈여겨봤다.

"치익! 네가 이기면 모두 살려주지."

그 말을 듣고 구경하던 사람들은 오크들이 왜 후퇴했는지 알게 됐다. 하지만 연약해 보이는 소년을 대신할 만한 사람은 아무도 없었다. 누가 감히 소드 마스터가 아니면 상대하기 어렵다는 오크 전사 대장을 맞이해서 나서겠는가.

짱!

소년과 전사 대장이 서로 달려들었다. 전사 대장의 거대한 검과 소년의 가냘픈 검이 맞부딪쳐서 굉음을 만들었다.

"아니, 오라 검과 부딪쳤는데도 잘리지가 않잖아?"

"강화 마법이 깃든 미스릴 검이겠지. 그것보다는 소년이 힘으로도 전사 대장에게 밀리지가 않잖아. 정말 대단한데?"

"그렇군. 몸에다 마법을 걸었나? 그럼 시간이 흐르면 불리해질 텐데."

서로 부딪친 후 전사 대장과 소년은 서로 상대를 쳐다보고 감탄했다.

"크악!"

전사 대장은 만족한 표정으로 검을 흔들며 고함을 질렀다. 오크 전사들이 대장의 포효에 반응하듯이 발로 땅을 굴렀다.

쿵쿵! 쿵쿵!

"아니, 저놈들이 갑자기 왜 저러지? 공격 신혼가?"

"아닙니다. 상대를 전사로 인정한다는 뜻이죠. 저기 오크들을 보십시오. 들고 있던 무기를 검집에 도로 집어넣잖습니까? 결투가 끝나도 공격은 다시 없을 겁니다."

카르네프가 이상하다는 듯이 물어보는 말에 용병단장은 밝은 표정으로 대답했다.

"그럼, 소년이 우리 모두의 생명의 은인이로군. 그러나저러나 소년이 이길 수 있을까?"

"경험이 적어서 어떻게 될지 승패는 알 수 없지만, 쉽게 지지는 않을 겁니다. 익스퍼트 최상급은 결코 어떤 기술이 아닙니다. 상상조차 하기 힘든 고행의 결과고 얼마나 쉬지 않고 열심히 노력했는지에 달린 문제니까요. 수억 인구 중에 숨은 사람까지 계산해도 대륙에 그렇게 많지는 않을 겁니다. 바로 마스터에 이르는 문턱이니까요."

'소년이 벌써 마스터의 문턱에 도달했다고?'

용병대장의 말에 카르네프는 갈수록 놀란 눈으로 다시 전장을 주시했다.

꽝꽝! 꽝꽝!

전사 대장과 소년의 검은 정직하게 서로 부딪치면서 점점 빨라졌다. 아리안은 전사 대장의 검과 부딪칠 때마다 그 충격을 받아들인 육체가 환희의 찬가를 불렀고, 시간이 지날수록 내공 역시 점점 강해지는 것을 느꼈다.

한 시간이 흘렀다. 아리안은 신이 나서 태허검법을 사용하지 않고 순수한 힘만으로 계속 상대와 부딪쳤다. 마치 과일을 갈아놓으면 분리됐다가 흔들면 다시 과일즙으로 변하듯이 치우천왕과 영천수의 능력이 전신으로 퍼지면서 세포 하나하나가 찬가를 부르는 듯했다.

아리안의 움직임은 잔상이 남을 정도로 빠르게 전사 대장을 돌면서 공격을 퍼부었다. 그는 점차 전사 대장의 움직임이 고스란히 눈에 들어왔고, 더구나 다음 행동이 읽혀지는 것을 깨달았다. 그는 더욱 빨리 움직이면서도 전사 대장이 자신의 검을 받을 수 있다고 여길 때만 공격을 퍼부었지만, 누구도 알 수는 없는 일이었다.

순간의 실수가 생명을 앗아갈 정도로 위험해 보였지만, 아리안은 점차 기운이 넘쳐 나는 반면에 전사 대장의 움직임은 점점 힘겨운 듯이 보였다.

"도대체 눈에 잘 보이지도 않는군. 대장, 소년이 위험하지 않은가?"

카르네프가 용병대장에게 답답한 듯이 물어보자, 알폰소와 주위 사람들은 대장의 대답에 귀를 기울였다.

"상단주님, 염려 마십시오. 소년이 오히려 오크 전사 대장을 압도하는 기세입니다. 전사 대장의 무위도 놀랍지만 소년의 검술은 저도 처음 보는 것으로서 정말 대단하다는 말밖에 할 말이 없습니다. 소년은 마치 수련하듯이 점점 빨라지고 힘도 강해지는 반면에, 오크 대장의 손은 조금씩 떨리는 것으로 보아 머지않아 대결이 끝날 것 같습니다."

꽝! 번쩍번쩍!

그때, 다시 강하게 검이 부딪쳤다. 오크 대장의 검에서 강한 스파크가 일어났다. 아리안이 손을 부들부들 떨다가 그만 검을 떨어뜨렸으나, 곧 왼손으로 떨어지는 검을 잡았다.

"앗! 에고, 심장 떨어질 뻔했네."

"오크 전사 대장의 검은 번개 충격 마법검이었어. 오크 전사 중에는 오크 마법사도 있다는 말이 사실이었구나."

아리안은 오른손을 한 번 힘껏 턴 후에 다시 검을 잡았다. 오크 대장이 검을 상단으로 치켜들고 한 발을 들었다가 땅을 힘껏 찬 후에 아리안에게 달려들었다.

오크 대장의 키가 워낙 컸기에 삽시간에 둘의 간격이 좁혀졌다. 하지만 아리안은 다시 검을 부딪치고 싶은 마음이 없는 듯했다.

그는 땅을 박차고 하늘로 치솟으며 대장의 어깨를 쳤다. 대장은 재빨리 검을 들어 아리안의 검을 막으면서 전기 공격을 했고, 공중에 뜬 소년의 다리를 자르려고 했지만 아리안은 오히려 공중으로 한 번 더 솟구쳤다.

'허공에서 용천혈로 기를 내뿜는 반동으로 공중을 다시 한 번 도약하는 걸 성공하고 나니 이렇게 유용하게 쓰이는군. 아마 무협지의 경신술은 이렇게 했을지도 몰라.'

"앗! 마법 아냐? 소년은 마검사인가?"

"글쎄, 그건 아닌 것 같아. 마법 시동어를 암송하지 않았잖아."

"그렇다면 공중에서 어떻게 다시 더 오를 수가 있지?"

"그러게. 소년의 모든 것은 워낙 상상을 벗어났고, 내가 가르치지 않았으니 알 도리가 있나."

용병은 자신이 가르치지 않아서 모른다는 동료의 말에 기가 막힌 듯이 한 번 쳐다보더니 말없이 고개를 돌리고 말았다.

아리안은 전사 대장의 검이 닿지 않는 공중까지 치솟은 후에 태허검법을 시전했다. 고함을 지른 아리안은 머리 위에서 검을 휘둘러 태극을 그리고 지상을 향해 검을 내리그었다.

"이얏!"

꽈꽝! 꽝! 꽝!

갑자기 번개가 번쩍이며 뇌성벽력이 치면서 수많은 벼락이 내리치기 시작했다.

"앗, 마른하늘에 웬 벼락이야?"

"마른하늘이 아니라 소년의 검에서 벼락이 떨어졌잖아?!"

오크와 용병 모두가 벼락을 피하려고 몸을 움츠렸다. 하지만 대부분의 벼락이 전기 마법검을 든 전사 대장 주위에 몰렸다.

벼락이 오크 대장의 검을 쳤다. 대장은 그만 검을 손에서 떨어뜨렸다.

오크 대장은 망연자실한 표정으로 떨어뜨린 검을 쳐다봤다. 전사 대장의 주위에는 벼락을 맞아서 커다란 구덩이들이 파였다.

"와! 이겼다, 이겼어!"

"정말 최고다! 신동이 탄생했구나!"

"야, 정말 굉장하다. 세상에, 검으로 벼락을 일으키다니, 말을 해도 믿을 사람이 없겠어."

구경하던 사람들이 환호성을 터뜨리자 그제야 알폰소가 놀란 가슴을 쓸어내렸다.

'휴, 거인족의 태허검법을 수련하지 않았더라면 내 목숨이 위험할 뻔했어. 오크가 마법검을 이용할 줄이야.'

아리안은 검을 검집에 넣고 오크 대장에게 목례를 하며 말했다.

"정말 대단합니다. 양보해 줘서 고맙습니다."

"치익! 인간 전사! 나는 졌다. 치익! 그대는 대전사다. 우리는 친구다. 우리 돌아간다. 치익!"

쿵쿵! 쿵쿵!

오크 대장이 성큼성큼 다가와서 아리안을 향해 주먹을 번쩍 치켜들었다. 그가 아리안을 가리키며 친구라고 선언하자 오크 전사들이 발로 땅을 굴렀다.

오크 대장은 아리안과 싸워서 졌지만 추호도 자신의 실력을 의심하지 않았고, 자신을 무너뜨린 상대의 실력을 인정하는 데 인색하지 않았다.

오크 대장과 오크 전사들은 일제히 아리안에게 경의를 표하고 당당한 태도로 이미 죽은 전사들을 어깨에 멘 채 돌아갔다. 그는 자신의 약속을 지키는 진정한 전사였다.

용병들과 상단 상인들, 그리고 여객 마차 손님들은 돌아가는 오크 전사들을 말없이 눈으로 전송했다.

그들의 머리에 오크 전사들이 몬스터가 아닌 유사인종이라던 어느 현자의 말이 얼핏 스치고 지나갔다. 그러나 인간은 가장 논리적이고 자가당착적이면서도 자기합리화에 정통한 종족이었기에 그런 생각은 고개 한 번 흔드는 것으로 곧 잊었다.

"아리안!"

알폰소는 아리안에게 달려들어 와락 껴안았다. 그의 눈에 물기가 가득했다. 아리안이 천하대장군이 됐다고 한들 그에게는 아직 걱정이 되는 어린 동생이었다.

하지만 알폰소를 제외한 다른 사람들에겐 달랐다.

"와우! 정말 놀랍다, 놀라워."

"혹시 소드 마스터가 아닐까?"

"아, 어린 영웅 때문에 목숨을 구했어."

그들은 이구동성으로 떠들면서 자신이 살아난 것을 자축했다.

그들은 마스터의 상징인 오라블레이드만이 만능이 아님을 눈으로 봤지만, 그것을 이해할 지혜는 없었다. 워낙 오라블레이드는 만능이고 마스터의 상징이라고 세뇌됐기 때문이었다.

"그러게 말이야. 나도 영판 죽는 줄 알았지 뭐야."

"어휴, 그렇게 많은 오크 전사들이 호시탐탐 노리는 줄은 꿈에도 몰랐네."

"마차 밖에서 죽은 오크 전사가 안에서 죽은 전사들보다 훨씬 많았어. 그게 모두 저 영웅이 혼자 처리한 거잖아."

참으로 놀라운 경험을 한 사람들은 쉽게 마음을 열고 동지가 되는 듯했다.

"아~! 인간의 위대함이여!"

"놀고 있네. 네가 또다시 발작하는 것을 보니 내가 살긴 산 모양이다."

"자식, 엄마 없이도 잘 노니 기특하다고 해야지."

"그래, 그래. 뼈저리게 기특하다. 됐냐?"

많은 말들이 아리안을 둘러쌌다. 아리안은 말의 홍수에 빠져 허우적거렸다. 아리안이 익사하기 직전 구원의 손길이 뻗쳤다.

"소년, 차 한잔하지 않겠나?"

아리안은 그가 상단주라는 것을 알고 고개를 숙였다.

"부탁드리겠습니다."

상단주와 아리안은 사람들 사이를 빠져나와 어느새 다시 세워놓은 가장 큰 천막으로 들어갔다. 아리안의 손에는 알폰소의 손이 꼭 쥐여 있었다.

상단주가 천막으로 들어가자 상단 무사가 천막 앞을 지켰다. 사람들은 아리안의 뒤를 쫓다가 그대로 발길을 돌리는 수밖에 없었다.

"하하하! 노블리아 상단의 이번 상행에 그대와 같은 소영웅을 만나게 된 것은 그 무엇보다 큰 성과야. 집은 어딘가?"

"엘레노에서 아버지가 작은 상단을 운영하십니다."

알폰소는 카르네프가 대륙 십대상단에 들어가는 노블리아 상단 단주임을 알고 있기에 겸손히 대답했다.

"호오, 그래? 자네 아버지를 만나면 더욱 허심탄회하게 말할 수 있겠군. 상단 이름이 뭔가?"

"레온 상단이라고 합니다, 노블리아 상단주님!"

"아, 레온 상단! 아직 직접적인 거래는 없었지만 이번 엘레노 성에 들러 아비에르토 상단주를 만나면 긴히 의논을 해야겠군. 분명 서로 도울 일이 있을 게야."

아리안은 상단주의 말이 어떤 의미인지를 몰랐기에 조용히 이야기를 듣고 있었으나, 형인 알폰소는 아주 고무된 표정이었다. 노블리아 상단과의 연계는 레온 상단이 한 걸음 발전하는 큰 계기가 될 터였다.

"내 이름은 카르네프라네. 자네들 이름은 어떻게 되는가?"

"제 이름은 알폰소고 국립 로열 아카데미 상학 전공 4년차입니다."

"저는 아리안입니다. 같은 아카데미 검술학과 1년차입니다."

카르네프는 아리안이 1년차라는 말을 듣고 놀란 표정으로 그를 쳐다봤다.

'음, 정말로 놀라운 소년이야. 앞으로 얼마나 놀라운 인물이 될지는 짐작조차 못하겠군. 음, 얼굴이 전형적인, 겉으론 유해도 자신에게만은 강한 상이니 본인보다는 레온 상단과 가까이하는 게 최상이겠구나.'

카르네프는 상인답게 빠르게 속으로 판단을 내렸다.

"아리안, 자넨 내 생명의 은인이자 상단의 은인이라고도 할 수 있네. 만약 필요한 게 있다면 뭐든지 말만 하게. 다행히 상단 본부가 제국 황도에 있으니 연락만 해주기 바라네."

"상단주님, 저와 제 형님의 목숨을 구하려고 오크와 싸운 것뿐입니다. 당연한 일을 크게 말씀하시니 오히려 부끄럽습니다."

카르네프 상단 주인은 온화한 미소를 띠며 부드러운 어조로 말했다.

"사람의 가치는 한 푼의 가치도 없이 가벼운 자가 있는가 하면, 또 어떤 이의 무게는 도저히 황금으로도 측량할 수 없는 사람도 있지. 그러한 가치는 다른 사람들이 언급할 수도 있지만, 대체로 스스로 정하는 게 아닌가 싶기도 하다네. 어쨌든 간에 새 학기가 되기 전에 황도에 있는 노블리아 상단 본부에 한번 들러주게. 식사라도 한 끼 대접해야 마음이 편할 듯싶네. 그래 주겠나?"

아리안은 그의 간절함이 피부에 와 닿는 듯싶어서 그 초대까지 거절할 수가 없었다.

"알겠습니다, 상단주님. 그렇게 하겠습니다."

아리안과 알폰소는 이야기가 끝나고도 한동안 상단주가 권하는 차와 과자를 먹다 보니 어느덧 날이 밝아왔다.

다음날 오리노코 성에 도착하여 상단과 헤어진 여객 마차는 힘차게 엘레노 성을 향해 달렸다.

Chapter 06

노블리아 상단

아리안은 집에 돌아와서 할아버지와 부모님께 인사드린 후 헤레스 상단 서기를 찾아갔다.

"아저씨, 다녀왔습니다."

"어서 오너라! 네게 어떤 기연이 있었는지 모르겠으나, 나를 능가할 때가 머지않았구나. 실로 놀라운 일이다."

헤레스는 오랜만에 만난 아리안을 반갑게 맞이했다. 그는 아리안의 경지가 그 사이 상당한 수준에 이르렀음을 한눈에 알아보았다.

"검을 배울 때는 일차적인 목표가 스승을 능가하는 것이고, 나이가 들어 제자를 가르칠 때는 자신을 뛰어넘을 기재를 원하게 된단다."

"모두 아저씨의 보살핌 덕분입니다."

이미 순수한 검술 능력만으로는 자신과 근접한 듯한 아리안을 보는 헤레스의 얼굴에는 가르친 보람으로 만족한 빛이 넘실거렸다.

하지만 세상을 살아나가는 데는 경험이 무엇보다 중요한 것이었기에, 검사라면 누구나 하나쯤은 비기를 숨기듯이 자신의 실력을 전부 드러내서는 안 될 터였다.

놀라운 실력을 가지게 된 아리안에게 있어서 무엇보다 중요한 것이 바로 그것이라 생각한 헤레스는 계속 이런저런 이야기를 알려줬다.

"아리안, 혼자 모든 것을 처리하려고 해서도 안 된다. 자신이 모든 것을 직접 확인하려는 자는 주위에 사람이 없게 마련이란다."

"예, 아저씨!"

"그리고 다가오는 사람은 막지 마라. 배신당하는 사람보다 불쌍한 사람은 배신할 사람마저 없는 사람이란다."

"예!"

"나이와 드러난 모습으로 상대를 판단하지 마라. 사람은 모두 나름의 쓰임새가 있는 법이란다. 그걸 잘못 사용했을 때 배신과 자멸이 일어나는 법이지."

헤레스의 말 하나하나는 뼈아프게 아리안의 마음에 박혔다.

'아, 정말 그 말씀이 옳아. 나름의 쓰임이 있는데, 그걸 잘못 사용했을 때 불협화음이 일어나는 거였어.'

헤레스는 자신의 아픈 체험을 포함한 모든 경험을 전해주고 싶어서인지 날이 밝아질 때까지 이야기를 이어갔다.

　아리안은 가슴에 스며드는 무엇과도 바꾸지 못할 귀한 사랑을 깊이 아로새겼다.

　아리안은 자신의 방으로 돌아오자 틈틈이 마스터 그룹 정회원과 임원들에게 가르칠 무공을 정리하는 한편, 마차에서 독을 사용하던 자객과 오크 전사 대장과의 결투를 생각했다.

　'음, 자객은 변장하는 도구를 사용하는 모양이군. 얼굴과 손의 피부가 다른 것을 보지 못했다면 독을 발견하지 못하고 나도 당할 뻔했어.'

　경험보다 소중한 스승은 없다는 스승님 말씀을 생각하며 아리안은 고개를 끄덕였다.

　'애들의 기초를 잡아준 후에 기회를 만들어 여행이라도 해야겠다. 검술이 아무리 높은 단계에 이르러도 싸울 때마다 두려움이 앞서더군. 그래서 투기나 살기를 일으켜 두려움에서 벗어나려 하는지도 모르지.'

　전쟁도 참여했지만, 전사 오크 대장과의 싸움만큼 위험했던 경험은 없었기에 그의 생각은 길어졌다.

　전사 대장의 번개 충격 마법검처럼 싸울 때는 어떤 변수가 어디서 도사리고 있을지 모르는 일이었다. 그것도 많은 경험을 쌓으면서 점차 진정한 실력으로 변하겠지만 그때까지가 문제였다.

밤이 새도록 이 생각 저 생각을 하다 보니 어느덧 동창이 밝아왔다.

"이런 세상에, 생각만으로 밤을 지새우다니, 어서 수련해야겠다."

아리안은 연방 뒤를 잇는 생각을 떨쳐 버리고 가부좌로 앉아서 태허심법 구결을 암송했다.

'일시무시일, 태허창세 유독아, 명중지명 암중지암, 구중지로 유일로, 우주일각 망아지존……'

아리안의 명상은 점차 깊어만 갔다. 명상이라 함은 스스로를 관조하여 더 높은 경지로 이끌어가기 위함이다. 그 관조는 필연적으로 자신의 내부에 쌓인 기억을 건드리게 마련이라, 조용히 숨을 몰아쉬는 그의 뇌리에 지난 왕따의 기억이 되살아났다.

환생을 겪고 이 세상에서 아리안으로 살아가면서 왕따의 기억은 서서히 사라져 갔다. 그러나 완전히 벗어날 길은 영원히 없어 보였기에, 아리안은 오히려 그 기억 속으로 침잠해 들어갔다.

자신을 괴롭히던 그 기억이 영상이 되어 하나둘씩 떠올랐다.

아버지가 바람을 피워 이혼한 후 교통사고로 혼자가 된 동석이, 아무도 없는 어두운 골방에서 무서움에 떨며 밤새 웅크린 자세로 머리를 쥐어뜯다가 날이 밝기가 무섭게 학교로 향하는 광경.

홀로 된 어머니가 재혼한 집에 따라서 들어간 영호가 계부와 이복형들에게 매를 맞거나 얻어터졌고, 그 모습을 보고 가슴을 찢는 어머니와 서로 안고 밤새우는 광경도 봤다.

누구 한 사람 이런저런 사연 없는 학생이 없었다.

만약 신이라도 있어 입장을 바꿔서 태어나겠느냐고 묻는다면 과연 뭐라고 대답해야 할까? 아리안의 감은 눈에서는 눈물이 하염없이 흘러내렸다.

고통 받던 어제가 서러워서가 아니었다. 그렇다고 그들을 용서한 것은 더더욱 아니었다.

신비한 체험을 한 그는 아무런 이유도 없이 그저 눈물을 흘렸다. 눈물을 원도 한도 없이 흘리고 나자 그렇게 평온할 수가 없었다.

'아, 사람은 다른 사람의 처지를 부러워도 하고 원망도 하지만, 자신의 삶이 가장 좋은 선택인가?

후회스런 어제도 잊어버리고 내일의 바람도 놔버렸으며, 현존하는 오늘이라는 존재조차 영철이 아리안의 꿈을 꾸는지, 혹은 아리안이 영철의 꿈을 꿨는지를 알 수 없어서 거울 속의 신기루인 양 그저 그러려니 하고 바라만 봤다.

아리안은 원망과 갈망의 끈을 놓아버리자 그렇게 평온할 수가 없었다. 그는 허공을 마음껏 유영했다. 구천 세계를 유유히 유영했다. 그리고 환인 천제와 치우천왕의 대화를 들었다. 그는 그제야 자신이 검을 수련해야 할 진정한 이유를 알았다.

끝나지 않는 잔치는 없다고 했던가?

아리안이 구천 세계를 모두 돌아보고 돌아왔다. 돌아와서 다시 한 번 구천 세계를 바라보자, 그것이 바로 자신의 육신임을 알았다.

내 자신을 잘 갈고닦는 것이 구천 세계를 잘 다스리는 일임을 알았다.

자신의 몸을 잘 가꾸는 게 세상을 다스리는 법이다.

아리안의 몸에서 뼈가 어긋났다가 다시 제자리를 찾아가는 소리가 들렸다. 피부가 각질로 변했다가 떨어져 나가고 새로운 피부가 생성됐다. 그의 몸에서 빛이 뿜어져 나왔다.

모든 응어리를 떨쳐 버렸다. 인간이라면 누구나 열망하는 바람마저 풀어버렸다. 그 온갖 고집과 욕망으로 이루어진 각질을 벗어던지고 한없이 자유롭게 허공을 유영했다. 그제야 치우천왕의 능력 일부가 온전히 그의 피부에 각인됐다. 그리고 아리안은 각성과 더불어 마침내 마스터의 벽을 허물 수가 있었다.

아리안의 방에서 은은한 향기가 풍겨 상단에서 일하는 사람들 너나없이 상쾌한 아침을 맞았다.

"와, 향기가 죽여준다. 벌써 봄소식이 전해지는군."

"봄소식? 지금이 몇 월인 줄 알아? 13월이야, 13월! 동장군이 방문첩을 발송한다는 13월!"

"그럼 설빙화 향긴가? 하늘이 인정하는 효녀의 정성을 먹어야 피어오른다는 빙하의 고고한 정취, 설빙화의 향기."

"자식, 음유시인이 따로 없군. 하긴 이 향기를 맡으니 만성 두통이 사라진 듯해."

두 일꾼이 이야기를 나누며 저택으로 들어서다가 이상한 광경을 목격했다.

"어? 저 개새끼들이 왜들 저러지?"

"그러게. 작은 공자님 방 앞에서 물러설 줄을 모르네."

"세상에, 개와 고양이가 함께 있으면서도 으르렁거리지를 않잖아?"

"어럽쇼! 세상에, 망아지가 어미 말 곁을 떠나 공자님 방 앞으로 가는 것 좀 봐."

향기가 점점 진하게 퍼졌다. 이미 모인 동물들은 서로 다툼 없이 눈을 지그시 감은 채 코만 벌렁거렸다.

상인, 하인, 하녀, 경호무사들도 한 사람씩 모여들었다. 그들도 앞서 모인 동물들을 놀라게 하지 않고 틈바구니에 끼어 앉거나 아무 데나 주저앉아서 향기를 마셨다.

머리가 아프던 사람은 머리가 상쾌해졌다. 숙취로 이마에 찡그리며 들어왔던 무사의 표정이 곧 평온해졌다. 더욱 놀라운 것은 허리를 다쳐 언제나 구부정했던 마부의 허리가 자신도 모르게 펴진 것을 본인이나 주위 사람도 느끼지 못했다.

확실히 마스터의 경지에 오르는 흔한 과정과는 무언가가 달랐지만 그것은 아무래도 좋았다.

이러한 사실은 집안 어른들에게도 전해졌다.

"총관님, 총관님! 급히 나와 보세요! 작은 공자님의 방에서 기적이 일어나고 있습니다."

아리안의 아버지인 총관은 그 광경에 놀라 할아버지와 부인에게도 전했다. 모두 놀라는 것도 잠시였고, 기적의 향기를 맡는 대열에 참여했다.

아리안의 어머니는 향기를 마시면서 이 모든 일을 가슴속 깊이 간직했다.

'아가야~!'

*   *   *

아침에 일어난 일을 주고받는 상단 사람들은 쌀쌀한 날씨인데도 가슴을 펴고 얼굴에는 미소가 떠나지 않았으며, 레온 상단 일원임을 자랑스럽게 여겼다.

점심 식사 시간이 가까울 무렵, 레온 상단을 방문한 일행이 있었다.

"여기가 레온 상단입니까?"

"그렇습니다만, 어떻게 오셨습니까?"

"저는 노블리아 상단 총관입니다. 저희 단주님께서 귀 상단의 단주님을 뵈러 왔습니다."

'노블리아 상단 카르네프'란 방문첩을 받아 든 상인은 깜짝 놀라고 말았다.

'세상에! 정말로 노블리아 상단 단주라고?'

노블리아 상단은 중소 상단인 레온 상단은 명함도 못 내밀 만큼 거대한 곳이다. 레온 상단의 단주가 방문해도 노블리아 상단 총관조차 만나기 어려울 정도로 규모 차이가 있는데, 그 단주 카르네프가 직접 레온 상단을 방문한 것이었다.

상인은 허겁지겁 총관인 아리안의 아버지에게 알렸다.

"총관님, 총관님! 노블리아 상단주이신 카르네프님이 직접 방문하셨습니다."

방문첩을 받은 총관도 놀라기는 마찬가지였다.

"어서 귀빈실로 모셔라! 난 단주님을 모시고 갈 테니."

"제가 이미 귀빈실로 모셨습니다."

"수고했다."

아리안의 아버지는 수고했다는 한마디만 남기고 급히 할아버지의 사무실로 갔다. 잠시 후, 놀란 빛을 감추지 못한 할아버지와 아버지는 귀빈실에서 기다리는 카르네프에게 인사를 했다. 카르네프도 자리에서 일어나 공손히 답례했다.

"기다리게 해서 죄송합니다. 제가 레온 상단의 단주를 맡은 아비에르토이고, 이 아이가 총관인 아부라조입니다."

"아닙니다. 예고도 없이 찾아오는 실례를 범했는데도 이처럼 환대해 주시니 실로 감개무량합니다. 저는 노블리아 상단의 카르네프입니다."

"자, 어서 앉으십시오, 카르네프 상단주님."

"객이 어찌 주인보다 먼저 앉겠습니까? 먼저 자리하시지요."

아리안의 아버지와 할아버지는 대륙 십대상단주를 맞아하여 어찌할 바를 몰랐고, 인연을 잇고자 하는 카르네프는 겸손하기 그지없었다.

"자, 그럼 같이 앉도록 합시다."

"그럴까요? 총관도 두 분께 인사드리고 자리하지."

"처음 뵙겠습니다. 불민한 제가 노블리아 상단의 총관을 맡고 있습니다."

"아, 그러시군요. 반갑습니다."

자리에 앉아서 말없이 차를 마시던 아리안의 아버지는 궁금함을 참을 수가 없어서 노블리아 상단 총관을 보고 입을 열었다.

"총관님, 너무 궁금해서 단도직입적으로 여쭤보겠습니다. 저희 상단에 무슨 일로 오셨는지 들을 수 있겠습니까?"

"당연히 말씀드려야지요, 레온 상단 총관님. 저희 단주님께서 저에게 명령하셨습니다. 혹시 저희 노블리아 상단과 레온 상단이 서로 협력할 길은 없는지 알아보라고 하셨지요. 그 명령을 받은 제가 만약 저희 비선을 이용하여 레온 상단의 뭔가를 찾는 듯한 인상을 남긴다면 돌이키기 어려운 오해를 남길 듯싶어서 직접 방문하겠다고 말씀드렸더니, 오히려 상단주님께서 함께 오시게 된 것이랍니다. 이만하면 의문이 풀렸는지 모르겠습니다."

노블리아 총관은 얼굴에 잔잔한 미소를 머금었으나, 아리안의 아버지는 여전히 의혹이 풀리지 않는 표정이었다.

"제가 듣기로 노블리아 상단은 대륙 곳곳에 이미 40여 곳의 지부가 있는 것으로 알고 있습니다. 혹시 아직 지부가 없는 엘레노 성의 노블리아 상단 지부 역할을 하라는 말씀인가요?"

아리안의 아버지 얼굴은 상당히 굳어 있었고 음성도 낮게 깔렸다.

"하하하! 아부라조 총관님, 옛날 말에도 드래곤 꼬리보다는 오크의 머리가 되라는 말이 있는 것으로 알고 있습니다. 물론 그 말도 능력이 닿지 않는 자에게는 오히려 지나치면 위험하다는 말로 경계를 해야겠지요. 하지만 레온 상단처럼 역사와 신망이 깊고 신뢰를 바탕으로 삼을 뿐 아니라 앞을 내다보는 선견지명마저 갖췄으며, 그 뒤를 이을 2세들이 누구보다 뛰어난 상단에 감히 그런 제의를 하겠습니까? 실은 제가 레온 상단 단주님께 청이 있어서 온 것이랍니다."

아리안의 아버지는 카르네프 상단주의 말을 듣고 놀랐다. 비록 그의 어조에 진정이 어린 듯싶었지만, 워낙 두 상단의 외형적인 차이가 컸기 때문이다.

"상단주님, 청이라니 무슨 말씀이십니까?"

"아하, 역시 자제분이 제 이야기를 하지 않은 모양입니다."

카르네프 상단주의 이야기를 듣고도 아부라조 총관의 의혹은 사라지기보다 더욱 깊어만 갔다.

"예? 제 아들이 상단주님의 이야기를 하지 않았다는 말씀이 무슨 뜻이지요? 혹시 어떤 실수를 했습니까?"

"허허, 그거 참으로 부럽습니다. 레온 상단 2세들의 그릇이 그 정도일 줄은 상상도 하지 못했습니다. 정말 부러운 일입니다."

계속 겉도는 카르네프의 말에 더욱 재촉하는 게 민망스러운 일이라 여겼는지 아부라조 총관은 상단주인 할아버지를 쳐다봤다.

대상단에는 미치지 못할지라도 숱한 역경을 헤치고 레온 상단을 반석 위에 올려놓은 할아버지 역시 궁금한 표정이 역력했다.

"며칠 전에 우리 상단은 우연히 아카데미에서 마차를 타고 집으로 돌아가는 아리안과 같은 곳에서 노숙하게 됐답니다. 그때, 오크 전사 대부대의 습격을 받고 모든 사람의 목숨이 참으로 경각에 달리고 말았습니다. 우리를 경호하는 용병 80명 정도로는 도저히 상대가 되지 않았답니다. 바로 그 위급한 상황에 아리안이 오크 전사 대장과 결투를 벌여 이기자, 그들은 아리안을 칭송하며 공격을 멈추고 돌아갔습니다. 혼자서 오크 전사 대부대가 스스로 물러나게 했다는 것은 영웅전이나 신화, 혹은 전설에서나 들을 수 있는 이야기가 아닙니까? 그래서 레온 상단은 제 생명의 은인임과 동시에 상단의 은인이기도 합니다."

카르네프의 말을 들은 할아버지는 그 얘기를 들었느냐는 듯이 아리안의 아버지를 쳐다봤다. 아부라조 총관은 고개를 힘차게 저은 후 카르네프 상단주를 돌아봤다.

"저는 그래서 두 상단이 서로 협력할 길을 찾는다는 명분을 들고 왔지만, 실은 어떻게 해서라도 은혜를 갚을 겸 레온 상단과 이을 끈을 만들고 싶었던 것입니다. 초면에 불쑥 찾아와 너무 무리하게 요구하는 저를 너그럽게 이해해 주기를 바랍니다."

할아버지는 카르네프의 말을 듣고도 도저히 믿을 수가 없었다. 오크 전사가 어떤 괴물들인가. B급 용병 서너 명이 있어야 겨우 상대가 된다고 알려져 있다. 그런 놈들 대부대 대장과 이제 겨우 열다섯 살의 아리안이 놀라서 바지를 적시는 게 아니라 싸워서 이겼다는 말을 '아하, 그랬나요?' 하면서 어떻게 믿겠는가.

할아버지는 자신을 쳐다보는 아들에게 손자를 데려오라는 듯이 문 쪽을 쳐다봤다.

"아리안에게 상단주님이 오셨으니 인사드리라고 해라."

"예, 아버지!"

잠시 후, 총관인 아버지와 함께 들어온 아리안은 카르네프에게 반가운 표정으로 인사했다.

"안녕하세요, 카르네프 상단주님? 역시 손해 보지 않으시는군요."

"오, 그래, 잘 있었나? 다시 보니 반갑군. 한데, 손해 보지 않는다니, 그게 무슨 뜻인가?"

아리안의 아버지와 할아버지는 두 사람의 대화가 평범한 어투를 벗어났음을 알아챘다. 하지만 카르네프의 어조가 마치 집안 어른인 듯이 자애롭기 그지없어 말없이 지켜봤다.

"제게 식사 초대 하시더니 손해 안 보시려고 미리 식사 때를 맞춰 오시지 않았나요?"

"으하하하! 그렇군. 그랬어. 나의 그런 심오한 뜻을 알아차린 자네도 대단하군. 좋네. 내 어찌 자네에게 손해 보라고 할 수 있겠나? 레포르마의 집에 조용한 방이 있으니 자네가 주말마다 와서 지내도록 하게나. 자네가 책을 읽던 검술 수련을 하던 아무도 참견하지 않을 것이고 알아내기도 힘들 것이네."

"그렇게 하면 저야 좋지만, 상단주님이 너무 손해 보시는 게 아닐까요?"

"그럴 수야 없지. 만약 손해가 된다 싶으면 나도 이곳에 자주 와야겠지. 안 그렇습니까, 아비에르토 상단주님?"

말을 끝낸 카르네프 상단주가 할아버지를 보고 동의를 구하자, 아리안의 아버지는 만면에 희색을 감추지 못했고, 할아버지는 너무 크게 웃는 바람에 눈물마저 글썽거렸다.

"하하하하! 아무렴, 그렇고말고요. 당연히 그렇게 하셔야죠. 애비야, 상단주님의 탁월한 경영 철학을 이해하겠느냐? 아니, 적어라. 적어서 대대로 잊지 않도록 해야 한다."

"아버지, 염려 마십시오. 심비에 아로새겼습니다."

"하하하! 으하하하!"

아리안의 어머니는 거대 상단주가 왔다는 말과 남편의 편치 않은 안색에 조마조마한 심정으로 귀빈실의 동정을 살피다가, 연방 터지는 할아버지와 손님의 웃음소리마저 들리자 그제야 빙그레 미소 지으며 점심 식사 준비를 했다.

카르네프 상단주는 저녁 식사까지 끝낸 후 레온 상단의 정중한 배웅을 받으며 돌아갔다. 마차 안에서 총관은 마치 보물을 발견한 후 잘 감춰두고 돌아가듯이 흐뭇한 표정인 상단주이자 주군을 도저히 이해할 수가 없었다.

"주군, 오늘은 무척 즐거우신 듯합니다."

노블리아 총관은 오늘과 같은 상단주의 모습을 여태껏 본 적이 없었다.

"앞으로 대륙 정세는 아리안을 중심으로 돌아갈 게 확실하네."

"주군, 레온 상단 공자가 그 정도의 인물입니까?"

"레온 상단 내에 누구도 아리안을 가르칠 만한 사람은 없었지."

"주군 말씀은, 그 공자의 능력은 스스로 키운 것이며, 그 이야기는 그가 결코 평범한 인간이 아니라 준비된 초인이라는 말씀입니까?"

총관은 상단주가 상대를 너무 크게 보지는 않는지 의심이 들었다.

"투자 중에 가장 큰 투자가 뭐라고 생각하나?"

"그야 당연히 사람에 대한 투자가 아닐까요?"

"그렇지. 암, 그렇고말고. 그렇다면 이보다 더 확실한 투자처가 또 있겠나?"

노블리아 상단주 카르네프는 스스로 확신하는 모양이었다.

그의 결심은 확고했다.

"아~! 주군의 말씀은 오늘 레온 상단에 상당한 양보를 했으나 제2, 제3의 배려 역시 아끼지 말라는 말씀으로 들립니다."

"흠, 이제야 귀가 열리는 모양이군. 그렇다면 아리안에게 필요한 제2, 제3의 배려가 뭐라고 생각하나?"

카르네프 상단주는 눈을 가늘게 뜨고 총관을 바라봤다. 총관은 주군의 그런 모습을 보고 심히 놀랐다.

'아, 주군의 표정은 노블리아가 위기에 봉착했거나 중대한 결정을 내리실 때의 표정이야. 그렇다면 주군께서는 아리안에게 모든 것을 걸겠다고 결심하신 게 틀림없어. 그러면 그에 맞는 준비가 필요하겠지. 높이 올라가야 멀리 바라볼 수 있잖은가.'

"주군께선 아리안 공자가 하늘로 비상하는 때를 언제로 보시는지 궁금합니다."

상단주는 이제 능구렁이가 다 된 총관을 바라보며 미소를 지었다.

'후후, 상대에 맞는 상술을 펼치겠다는 뜻이군. 상인의 두 번째에 해당하는 덕목이지. 물론 첫째는 신뢰겠지만.'

"길면 십 년이요, 짧으면 오 년이겠지."

"첫째는, 정보 라인의 장악과 육성입니다. 세상의 움직임을 한눈에 볼 수 있다면 나아갈 방향이 보일 것이고, 눈과 귀가 막히면 언제나 상대보다 한 발 뒤늦게 됩니다. 둘째는, 비밀 경호 조직과 암살 조직입니다. 능력이 뛰어난 사람일수록 조직이

거대해지고, 조직이 클수록 잘라내야 하는 환부도 커지고 많아지게 되지요."

상단주의 결심을 듣자 총관의 비상한 머리가 돌기 시작했다.

"일벌백계란 모두 인식했을 때만 사용할 수 있는 수법입니다. 매사를 그렇게 운용하자면 조직이 삐걱거리고 느려질 수밖에 없지 않겠습니까? 셋째는, 기존의 상단 품목이 아닌 황금 라인이 필요합니다. 새도 비상할 때는 공중에 뜨기 직전에 전력을 다한다고 들었습니다. 가장 치사하다고 여겨지는 부분이 제일 필요한 것인지도 모르겠습니다. 조직은 조직원에게 강력한 신념과 신뢰 외에 오늘의 빵을 쥐어 주고 내일의 꿈을 심어 줘야만 합니다."

총관은 막힘없이 필요한 일을 조목조목 짚어갔다.

"좋다. 상단의 사활을 걸고 일을 추진한다. 그 일을 전담할 적당한 사람을 찾아봐라."

"예, 주군!"

레온 상단은 노블리아 상단 단주가 돌아가자 마치 드래곤 레어라도 발견한 듯이 상단 전체가 술렁거렸다.

"세상에, 대륙 거대 상단 단주가 직접 방문하다니, 정말 꿈만 같아."

"이젠 우리 상단도 지방 상단의 딱지를 떼고 대륙 상단의 기치를 세우게 될 거야."

"난 이 상단에 처음 발을 디딜 때부터 이런 날이 있을 거라고 딱 알아봤지."

이야기를 나누는 그들의 얼굴에는 마치 기다리고 기다리던 자식의 울음소리라도 들은 듯이 희색이 만연했다.

"나도 레온 상단 단주님의 선견지명이 탁월하다는 것을 척 보고 알았다고."

"선견지명이라고? 내가 잘 아는 동생 이름과 비슷하군. 흠흠."

"에고, 어련하실까."

차를 마시는 아비에르토의 얼굴에도 보기 드물게 희색이 만발했다.

"아버지, 아리안이 이런 일을 해낼 줄은 정말 몰랐습니다."

"암, 암. 아리안이 누구 손잔데."

아비에르토의 얼굴은 마치 첫 상행에 이익을 남기고 돌아온 상인처럼 활기가 넘쳤다.

"아버지, 아리안이 어느 분 손잔가요?"

"다 알려고 하면 다쳐."

"째까오빠는 할아버지 손자지 누구 손자야? 할아버지와 아버지는 아직 그것도 모르고 있었어?"

아직 어린 아디아의 말에 식구들은 참고 참았던 웃음이 폭발했다.

"하하하! 고맙고 고맙다. 그 중요한 사실을 잊고 있었는데,

우리 귀여운 공주님이 알려주셨어."

"호호호! 푸훗!"

아리안의 어머니는 시아버지와 남편, 두 아들과 딸이 모여 웃음꽃을 피우는 광경을 보며 너무 행복했다. 너무 행복하여, 혹시 이 행복이 사라질까 두려워 입을 열지 않으려고 참는 바람에 눈물이 글썽거렸다.

"앙! 아디아가 그 얘길 해서 엄마가 할아버지 말대로 다쳤나 봐. 눈물이 나오잖아. 엄마, 미안해. 다시는 아디아가 그 비밀을 말하지 않을게."

"그래, 그래. 이젠 괜찮단다. 아디아야, 그만 울어라."

식구들은 아디아의 말이 무슨 말인가 했다가, 할아버지의 '알면 다친다'라는 말 때문인 것을 깨닫고 그만 폭소를 터뜨렸다. 하지만 아디아는 결코 식구들을 따라서 웃지 않았다.

"엄마, 아디아가 비밀을 말해서 손가락이 아픈가 봐. '호' 해줘!"

"오냐. 그랬구나. 호~!"

"됐다. 엄마, 아디아 이젠 안 아파."

아디아가 냉큼 할아버지의 무릎 위로 올라가서 의연한 표정으로 식구들을 둘러보자, 거실에는 다시 한 번 웃음이 터졌다.

"하하하, 호호호, 푸훗!"

가족이 모여서 함께 웃는 소리를 들을 수 있는 것은 그 무엇과도 비교할 수 없는 더할 나위 없는 복이었다. 아리안은 참으로 좋았다. 이 웃음을 지킬 수 있다면 뭐라도 할 수 있을 듯싶었다.

'이 웃음을 지키기 위해서 더 열심히 공부하고 수련하며 경험을 쌓아야겠지. 그래, 우리 위대한 조상들이 남긴 유물들을 좀 더 찾아봐야겠다.'

태허심법처럼 아직 이 세상엔 아리안의 조상, 거인족이 남긴 유물들이 더 있을지도 모른다. 아리안은 누구도 모르게 결심을 세웠다.

                    *   *   *

그날 저녁 늦은 시각, 아리안은 다시 헤레스를 찾아갔다.

"아저씨, 주무십니까?"

"들어오너라. 그렇지 않아도 기다리고 있었다."

아리안이 들어와서 문을 닫고 돌아서자, 헤레스는 아리안을 물끄러미 쳐다봤다.

"아저씨, 무슨 일이 있습니까?"

"녀석! 무슨 일이 있긴. 무슨 일은 내게 있는 게 아니라 너에게 생긴 듯하구나. 우선 앉아라."

"예, 아저씨."

아리안이 의자에 앉자, 헤레스는 아리안의 얼굴을 자세히 보더니 말했다.

"하룻밤 사이에 또 한 계단 오르다니, 너란 아이는 참으로 놀랍구나. 이젠 나도 네게서 검을 수련한 흔적을 찾을 수가 없어."

"제자에게 성취가 있다면 당연히 스승님께서 잘 가르쳐 주신 덕분이 아니겠습니까? 다시 한 번 감사드립니다, 스승님."

아리안은 처음으로 헤레스에게 스승이라 부르며 절을 했다. 지금껏 맘으로는 스승이라 여겼으나, 입 밖으로 꺼낸 것은 처음이었다. 헤레스는 절을 사양하지 않고 받으면서 격한 감동을 받았다.

'이 애가 내가 그렇게 듣고 싶었던 말을 이제야 해주는구나. 내가 가르쳤던 것을 인정한다는 뜻이겠지.'

"녀석, 이 못난 스승에게 금칠을 하는군. 애야, 이 일을 무작정 좋아만 할 수는 없구나. 좋은 일에는 어려움이 따른다는 말도 있고, 만약 네가 준비된 자라면 대륙에 닥칠 어려움도 그만큼 크다는 뜻이 될 게다."

"대륙에 어려움이 닥친다고요, 스승님?"

"그것은 낮이 지나면 어둠이 찾아오는 것처럼 당연한 이야기란다. 인간은 누구나 행복을 추구하지만, 고통을 겪지 않은 자에게 행복이란 가질 수는 있어도 만질 수는 없는 허상이 되고 말지. 어느 게 행복인지 알 수 없을 테니까. 애야, 넌 어둠을 모르는 자에게 밝음을 설명할 수 있겠느냐? 지옥을 모르는 자에게 천국을 설명하기란 우주를 재창조하는 것보다 어렵다는 사실을 인식해야만 한다."

헤레스는 잠시 말을 중단하고 주위 기척을 살폈다. 그리고 조용하고 은근한 음성으로 아리안에게 주의를 줬다.

"노블리안 총관에게 들은 얘기란다. 아무에게도 말하지 말고 은밀히 내일을 준비하라고 하더라."

"은밀히 준비하다니요? 뭘요?"

"대륙 사막의 제국에 수상한 움직임이 있다고 하더구나. 아무래도 마계의 문이 열린 듯하다고 그랬어. 만약 정말 그렇다면 그건 결코 어느 한 지역이 아니라, 대륙 전체의 문제가 되고 말 게다. 가능한 한 무력을 준비해서 이에 대항하는 게 옳다고 했지. 지금 같으면 삽시간에 대륙이 마물들의 식량 창고로 변할 수도 있으니까. 네게도 만약 기회가 생긴다면 다가오는 실력자는 주위에 모으는 게 좋겠다. 그래야 반격의 실마리를 찾을 수 있을 테니까."

아리안은 곰곰이 생각에 잠겼다. 갑작스런 이야기였다. 사전 설명도 없이 이런 이야기를 들으면 분명히 당황하거나 이해를 못해야 옳았다. 그러나 아리안은 마치 처음부터 이럴 줄 알았다는 듯이, 아무런 거부반응 없이 받아들이는 자신을 발견했다.

밝을수록 어둠이 짙다는 것은 진리였다. 아리안은 고개를 끄덕였다. 헤레스는 자신이 너무 어렵게 길을 이끈다고 여겼기에 말을 끊었다가, 그 말을 이해하고 고개를 끄덕이는 아리안이 오히려 괴물처럼 보였다.

"대륙은 너무 오랫동안 전쟁을 모르고 살아왔다. 귀족가의 자식들은 그들이 누리는 부와 권리를 '가진 자의 의무'를 망각하고 당연한 것으로 여긴다. 물이 고이기 시작한 것이란다.

가진 자는 의무를 행하기보다 더 가지려고 온갖 술수를 마다하지 않고, 평민 중에서 두각을 나타내는 자는 수하로 거두어 먹이로 던져 주며 기르다가 잡아먹거나 거부하면 가차없이 제거해 버린단다."

사실 그랬다. 어느덧 물이 썩기 시작한 것이다. 가뭄은 이어지고 세금은 높기만 해서 도저히 먹고살 수 없기에 밭을 떠나는 사람이 늘어만 갔지만, 그들이 밭을 떠나야만 하는 심정을 이해하려는 귀족은 찾아보기 힘든 실정이었다.

아리안 역시 그들의 마음이 아프겠다고 여겨지지만 절실히 와 닿지는 않았다. 아리안은 잠자코 헤레스의 말을 들었다.

"땅을 살리려고 거름과 물을 주고 잡초와 돌을 제거할 때 역시 한 톨의 흙이라도 털어내어 밭으로 돌리려는 농부에게 밭이란, 말 그대로 삶의 터전이며 모든 것이란다. 눈물을 머금고 피를 토하는 심정으로 내일을 약속하는 씨종자까지 먹어버린 그들이 갈 수 있는 곳은 얼마 없다. 오직 깊은 산으로 들어가서 몬스터의 밥이 되거나 요행히 살아남은 자들끼리 모여서 산적이 되는 수밖에 달리 방법이 없구나. 역사의 바퀴를 돌리는 순환 논리는 대륙이 혈향으로 채워지기를 요구한다. 길면 10년, 짧으면 5년 안에 이 땅의 인구를 절반, 혹은 십분의 일로 줄이는 광란의 전쟁사가 대륙의 새로운 질서를 탄생시킬 것이다."

아리안은 스승 헤레스의 혜안에 두려움마저 느꼈다.

'아, 십 년이면 내가 준비하는 데 너무 짧지 않은가. 잘못하면 피어보지도 못한 채 사라질 수도 있겠다. 또한 그전에라도 내 능력을 안 귀족들이 나를 그대로 두지 않으려고 할 수도 있겠지. 음, 내가 준비될 때까지 어떤 귀족에게도 쉽게 당하지 않을 조직과 후견 세력을 염두에 둬야 하겠구나.'

헤레스는 아리안의 눈이 살짝 가늘어졌다가 다시 커지는 것을 보고 속으로 웃었다.

'녀석, 상단주인 할아버지처럼 생각에 몰두할 때는 눈이 가늘어지는군. 애야, 네 어깨에 짊어진 무게가 상당한 듯하지만 내가 할 일은 없구나. 나는 길을 가르쳐 주기만 할 뿐, 길은 네가 걸어가야 하지 않겠니? 이제 내 평생에는 사용할 일이 있을까 싶었던 비장의 카드를 네게 넘겨줄 때가 된 듯싶구나. 너라면 나보다 더 그 카드를 잘 활용할 수 있겠지.'

그는 일대 결심을 하고 입을 열었다.

"아리안, 이번에 아카데미 가기 전에 이곳에 한번 들르도록 해라. 가서 이 검을 보여주기만 하면 된다."

헤레스는 자신의 짐 속에서 검을 꺼내 아리안에게 전해주고, 레포르마의 주소를 적은 쪽지를 넘겨줬다.

"아니, 이것은 스승님의 검이 아닙니까? 스승님은 아직 정정하신데, 이 검을 받을 수는 없습니다."

"검이란 검사의 능력과 걸맞은 게 좋은 법이란다. 일반 검은 강한 오라블레이드를 펼칠 때마다 조금씩 약해지다가 어느 순간에 부러지고 만다. 만약 네게 좋은 검이 생기면 그때 돌려주도록 해라. 나는 당분간 상단 일에서 조금도 틈을 낼 수 없을 것만 같다. 네놈 때문에 상단 자체가 갑자기 몇 배로 불어나는 바람에 도무지 눈코 뜰 새도 없구나."

"헤헤, 죄송합니다, 스승님."

스승은 아리안의 말에 미소를 보내면서 고개를 저었다.

"녀석, 그 대신 수많은 사람이 일자리를 얻어서 보람찬 삶을 살게 됐으니, 그 또한 좋은 일이지. 늦었다. 이만 가봐라."

"예, 스승님."

아리안은 방으로 돌아가자 태허심법으로 밤을 지새우고, 낮에는 산속으로 들어가 태허검법을 연마했다.

아리안이 하루가 어떻게 지났는지도 모르는 사이 20일이 훌쩍 지났다. 상단은 새로운 상인과 일꾼, 그리고 경호무사들로 활기가 넘쳐 났다.

아리안은 밤늦은 시간에 아버지를 찾아갔다.

"아버지, 들어가도 되요?"

"아리안이구나. 어서 들어오너라. 녀석, 네 덕분에 할아버지가 꿈을 이루시게 됐다고 눈물을 글썽이시더라."

아리안은 아버지 맞은편 의자에 앉으며 물었다.

"할아버지 꿈이 뭔데요?"

"당연히 전 대륙을 상대하는 대상단이 아니겠느냐?"

"그렇군요. 아버지, 저 드릴 말씀이 있어요."

"오, 그래. 뭐든지 말해라. 미스릴 검 하나 구해줄까?"

아버지의 말에 아리안은 그만 웃음을 터뜨렸다.

"아버지, 스승님이 좋은 검을 주셨어요."

"스승?"

"예, 아버지. 그동안 서기로 일하시는 헤레스님에게 검을 배웠어요. 그분은 마스터랍니다."

"헉! 그래? 그렇다면 서기는 새로 뽑기로 하고 그분을 경호무사 대장으로 삼아야겠구나. 그렇지 않아도 경호무사들이 늘어나서 대장을 물색 중이었단다."

아리안은 한발 앞서나가는 아버지가 어이없어서 그만 웃고 말았다.

"하하하, 아버지. 그런 얘기가 아닙니다. 그분은 예전에 기사대장까지 지냈던 분이에요. 그러니까 모른 척하시는 게 상단이나 그분을 위해서 좋은 일이랍니다. 더구나 황실에서 마스터란 것을 알면 그대로 두겠어요? 누구에게도 말씀하지 마세요. 단지 상단에 위험한 일이 닥치면 아무도 몰래 만나서 의논하세요. 아셨죠? 그가 마스터라는 것을 알면 귀족들도 그대로 있지 않을 테니까요."

아버지는 아들의 말을 듣고 생각에 잠겼다가 고개를 끄덕였다.

"그렇겠구나. 알았다. 또 다른 할 말은 없니?"

"예, 아버지. 전 형보다 두 달 먼저 아카데미에 가야만 합니다. 내일 출발하려고요."

"안 된다. 네가 집에 있으니 얼마나 든든한 줄 아느냐? 푹 쉬었다가 형과 같이 올라가거라."

"아버지, 검술학과는 먼저 올라가야만 해요."

학생이 아카데미에서 그렇게 하라고 했다는데 이길 부모가 없었다. 아버지는 한숨과 함께 허락했다.

다음날 아리안은 아쉬워하는 가족들과 헤어져서 형보다 먼저 풍운이 감도는 황도 레포르마로 가기 위해서 여행 길드를 찾아갔다.

*　　　*　　　*

아리안이 레포르마까지 여객 신청을 하자, 그를 알아본 여객 용병이 그를 반겼다.

"아니, 아리안님 아닙니까? 레포르마에 가십니까?"

"예!"

"잠시만 기다려 주십시오. 곧 오겠습니다."

용병은 재빨리 여객 사무실에 들어갔다가 다른 한 사람과 같이 나왔다.

"길드장님, 이 소년이 바로 그 영웅입니다."

"아이고, 반갑습니다. 우리 여객 길드의 은인인데 대접도 하기 전에 가버려서 무척이나 섭섭했답니다. 아리안님은 우리 길드의 특별 회원으로서 어디서 어디까지 이용하더라도 최상으로 모실 것을 약속드리며, 운임은 평생 무료입니다. 만약 하루 전에만 통보해 주시면 동행하는 분 중 한 분도 무료로 해드릴 것입니다. 부디 자주 이용해 주시기를 바랍니다."

"아니, 그러실 필요까지 없는데요."

아리안이 극구 사양했지만, 길드장의 어조는 더욱 간곡하기만 했다.

"아닙니다, 아리안님. 저희 길드를 은혜도 모르는 사람들로 만들지 말아주십시오. 오늘 마차는 이미 출발했으니 내일 마차를 이용해 주길 바랍니다. 대륙 어느 여행 길드로 가든지 이 황금패를 제출해 주십시오."

"알았어요. 그러죠."

아리안은 다음날 조금 일찍 길드로 갔다가 그만 피식 웃고 말았다.

길드원 중 하나가 손님들을 향해 이렇게 소리치고 있었다.

"레포르마까지 마스터와 함께하는 지상 최대로 안전한 여행을 즐기십시오. 마스터와 함께하는 추억의 여행!"

'세상에 공짜는 없다' 란 말이 새삼 실감나는 아리안이었다. 그들의 철저한 상인 정신에 오히려 박수를 보내고 싶은 마음마저 들기도 했다.

배나 불어난 마차 수에도 용병 숫자는 변함이 없었다. 아리안이라는 마스터가 있기 때문이었다.

마차가 오리노코 성에 도착했을 때 길드는 아리안에게 여관의 특실을 배정하는 특별 배려를 아끼지 않았다.

오리노코 성에서 출발할 때는 마차에 훨씬 많은 손님이 올라탔고, 아리안이 탄 마차는 16~7세로 보이는 귀족의 영애 두 명과 하녀 두 명이 함께 탔다.

하녀 두 명과 함께 앉은 아리안은 창밖으로 시선을 돌리든 지 눈을 감고 명상에 잠겼다.

그런 그를 보고 귀족 영애들이 속삭여 댔다.

"벨리사, 저 애 몇 살이나 됐을까?"

"케이티, 조용히 해. 다 들린다, 얘."

"괜찮아. 평민인걸, 뭐. 체격은 다 큰 청년 같은데 얼굴은 동 안이잖아. 그리고 피부 좀 봐. 여자 피부보다 더 곱지 않아? 피 부 관리 어떻게 하나 물어볼까?"

나이가 어린 귀족 영애의 수다는 그칠 줄을 몰랐다. 아리안 은 그만 이마를 찌푸리고 말았다.

"케이티, 피곤해서 잠들었잖아. 나도 어젯밤에 늦게까지 이 야기하느라 피곤해. 좀 쉬었으면 좋겠다."

"벨리사, 저 검을 잡은 손 좀 봐. 우리 오빠는 얼마나 검을 휘두르고 수련을 강하게 했는지 손이 엉망이더라고. 그런데 저 애 손은 너무 고운 걸 보니 이제 막 검을 배우려는 모양이 야. 그런데 초보 검사치고는 검이 너무 좋다. 저 검을 사서 오 빠에게 주면 좋아하겠어."

아리안은 눈은 감을 수 있었지만, 계속 들리는 소음 때문에 귀를 닫을 수 있는 무공은 없을까 하는 고심에 빠졌다.

'참으로 철없는 계집애이지만, 입술 무공만은 완전 고수로 구만. 에고, 이럴 때 오거라도 나타나면 좋을 텐데. 그 후에도 검을 팔라는 소리가 나올지 궁금하기도 하고……..'

아리안은 혹시나 하는 마음에 내기를 퍼뜨려 주위를 살폈다. 마부의 거친 숨소리, 채찍 소리, 그리고 바람 소리만이 청각을 자극했다.

한 달 동안 연습한 대로 조금씩 그 범위를 넓혔다. 10m, 20m, 50m. 그러나 특별한 소리는 잡히지 않았다.

'에이, 개똥도 약에 쓰려고 하면 보이지 않는다고 하더니만… 몬스터면 몬스터답게 월동준비를 제대로 해야 할 것 아니야. 이놈들, 만나면 혼쭐을 내줘야겠군.'

어처구니없는 생각에 잠기던 아리안은 기감을 거두고 태허심법에 몰두했다. 바로 그때, 마차 수송 책임자가 그를 부르는 소리가 들렸다.

"아리안님, 아리안님! 앞에 몬스터나 산적에게 쫓기는 듯한 사람이 보입니다."

"그래요?"

아리안은 잘됐다 싶어서 재빨리 객실에서 빠져나와 마차 지붕 위로 올라갔다. 멀리서 말 한 필이 급히 달려오고 그 뒤로 먼지구름을 일으키며 일단의 무리가 말을 뒤쫓고 있었다.

"아리안님, 여기 말을 끌고 왔습니다."

수송 책임자가 어디선가 말을 끌고 왔다. 아리안은 말을 타본 적이 없다는 말을 할 수가 없어서 재빨리 건네주는 고삐를 잡고 말 등에 앉았다.

말은 훈련이 잘됐는지 별 문제가 없었지만, 아리안의 엉덩이가 문제였다. 들썩거릴 때마다 꼬리뼈가 엄청 아팠다. 정말 장난이 아니었다. 견디다 못한 아리안은 고삐를 잡고 안장 위로 올라갔다. 그게 훨씬 편했다.

"와, 역시 마스터님이야. 저 기막힌 승마술 좀 봐."

"아니, 저 흔들리는 말 등에서 어떻게 태연히 서 있을 수 있지? 정말 대단하군."

"와, 이번엔 여객비가 조금 올랐더니, 전혀 아깝지가 않아."

"저 청년이 마스턴가 봐. 정말 대단해."

마차마다 승객들은 창문을 열고 진기명기 시간을 충분히 음미했다.

"어? 검술 초보자인 줄 알았더니 마스터였어? 우리 오빠보다 약해 보이던데."

"그러나저러나, 아리안이라고 부르는 것 같던데, 그렇지 않니?"

"아리안? 마스터 그룹 회장 말이야? 단지 이름이 같은 것일 거야. 아리안은 이제 열다섯 살이잖아."

어린 영애들은 자신들이 한 말 때문에 슬그머니 걱정이 됐다.

"아니야. 아리안은 졸업반 선배만큼 체격이 좋았어. 그러니까 혹시 거인족 후예가 아니냐는 말까지 나왔지."

"마스터 그룹 회장의 눈 밖에 나면 아카데미 생활이 힘들어진다는 말도 있는데, 우리가 아카데미 학생인 것은 모르겠지?"

두 소녀는 걱정스런 눈빛으로 창밖의 아리안을 바라봤다.

아리안이 쫓기는 자의 뒤를 보니, 오거 세 놈이 흙먼지를 일으키며 말을 쫓고 있었다. 그러다 놈들은 앞에서 응원하는 자가 보이자 말을 향해 50cm 정도의 쇠꼬챙이를 던졌다.

히잉!

엉덩이에 쇠꼬챙이가 찔린 말은 힘이 다했는지 그대로 쓰러졌고, 사람은 튕겨서 아리안 쪽으로 날아왔다. 아리안이 그 사람을 받아 땅에 뉘일 때쯤 오거가 칼을 휘두르며 달려들었다.

아리안은 재빨리 검을 들어 오거를 벤 후에, 그대로 두면 바닥에 뉜 자에게 덮칠 것 같았기에 발로 걷어찼다. 걷어찬 오거를 쳐다볼 새도 없이 다음 오거 두 놈을 오라블레이드로 한 번에 양단했다.

그제야 뒤따라오던 수송 책임자가 도착했다.

"어서 오세요. 이 사람을 보살피도록 하세요. 난 먼저 앞으로 가볼게요."

"알겠습니다, 아리안님!"

아리안이 수송 책임자에게 기절한 사람을 보살피라고 하며 넘겼다. 그 사람은 이제 20살 전후의 아름다운 처녀였다. 아리안은 한 번 더 쳐다본 후에 다시 말 등에 올라 여자가 도망 온 방향으로 달려갔다.

언덕에 도착했을 때, 오거 두 마리의 시체와 기사 한 명의 주검이 보였다. 아리안은 그대로 지나쳐서 언덕을 넘어갔다.

언덕에서 멀지 않은 곳에 마차 한 대가 쓰러졌고, 주위에는 아직도 싸우는 기사 다섯 명과 오거 여덟 마리가 눈에 띄었다. 기사들은 쓰러진 마차에 기댄 자를 악착같이 보호하느라 한층 더 어려운 싸움을 하는 듯했다.

주위에는 많은 기사와 오거 시체들이 보여서 그들이 얼마나 치열하게 싸웠는지를 짐작하게 했다.

아리안은 지체할 시간이 없었기에 말을 재촉했다.

"으악!"

다시 기사 한 명이 오거의 칼에 목이 달아났다. 기사들이 주춤거리며 뒤로 물러나서 죽은 기사의 공백을 메웠다. 아리안은 가까이 도착하자 말 등을 차면서 오거 무리에 뛰어들었다.

휘익! 꺼억!

아리안이 오는 것을 보고 몸을 돌려 덤비는 오거를 오라블 레이드가 그대로 칼과 함께 갈라 버렸다.

"아~! 소드 마스터가 왔구나!"

"이젠 살았다. 오거를 물리치자!"

기사들은 갑자기 없던 힘이 솟아났다. 마차에 기댔던 자도 힘겹게 검을 지팡이 삼아 몸을 일으켰다.

아리안은 오거 한 마리에 두 번 검을 휘두르지 않았다. 때문에 영문도 모르고 죽은 오거도 많았다.

아리안이 도착하고 곧 전투가 끝났다.

"젊은이, 정말 고맙네. 덕분에 살았어. 혹시 먼저 달려간 기사와 우리 딸을 보지 못했나?"

마차에 기댔던 자는 배에 난 상처에서 피가 배어 나왔지만, 딸의 생사 소식이 더 급한 모양이었다.

"기사는 목숨을 버리면서까지 따님의 생명을 구했습니다. 따님은 무사하지만, 지금 기절했기에 뒤에 오는 여객 마차와 함께 오고 있을 것입니다."

"아, 정말 고맙네, 정말 고마워. 기사 스무 명이 출발해서 다 죽고 네 명만이 살아남았군. 자네 실력이 상당히 뛰어나던데, 기사가 될 생각은 없나?"

"좋게 봐주셔서 감사합니다만, 저는 아카데미 학생입니다. 아직은 진로보다 배워야 할 때인 줄 압니다. 저는 검만이 모든 거라고는 생각하지 않으니까요."

"그런가? 하지만 그 정도 실력이라면 지금이라도 기사로 받아주겠네. 어떤가?"

아리안은 사양했지만, 상대가 재삼 권하는 바람에 매우 난처해졌다.

"다시 말씀드립니다만, 학생이 배워야 할 시기는 돈이나 명예로도 바꿀 수 없다고 배웠습니다. 그럼 저는 이만 마차로 돌아가 보겠습니다."

"흠, 자넨 지금 굴러들어 온 복을 차고 있어. 언제든지 생각이 바뀌면 찾아오게. 난 후안 코스타 후작일세."

예의를 벗어난 후작의 집요한 요구에 그의 기사들 중에서도 고개를 돌리는 자가 있었지만, 아리안은 시종 겸손하게 대답했다.

"잘 알겠습니다, 후안 코스타 후작님!"

어느새 여객 마차가 도착했는지 기절했던 후작의 딸이 마차에서 내렸다.

"아버지!"

"오냐, 오냐. 네가 구원병을 제때 보내줘서 살아날 수 있었다. 참으로 수고했다."

"또 아버지 병이 도졌군요. 다른 사람의 수고도 나와 가까운 사람의 수고로 돌리는 병은 정말 불치병인 모양이죠? 아버지, 생명의 은인에게 또 기사가 되라고 종용하신 것 아니에요?"

"아니다, 얘야. 난 단지 그런 의사가 있는지 물어봤을 뿐이란다."

후안 코스타 후작은 딸의 날카로운 말에 쩔쩔맸다. 그녀의 어조는 조금도 꺾이지 않았다. 마치 좀 전에 오거에게 당할 뻔했던 기억은 이미 잊은 듯했다.

"아버지, 그런 얘기는 상대가 먼저 꺼내기 전에 언급해선 안 된다는 정도도 기억나지 않으세요? 더구나 생명의 은인이 아닌가요? 그리고 기사들도 주군이 그런 큰 실수를 하면 말려야 하는 것 아닌가요?"

그녀의 어조는 아직 여렸으나 호통은 추상같았다.

"죄송합니다, 소영주님. 저희는 동료들의 시신을 수습하느라 그만……."

기사들은 고개를 더욱 깊이 숙였지만, 그녀의 분노는 사그라지지 않았다.

"그럼, 상처 입은 주군 곁은 아무도 지키지 않았다는 말인가요? 더구나 마스터란, 국왕이나 우리 황제 폐하시라면 당연하겠으나, 일개 영주가 거느릴 만한 신분이 아님을 잘 알지 않나요?"

아리안은 어느덧 후작으로 인해 불쾌했던 마음을 잊은 채 소영주라 불린 여성을 멍하니 쳐다봤다.

'소영주? 아마 후작에겐 아들이 없나 보네. 아직 십대로 보이는데 상황 판단력도 뛰어나고 부하 장악력도 탁월하군. 흠, 쉽지 않은 상대야. 게다가 이 대륙에선 여자도 영주 후계자가 가능한 거였구나.'

더는 그 자리에 있기 어려워진 아리안이 몸을 돌리려는데, 그녀가 고개를 돌려 쳐다봤다.

"목숨을 구해주셔서 감사합니다. 어떻게 은혜를 갚아야 할지 모르겠습니다만, 언제라도 말씀하시면 최선을 다해 돕겠습니다. 저는 부에노의 아트라시아라고 합니다."

"아, 예. 당연한 일을 크게 말씀하시는군요. 저는 아카데미 학생인 아리안입니다. 부친께서 빨리 쾌차하시길 빕니다."

아리안의 말을 들은 아트라시아는 반색했다.

"어머, 그래요? 은인이 아카데미에서 그 유명한 마스터 그룹 회장이군요. 아쉽게도 저는 이번에 졸업해서 자주 보지는 못하겠어요. 부디 부에노 성에 한번 들러주기 바라요. 그럴 수 있겠죠?"

"예, 아트라시아님. 기회가 되면 방문하도록 하겠습니다."

아트라시아는 수송 책임자와 의논해서 마차 한 대를 빌려 기사들과 동행했다. 기사들 대부분이 죽어서 더는 앞으로 가지 못하고 성으로 돌아가려는 듯했다.

부에노 성은 황도를 지나야 했기에 아리안은 아트라시아와 레포르마에서 헤어졌다.

*   *   *

레포르마에 도착한 후 아리안은 아카데미에 가기 전 노블리아 상단을 찾아갔다.

"노블리아 상단이 어디 있습니까?"

"흠, 노블리아 상단을 모르다니, 청년은 황도 사람이 아니군. 이 길로 똑바로 가서 길이 끝나는 지점에서 가장 큰 건물이라네."

"감사합니다."

상단은 번화가에서 황성 반대쪽으로 조금 떨어진 곳에 자리 잡았으나, 상당한 규모를 자랑했다. '노블리아 상회'라고 적힌 간판 아래 대문은 마차 두 대가 그대로 지나다닐 수 있을 정도였다. 그 커다란 대문으로 연방 상인과 하인들이 짐을 들고 들락날락하는 광경을 보면 누구나 기가 죽게 마련일 것이다.

아리안은 문 양쪽에 선 상단 무사에게 다가갔다.

"상단주님을 뵈러 왔는데요."

"약속을 했습니까?"

아리안은 나이를 가리지 않고 겸손한 경호무사의 태도에 속으로 감복했다.

"예, 아리안이라고 말씀드리면 아실 것입니다."

"혹시 마스터 아리안님이십니까?"

아리안은 경호무사가 자신의 검을 바라보며 마스터임을 강조하는 말을 듣고 속으로 쓴웃음을 지었다.

"예."

"이쪽으로 오십시오. 기다리고 있었습니다. 제가 안내하겠습니다."

"아닙니다. 어디에 계시는지 말씀만 해주시면 제가 찾아가지요."

"괜찮습니다. 원래 정문 보초는 한 사람이 섭니다. 상단주님께서 아리안님이 오실 때 불편하지 않게 하라는 특별 명령에 한 사람이 더 서게 된 것이지요. 사실 저는 상단의 은인이신 아리안님이 오실 때를 대비한 안내역입니다."

아리안은 그 말을 듣고 멍한 표정이 됐다.

'세상에, 내가 언제 올 줄 알고 안내할 사람을 벌써부터 기다리게 했단 말이지? 작은 은혜라도 크게 여기고 갚아야 한다는 말을 실제로 실천하는 사람이 있었다니 정말 놀랍잖아.'

아리안이 안내하는 무사를 따라가다 보니 커다란 창고가 줄을 이어 세워져 있었다. 각 창고 앞에는 담당 상인인 듯한 사람들이 각기 장부를 들고 창고에서 들고나는 물건들을 확인한 후 기록하는 모습이 보였다.

아리안은 무사의 뒤를 따라 다시 문 하나를 더 지나갔다. 눈앞에 펼쳐진 아늑한 정원은 지금까지 지나온 곳과는 전혀 다른 별천지였다.

저 나름의 깊이를 자랑하는 기암괴석들이 세월의 흔적을 느

끼게 했으며, 저마다의 아름다움을 한껏 뽐내는 기화이초가
계절을 잊었다는 듯이 은은한 향기를 발산했다.

"아~!"

아리안은 순간 말을 잃었다. 어떤 찬사도 말이 되어 나온다
면 이 신비경을 모독하는 결과가 될 듯싶었다. 더더욱 풀 한
포기, 흙 한 줌도 지금 있는 곳에 가감되면 안 될 듯싶었다.

어느 현자가 말했던가.

삶이란 순간순간이 놀라움의 연속이며 기적이 창출되고 소
멸하는 현장이다.

깨달음이란 어떤 특별한 게 아니라, 내 주위에 산재한 아름
다움을 볼 수 있는 눈을 뜨는 것이다.

지구라는 행성에서 20년을 살면서 TV를 통해 온갖 아름다
운 풍경을 접했던 아리안도, 더할 나위없는 기경에 취해 그만
눈물을 주르륵 흘렸다.

"그대들이 조화로운 미의 극치로 내 눈을 뜨게 했으니, 내
터질 듯한 희열을 한 가닥 춤사위에 담아 그대들의 둘도 없는
아름다움을 찬양하리다."

아리안은 검을 뽑아 들고 천천히 검무를 췄다. 부드러운 선
을 뽑아 둥글게 원을 그리고 흐느적거리며 태극을 이루었다.
검이 위로 올라가면 왼손은 지상을 어루만졌고, 왼발이 허공

에서 너울거리면 오른발은 뒤꿈치를 들었다 났다 하면서 장단을 맞췄다.

태허검법의 오의(奧義)는 강(强)도 아니고 유(柔)도 아니었다. 강은 유로 이어졌고 유는 강을 품었다. 강과 유의 조화는 모든 것을 품는 태허의 뜻이었다.

아리안은 다시 하나의 벽을 넘으려고 등반을 시도했다. 부딪친 벽은 깨뜨리는 방법만 있는 게 아니었다. 본래 존재하지 않는 것을 스스로 인식하는 방법 외에도, 이처럼 파도를 타고 대해를 건너듯이, 등반가가 직벽을 타고 넘듯이 넘어가는 방법도 존재했다.

검풍은 미풍이 되어 기화이초의 입술을 훔쳤고, 기암괴석의 세월을 쓰다듬었다. 그의 검에서 향기가 풍겨 차츰 주위를 잠식했다. 그의 발이 풀 한 포기 밟는 것도 두렵다는 듯이 조금씩 떠올랐다.

아리안을 인도하던 무사는 정원에서 칼춤을 추는 그의 모습을 발견하고 깜짝 놀랐다.

'아니, 여기서 뭐하시는 거지? 단주님께서 이곳을 얼마나 애지중지하시는데, 설마 검을 들고 전부 훼손하려는 것은 아니겠지?'

서둘러 아리안을 말리려던 무사는 순간 행동을 멈춰야 했다. 그는 아리안이 펼치는 검무를 보며 입을 쩌억 벌렸다.

'헉, 세상에! 몸이 공중에 떠 있잖아. 상단 전체에 마법 결계가 쳐졌으니 결코 마법은 아닐 텐데……?'

그것만이 끝이 아니었다. 청량한, 무언가 상쾌하고 은은한 향이 그의 코끝을 자극했다.

'이건 또 뭘까? 혹시 말로만 듣던 검향? 원 세상에, 내가 지금 꿈을 꾸는 게 틀림없어!'

무사는 그 자리에 주저앉아 멍한 표정으로 정원의 이변을 바라봤다. 검향이 스며들어 그의 머리를 맑게 했다.

상단 임원들과 총관이 달려왔다가 넋을 잃었고, 단주가 이색 기운에 끌려 왔다가 고개를 끄덕였다. 누군가가 단주의 뒤로 급히 의자를 옮겼다.

아리안은 기경을 이룬 바위 하나하나와 이름 모를 풀 한 포기의 아름다움과 그 조화로움에 취해 너도 잊고 나도 잊었다.

그때, 그의 심상으로 아보가도 대륙 언어가 아닌 신비스러운 음성이 들렸다.

세월은 무상해도 삶의 강은 흐르고,
광풍호우 요란해도 낙랑장송 의연하니,
태허의 신비는 태극에서 피어나더라.

아리안의 입에서 태허심법의 구결이 잔잔히 흘렀다.

우웅~! 우우웅~!

검명이 흘러 구결에 장단을 맞췄다. 그의 검에서 오라가 쏟아져 유성우를 만들었고 오로라를 형성했다.

흐느적흐느적!

아리안의 검이 흐느적거림에 따라 검향은 더욱 짙어졌다.

모인 사람들은 검명에 가슴이 떨렸고, 검향에 젖어들었으며, 눈앞에 벌어진 믿지 못할 태허신비가 연출한 기경에 넋을 잃었다.

수목의 정령이 환희에 젖어 천년 신비를 조금씩 드러냈다. 범인에게는 단지 작은 일렁임으로 보였으나, 많은 정령들이 아리안의 검무에 화합하여 군무를 연출했다.

하늘하늘! 너울너울!

"아~!"

아리안이 펼치는 검무를 넋을 잃고 보고 있던 카르네프가 돌연 옆에서 들린 목소리에 고개를 돌렸다. 낯익은 목소리다 생각했더니, 정원 입구에서 자신의 손녀가 손으로 입을 가리고 놀란 표정으로 서 있었다.

아카데미 정령학과 학생인 그녀의 눈에는 희열에 젖은 정령의 모습들이 보였다.

"정령은 감정을 드러내지 않는다고 배웠는데……."

시간은 쉼없이 흘렀다.

기경에 취한 사람들은 마치 시간이라도 멈춘 듯이 움직일 줄을 몰랐다. 날이 조금씩 어두워지면서 유성우와 오로라는 더욱 선명해졌다.

정령들은 유성우를 보석처럼 치장했고, 오로라를 선녀의 날개옷인 양 몸에 둘렀으며, 검향을 마시면서 즐거워했다.

손가락 크기의 하급 정령들은 서서히 변하여 어느덧 주먹만큼 자라서 맑고 고운 하급 정령의 한계에 도달했음에도 성장을 멈추지 않았다.

그 신비스러운 광경을 목격한 카르네프 상단주의 손녀는 마치 회한에 젖은 듯한 표정으로 눈물을 하염없이 흘리면서도 자각하지 못했다.

둥둥!

성문이 닫힌다는 북소리가 울렸다. 순간 모든 것이 멈췄다. 빛은 사라지고 어둠이 찾아왔으며, 온갖 소리가 끊어진 자리에는 적막이 자리했다. 아무것도 없으면 없는 대로 좋았다. 어머니의 위대한 섭리가 깃든 성숙의 밤이 온 누리를 포근히 감쌌다.

"아~!"

사람들은 멎었던 숨을 탄성과 함께 내뱉으며 그제야 현실로 돌아왔다.

"후우……."

무아지경에서 검무를 췄던 아리안이 눈을 떴다. 어느새 자신의 주변에 모인 사람들의 존재에 잠깐 놀란 듯 눈을 동그랗게 떴던 그가 카르네프를 발견하고 가볍게 인사했다.

"언제 오셨나요? 주인 없는 곳에 폐를 끼친 게 아닌가 모르겠습니다."

카르네프는 아직 어안이 벙벙한 상태였다.

"자네… 그……."

뭐라고 말을 하려 하던 그때, 카르네프는 깨달았다. 검술을 잘 알지 못하는 자신이 방금 본 것에 대해 한마디도 할 수 없다는 것을 말이다.

말을 고르던 그는 결국 아무 말도 하지 않기로 했다.

카르네프는 모여 있던 사람들을 모두 돌려보내고 그와 함께 정원을 나섰다.

아리안은 노블리아 상단 별관으로 안내됐다.

"자네 마음에 들었으면 하네."

별관은 카르네프 상단주가 아리안과의 인연을 얼마나 소중히 여기는지 잘 드러냈다.

신비가 넘실거리는 정원을 바라보며 휴식을 취할 수 있는 거실, 아담한 침실에는 작은 옷장과 내의를 넣는 서랍장, 작은 다탁이 놓였는데, 다탁 위에는 물 주전자와 물 잔이 보였다.

침대 곁에는 검집을 가까이 둘 수 있는 검대가 이채로웠다. 아리안은 세심한 배려를 아끼지 않은 카르네프 단주를 쳐다봤다.

"자, 공부도 하고 생각도 할 수 있는 옆방으로 가보세."

옆방은 거실보다 상당히 컸다. 책상 맞은편 벽에는 아보가도 대륙 지도가 걸려 있었다.

아라카이브 제국의 여섯 배가 넘어 보이는 대륙의 크기는 실로 엄청났다. 세 개 제국과 여섯 개 왕국이 자세히 그려진 모습을 보고 아리안은 몹시 놀랐다.

"세상에, 대륙 지도가 있다니……. 단주님, 아카데미에도 없는 지도를 어떻게 구하셨죠?"

"크크, 정말 우연이었다네. 물론 상단의 지부를 관리하려고 지도를 작성한 적은 있지만, 이렇게 자세하게 대륙 전체가 그려진 지도는 황궁과 여기밖에 없을 걸세."

"상단의 힘이 대단하군요. 정말 놀랍습니다. 하지만 이렇게 귀한 것을 이대로 벽에 걸어두어도 괜찮겠습니까? 제가 매일 있을 것도 아닌데요."

"걱정하지 말게. 이 방은 나와 자네 외에는 누구도 들어올 수 없다네. 하녀도 침실과 거실 등은 청소하겠지만, 이 방에는 들어올 수 없지. 그러니 청소도 자네 몫이야. 여기에 딸린 저 방은 서가라네. 만약 필요한 책이 있으면 말만 하게. 대륙에 있는 책이라면 천금을 들여서라도 무엇이든지 구해주겠네."

서가에도 상당히 많은 책이 보였다. 아리안은 책 제목을 훑어보다가 그만 깜짝 놀랐다.

"정말 놀랍군요. 고대인의 서적을 여기서 볼 수 있다니요."

아리안은 책을 뽑아 들고 제목을 읽었다.

"*&%*@&#·#%$(경천마법)!"

"응?"

아리안은 보고 싶었던 책 내용에 놀랐고, 카르네프 상단주는 이상한 언어로 제목을 읽는 아리안을 보고 놀랐다.

"자네, 고대어를 할 줄 아나?"

"예, 더듬거리는 정도입니다."

"놀랍군, 놀라워. 정말 놀랍네. 지금 대륙 어느 현자도 고대인의 언어를 해독하지 못했다네. 그래서 그들의 놀라운 능력이 그대로 사장되고 말았지."

"상단주님, 제가 아카데미에서도 책 한 권을 발견했는데, 그래서 책이 세상에 흘러 다니는 것인가요?"

"아니야. 신마전쟁이 끝나고 거인족이 멸족한 후에 500년 동안은 대륙 학자들이 그 책을 해독하려고 무진 애를 썼지. 그 일이 실패한 후에도 500년간은 책이 세상에 흘러나오지 않았어. 금서 중의 금서가 됐고, 혹 개인이 소장한 것을 알아내면 무조건 죽이고 책을 회수했어. 그렇게 천여 년이 흐른 후에 현자 한 분이, 오히려 책을 은밀히 세상에 내보내면 혹시 해석할 사람이 생길지 모르겠다고 황제에게 건의했단다. 다시 천여 년이 흐를 때까지는 밀서감(비밀 서적 감찰부)에서 책의 흐름을 감시했다가 이젠 완전히 사라져 버렸어."

"그렇다면 지금도 제가 고대인의 서적을 읽을 수 있다는 게 드러나면 좋지 않겠군요."

"당연하지. 황궁에서는 자네를 가두고 책을 해석하게 갖은 수단을 다 쓸 것이고, 적국에서는 자넬 죽이려고 전쟁도 불사하겠지. 거인족을 당시에는 신족이라고 부르기도 했고, 그들이 아니었다면 신마전쟁의 승자는 마계가 됐을 거야. 어쨌든 간에, 그들의 놀라운 능력은 도저히 상상할 수 없는 것이었네."

"혹시 상단주님도 저를 의심하여 접근한 게 아니었던가요?"

"그렇다네. 나이에 어울리지 않는 능력과 체격을 보니 꼭 확인해야겠다고 여겨지더군. 한데 자네의 신분은 틀림없는 것이었어. 그렇다면 해답은 한 가지지."

카르네프 상단주는 말없이 자신을 쳐다보는 아리안을 보면서 담담한 표정으로 의자에 앉았다. 물을 한 잔 마신 그는 아리안에게 책상에 달린 의자를 가리켰다.

"대륙 오지 곳곳에서 은밀한 움직임이 발견됐다네. 보고를 받은 왕국이나 제국은 민심이 동요할까 두려워서 쉬쉬하지만, 문제는 닥칠 재난이 평범한 사람의 상상을 초월할 것이라는 점이야. 그래서 자네에게 상단의 모든 힘을 실어줄 작정을 한 것이라네."

"그것을 예상하셨다면, 재난을 피할 방법을 강구하는 게 더 낫지 않았나요?"

아리안의 궁금증은 아직 해소되지 않은 듯했다.

"상인의 '상'이란 원래 헤아린다는 뜻이고 조화와 흐름을 추구하는 것이라네. 검사가 검을 버릴 수 없는 것처럼, 상인이 자신의 본분을 잃는다면 대대로 전해온 조상을 무시하는 것이고 자신을 부정하는 게 되지 않겠나. 먹고 싸는 게 얼핏 천하게 보일 수도 있지만, 그것보다 신성하고 중요한 일이 어디 있을 것이며, 사고파는 일을 하찮게 여기는 자도 있지만, 세상에서 매매가 사라진다면 인간을 인간답게 만드는 문화와 문명은 존속할 수 없겠지. 삶이란 살아서 숨을 쉬는 것뿐만 아니라, 자신답게 사는 것을 말하는 게 아닐까?"

"그렇긴 해도 몬스터나 산적 같은 각종 위험이 도사리고 있으니 두렵지 않나요?"

"두렵다네. 매번 상행을 나갈 때나 상행을 내보낼 때나 두렵다네. 그렇기에 무사히 돌아왔을 때 감사하는 마음이 더욱 큰 것이라네. 그리고 그 감사함의 표시로 작지만 고아와 과부를 돕는 게지."

"고아와 과부를 돕는 것은 자기기만이거나 자아만족을 위한 게 아닙니까?"

아리안의 말속에 비틀림이 보였지만, 카르네프는 그 말을 더욱 진지하게 받아들였다.

"맞는 말이네. 확실히 그런 면이 있지. 난 상행을 할 때마다 타성에 젖어 두려움을 잊을까 봐 그게 더 두려워. 고아와 과부를 볼 때마다 내가 두려움을 잊을 때 내 가족이 그와 같이 된다는 점을 상기한다네. 고아와 과부를 만든 그들의 희생으로 상단이 유지된다는 점 또한 잊어서는 안 되겠지."

아리안은 카르네프의 상업에 스며든 위대한 정신 앞에 절로 고개가 숙여짐을 느꼈다. 그야말로 능히 상도(商道)라고 부를 만했다.

"내 결론은, 대륙적인 재난은 조직적으로 대처해야 피해를 줄일 수 있다는 점이지. 그 조직이 크고 강할수록 피해가 줄어드는 게 아닐까?"

"상단주님의 말씀대로 한다면 반역에 속할 것이며, 지속적인 감시를 받거나 없애려고 하지 않을까요?"

상단주는 아리안의 말에 고개를 끄덕이며 말했다.

"그럴 수도 있겠지. 하지만 상단은 유리한 점도 많다네. 정보와 무력은 어느 정도 인정받은 것이기에 세 개의 제국과 여섯 개 왕국에 분산 배치하면 크게 드러나지 않을 거야. 문제는 덩치만 크다고 좋은 게 아니고 머리가 있어야만 해. 자넨 졸업할 때까지 자신의 능력을 쌓는 데만 열중하도록 하게. 그동안에 필요한 것은 뭐든지 말만 하면 되네. 단지 하나 주의할 것은, 자네 능력이 너무 드러나지 않았으면 한다는 점이네."

카르네프 구단주는 아리안에게 진심 어린 충고를 아끼지 않았다. 그는 간혹 나이로 모든 것을 판단하려는 사람들처럼 결코 아리안을 소년으로 여기지 않았다.

"이번에 황도로 올 때도 자네를 마치 여객 경호무사인 것처럼 대하는 여객 길드의 태도에 분노를 금할 수 없더군. 자네가 우연히 부딪친 위험을 해소하는 것은 자연스런 만남을 위한 것이고 소중한 일이지만, 분명한 설명을 한 후에 본인의 양해 및 허락을 요하는 일에 상대가 어리다고 사탕 하나 쥐어 주고 슬그머니 넘어간 길드장에게 확실한 태도로 주의를 줘야 할 것 같네. 자네 생각은 어떤가?"

아리안은 잠시 생각한 뒤에 길드장에게서 받은 황금패를 주머니에서 찾았다. 아리안은 그들의 상술에 감탄하기는 했지만, 카르네프 상단주의 말에는 스스로 자신의 가치를 깎으면 주위에서 불편하다는 뜻을 느꼈기에 두말없이 황금패를 꺼냈다.

"실상 그런 면이 있을 수도 있군요. 그 점은 상단주님이 알아서 처리해 주시겠습니까?"

"당연하지. 그게 내가 할 일이 아닌가?"

카르네프 상단주는 마치 당연하다는 듯이 황금패를 받았다가 아리안이 의문을 나타내자 슬그머니 화제를 돌렸다.

"예?"

"아니네. 아직 보지 않은 곳이 있네. 가보세."

"예, 단주님!"

두 사람은 별관 바로 뒤 커다란 창고로 들어갔다.

"자네, 수련장일세. 방음 마법과 강화 마법이 되어 있으면 더욱 좋겠지만, 황도에선 내 능력으로도 어려워. 첫날은 어쩔 수 없이 능력을 드러내고 말았지만 이곳은 안전할 거야."

훌륭하게 시설이 갖춰진 수련장을 보고도, 아리안은 조금 전의 의문을 잊지 않았다.

"좋군요. 한데 상단주님, 저와 길드의 일은 어떻게 아셨죠?"

"그게 궁금했던 모양이군. 사실은 자네에게 비밀 경호를 보냈다네. 자네의 안전은 무엇보다 중요하지 않은가. 가끔 자네처럼 뛰어난 인물이 극히 사소한 실수로 목숨을 잃거나, 고질적인 귀족병에 걸린 자와 마주쳐서 꽃을 피우기도 전에 산화하는 일이 비일비재하기 때문이지. 내가 보낸 사람들은 귀족의 관심을 자신들에게로 돌리거나 제거할 책임을 지고 있었지."

아리안은 단주의 말을 들을수록 경험의 중요함을 새삼 깨달았다. 상단주의 마음이 가슴에 깊이 와 닿았다.

아리안은 단주가 돌아간 뒤에 밤늦은 시간까지 '경천마법'이란 고대인(?)의 책을 읽었다. 부족한 한문 실력 때문에 상당히 애를 먹었으며, 대충 앞뒤 문맥을 보아 짐작만 하는 부분도 생겼다.

'음, 대륙의 마법 체계와 상당히 역설적인 부분도 많군. 도학(道學)을 공부하고 내공을 수련한 분들이었기에 마법에 대한 새로운 해석이 가능한 거였어. 원래 내가 마법을 부전공으로 택한 것은 '지피지기'란 말대로 다른 길을 선택한 자들에 대한 대비책이었는데, 심장에 서클을 만드는 게 아니라 중단전에 모으는 이 방법을 따르면 나도 마법을 할 수 있겠다. 하지만 아카데미에서는 마법을 할 줄 안다는 내색을 하지 않는 게 좋겠지. 가슴에 서클이 없는데 고 서클 마법을 행하면 거인족과 연관시켜서 생각하는 사람이 틀림없이 생길 거야.'

아리안의 독서는 날이 밝는 것도 모른 채 계속 이어졌다.

Chapter **07**
전설의 시작

아리안은 승마술이 뛰어난 사람을 단주를 통해 소개받아 마술을 배울 수 있었다.

"말은 굉장히 여린 동물입니다. 세심한 배려를 한다면 자신의 능력을 십분 발휘할 것이고, 기수의 마음을 느낄 수 있답니다. 전투할 때는 고삐를 놔야 할 때도 있으니 평소 말과 의사소통하는 데 신경을 써야만 합니다."

아리안은 고개를 끄덕이며 그가 건네준 당근을 말에게 주면서 갈기를 부드럽게 만져 줬다.

"일단 말과 친해진 후에 등에 타면 엉덩이를 뒤로 약간 빼고 허리를 곧게 세우는 게 좋습니다. 허리를 구부리면 꼬리뼈가 안장에 직접 닿게 됩니다. 지금 그 자세가 인간의 가장 바른 자세라고 알려졌으며, 꼬리뼈가 부담을 덜 받게 되지요. 예, 자세가 참 좋습니다."

'크크, 승마 자세가 단전호흡 자세와 같군.'

아리안은 승마 조교의 설명이 이어져서 생각을 멈춰야만 했다.

"처음에는 고삐를 잡아당겨 가야 할 방향을 알려줍니다만, 발로 할 수도 있습니다. 저, 저런. 양쪽 고삐를 함께 당기면 서라는 뜻입니다. 가야 할 방향의 고삐만 슬쩍 당기는 것입니다. 유능한 기수일수록 고삐를 살짝만 당긴답니다. 옆에서 보면 어떻게 신호했는지 모를 정도지요."

닷새가 지나자 어느 정도 말을 타게 됐지만, 조교에게 들은 이론을 모두 실습하여 몸에 익히기에는 시간이 턱없이 부족했다.

아리안은 아카데미에 갈 때가 됐다. 그는 훈련복으로 갈아입었다. 옷장에는 어느새 아카데미 훈련복과 교복, 그리고 평상복 등이 세 벌씩 걸려 있었다.

말을 타고 아카데미에 도착하자 말고삐를 조교에게 넘겨줬다. 그도 비밀 경호무사 중의 한 명이었다.

"회장님이 도착했다."

정회원 한 명이 그를 발견하고 소리쳤다. 운동장에는 벌써 정회원들이 훈련복을 입은 채 열을 맞춰 섰고, 주위에는 여섯 명의 임원도 보였다.

임원들은 한 달 동안 열심히 단전 수련을 했는지 어느새 얼굴에는 붉은 기운이 감돌고 키도 상당히 커서 2년차 학생이 동생으로 보일 정도였다.

쌀쌀한 날씨인데도 모인 정회원의 얼굴에는 기대와 각오가 엿보였다.

"중대 차렷!"

안티야스는 회원들을 바라보며 구령했다. 임원들끼리 모여서 정회원의 정신 강화를 위해 군대식의 제식방법을 따르기로 한 모양이었다.

아리안은 정회원들의 일사불란한 자세와 임원들이 서로 얼굴을 마주보며 살짝 고개를 끄덕이는 모습을 보고 그들의 마음을 짐작했다.

척!

"정회원 도착 인원 보고. 예정 80명, 현재 77명, 사고 3명, 사고 원인 자퇴! 이상입니다."

"현재 77명, 좋다."

"회장님께 경례!"

"단결!"

"단결! 쉬어!"

"대대, 열중 쉬어!"

척!

방학을 지나 모인 마스터 그룹 회원들의 전신에서 뜨거운 기세가 용솟음치고 있었다. 그들을 둘러보며 아리안은 단호한 어조로 소리쳤다.

"지옥에 들어갈 준비가 됐나?"

"예, 됐습니다."

"좋다. 지금부터 지옥이 더 편하다고 느끼게 될 것이다. 힘든 자는 언제든 빠져도 좋다. 하지만 훈련받다가 죽은 자는 누구도 무시할 수 없는 자로 부활할 것이다. 스무 명이 한 팀이다. 임원 네 명은 각 팀 팀장이 된다. 팀장은 각 팀 삼 보 앞에 선다. 팀장, 위치로!"

"위치로!"

임원 네 명이 팀장이 되어 각 팀 앞에 섰다.

"첫 번 팀은 청룡, 두 번째는 백호, 다음은 주작, 그 뒤는 현무 팀이다. 각 팀을 부르면 앉으면서 팀명을 부르고 다시 서면서 팀명을 부른다. 청룡!"

"청룡! 청룡!"

"좋다. 잘했다."

아리안은 다음 팀을 호명했다.

"백호!"

"백호! 백호!"

"주작!"

"주작! 주작!"

"현무!"

"현무! 현무!"

"좋다. 그게 자신의 팀명이다. 잊지 마라. 지금부터 운동장을 돈다. 청룡 팀부터 줄줄이 좌향 앞으로 뛰어갓!"

그때부터 지옥문이 열렸다. 그들은 점심도 먹지 못하고 뛰고 구르고 기었다.

집에 있을 때는 13월의 쌀쌀한 날씨에 옷깃을 여미고 외출하는 것보다 따뜻한 방 침대 위에서 빠져나오지 않았을 것이다. 하지만 지금은 입안에는 모래가 자글거리고 훈련복은 땀으로 범벅이 됐다.

그런데 이상한 일이 벌어졌다. 학생들이 훈련받는데 마차가 도착하고 일꾼들이 아카데미 정문을 들어서더니 운동장 한쪽에 천막 다섯 동을 세우고 갔다.

"아, 저기가 우리 잠잘 곳인가 봐."

"그렇군. 우리가 있던 기숙사는 방학하면 매년 청소하고 도배도 다시 한다더군. 어디서 자게 될지 궁금했는데, 우리 회장님의 역량이 기대 이상이야."

누가 누구인지도 알아볼 수 없는 훈련생들의 얼굴에는 눈빛만이 반짝거렸다.

식사 시간이 됐다.

"어? 역시 식사는 식당에서 하는데?"

"그래도 일하는 사람들의 얼굴이 달라. 도대체 어떻게 된 거지?"

"식당에서 일하던 사람들이 모두 그만뒀나?"

점심을 건너뛴 채 강도 높은 훈련을 했던 학생들은 먹음직한 음식이 수북하게 쌓인 식판을 들고 서로 쳐다보며 미소를 지으면서 식탁에 앉았다.

"식사에 대한 감사의 묵념! 어떤 자식이야, 음식을 입에 넣고 우물거리는 녀석이? 처음이라 용서한다. 다음에도 발견되면 식사는 건너뛰게 된다. 명심해! 묵념 끝! 식사 개시!"

"감사히 먹겠습니다."

"식사 완료 5분 전!"

식사 시간은 또 다른 전투 시간이었다. 식판 위의 음식과 사투를 벌이는 소리가 식당에 가득했다.

와그작! 와그작! 후르륵, 쩝쩝!

"식사 끝! 일어섯!"

식판에 남은 반찬 하나를 재빨리 손가락으로 집어 입에 넣는 훈련생의 모습이 무척이나 만족스러워 보였다. 그들의 식판은 씻을 것도 없었다.

"운동장에 팀 별로 선착순 집합!"

"와~!"

"뒤로 번호!"

"하나!"

"둘!"

"스물! 번호 끝!"

"청룡 팀 집합 완료!"

"현무 팀 집합 완료!"

"중대 차렷! 충성! 교관님께 인원 보고. 총원 77, 사고 무, 현재 77."

"수고했다. 중대 검술 대형으로 선다. 청룡 팀 우측 1번 기준!"

"기준!"

"검술 대형으로 헤쳐 모여!"

"검술, 야!"

훈련생들이 대번에 대형으로 벌려 섰다.

"상단 내려치기 백 번 실시!"

"야! 야!"

"상단 내려치기를 도끼치기로 하는 녀석은 누구야? 자세가 틀렸잖아, 자세가! 내려치기를 했으면 재빨리 두 번째 동작을 취해라. 왼발이 반보 앞에 서면 검은 오른쪽으로 흘리며 다시 상단을 취하고, 오른발이 반보 앞에 있을 때는 왼쪽으로 흘려야 할 게 아닌가."

"야!"

"야!"

훈련생들의 검은 쉼 없이 허공을 갈랐다. 검은 원을 그리고 상단으로 갔다가 다시 상대를 벤 후에 상단 자세가 되곤 했다.

"검에 상대를 꼭 죽이고 말겠다는 기세를 실어라! 상대를 단칼에 쓰러뜨리고 지난날의 억울함과 암울함을 베어버려라! 상대도 베어버리고 나도 베어버린 후 오직 검만이 남아서 나를 대변케 해라!"

"야!"

"야!"

날은 점차 어두워졌지만 학생들의 눈은 더욱 반짝거렸다.

그렇게 20일 동안 마스터 그룹은 기초 체력을 단련했다. 임원들마저 힘들어하는 과정을 거치다 보니 회원들은 힘들다는 생각을 할 겨를도 없었다.

하지만 아리안의 생각은 달랐다. 아직 소년들의 몸은 자신이 생각하는 훈련을 따라올 수가 없었다.

'음, 너무 어려서 생각보다 쉽지 않구나. 어떡한다? 맞아. 경천마법에 포함된 '마나 강압진'을 설치한다면 가능하겠다. 진 안에서 단전 수련을 한다면 확실한 효과를 보겠지.'

"임원들을 집합시켜라."

"예, 마스터!"

곧장 임원들이 아리아느이 앞에 모였다.

"지금 내 능력은 이미 마스터가 됐다. 그런 내게 허약한 가신이 필요하겠나?"

"필요없습니다, 마스터!"

"그렇다. 그 대신……."

아리안은 의도적으로 말을 끊고 학생들의 얼굴을 한 명씩 주시했다. 학생들의 눈빛이 기대에 차고 넘쳐 빛이 나는 듯했다.

"내 훈련을 잘 따라준다면 누구나 빠르면 3년, 늦어도 5년 안에는 꿈에 그리는 마스터가 될 것이다. 마스터가 되고 싶나?"

"되고 싶습니다, 마스터!"

그들의 대답은 갈망으로 넘쳐 났다. 마스터! 그 꿈의 경지.

인생 역전이고 대박이 아닌가? 누가 마스터 앞에서 고개를 빳빳이 들 수 있겠는가?

"그렇다면 훈련받다가 죽어라! 그러면 깨어났을 때 자신이 변해 있음을 알게 된다!"

"훈련받다가 죽겠습니다, 마스터!"

대답하는 학생들은 눈에 눈물을 글썽거리며 악을 썼다.

"잘 들어라! 내가 마스터를 데리고 도둑질을 시키겠나, 강도질을 시키겠나. 대륙의 판세를 바꿀 정도로 많은 마스터가 필요한 이유는 얼마 후에 아보가도 대륙에 큰 재난이 닥칠 것이기 때문이다. 그때까지 우리는 묵묵히 실력을 키우되 능력을 감춰야 한다. 제국과 왕국들이 연합해야 피할 수 있겠지만, 제국이나 왕국들은 그들대로 야심이 있기에 결코 힘을 합칠 수가 없다. 그때 우리가 대륙의 신화를 이룩하고 역사를 새로 써야만 한다."

대륙의 위기를 구하고 신화를 이룩하여 대륙의 역사를 새로 쓴다.

학생들은 그제야 자신들이 필요한 이유를 깨달았다. 만약 그런 이유가 있다면 자신들의 수련이 도중 하차하는 일은 결코 없을 것이다. 정작 그런 일이 일어난다면 훈련을 받지 않아 힘이 없을 때는 그대로 당하는 수밖에 없는 것 또한 자명한 일이다.

학생들은 어금니를 악물고 주먹을 불끈 쥐었다.

"안티야스! 단전호흡을 지도해라. 임원들은 자세를 바로 잡아준다."

"예, 마스터!"

아리안은 임원들에게 뒷일을 맡기고 밖으로 나왔다. 어둔 밤하늘에 오늘따라 더욱 크게 보이는 달이 붉은 기운에 감싸여 있었다.

아리안은 다음날 임원들이 회원들을 훈련시키는 동안 각 천막에 '마나 강압진'을 설치했다.

"야, 정말 놀라워. 하루가 다르게 변한다는 것을 느끼겠어."

"맞아. 마스터 말씀대로 마스터는 더 이상 꿈이 아니야."

"몸도 좀 변한 것 같지 않아? 옷이 좀 작아진 듯해."

학생들은 너도나도 회장이 약속한 대로 자신들의 능력이 향상됐음을 실감했다. 그들은 서로 뿌듯한 심정으로 쳐다봤다.

"그러고 보니 나도 그렇군. 그런데 여자들이 더 빨리 크는 것 같지?"

"사춘기에는 여자의 성장 속도가 남자보다 빠르다더군. 그러고 보니 여기도 여자가 있었잖아?"

"푸홋! 여자나 남자나 모두 얼굴이 먼지투성이고 까매서 몰랐어."

학생들은 서로 쳐다보며 환하게 웃었다. 그들의 웃음이 그렇게 밝고 아름다울 수가 없었다.

그 웃음에는 또 다른 이유가 하나 있었다.

"한 달 만에 첫 휴일인가?"

"휴일인데도 새벽부터 점심때까지 계속 단전호흡과 검술 기본 동작을 각기 백 번씩을 하고 나니 휴일 같은 기분이 잘 안 들어."

처음 맞은 휴일인데, 학생들은 오히려 뭔가 허전한 모양이 었다.

"물론 저녁 식사 후에도 호흡 수련을 하겠지만 그래도 이게 어디야."

"마스터께서 오늘 안 보이시더라."

"내가 살짝 들었는데, 열흘 후에는 우릴 데리고 체험 학습이 라고 해서 몬스터와 싸우게 하시려나 봐. 아마 그것 때문에 준 비할 게 있는 모양이야."

"정말 마스터께서 우리 때문에 상당히 애를 많이 쓰시는 것 같아."

"우리가 열심히 수련하는 게 고마움에 보답하는 길이지."

학생들이 모처럼 휴식을 취하는 동안, 아리안은 스승인 헤 레스가 전해준 주소를 들고 찾아갔다. 아리안이 도착한 곳은 아무런 간판도 없었다.

똑똑!

아리안이 문을 두드리자 작은 쪽문이 열렸다.

"여기가 검은 달의 모임 장소인가요?"

"……"

얼굴만 내민 30대 중반으로 보이는 날카로운 눈매의 사내는 말없이 아리안을 쳐다보다가, 소년이 찬 검을 보자 문을 열고 들어오라는 듯이 옆으로 비켜섰다.

아리안은 그의 자세에 빈틈이 없는 것을 보고 그가 전사임을 알 수 있었다.

아리안이 열어준 문으로 들어간 곳은 도박장이었다. 매캐한 연기 속에서 붉어진 눈으로 아리안을 힐끗 쳐다보던 사람들은 다시 고개를 돌려 자신의 패를 감추고 상대 표정 살피기에 여념이 없었다.

두 사람이 도박하는 사람들 사이를 지나서 작은 문 앞에 도착했다. 문을 지키는 자는 모자로 얼굴을 가린 채 자는 듯했다.

"뭐야?"

조금도 움직이지 않는 그자의 음성에 졸음기가 가득하고 귀찮은 빛이 역력했다. 안내하던 무사는 그와 5m 떨어진 곳에서 조심스럽게 입을 열었다. 문 앞에서 조는 자를 무척 두려워하는 듯이 느껴졌다.

"흑월을 찾는 자입니다."

"......."

그는 원래 서 있었다는 듯이 벌떡 일어나서 아리안을 주시했다. 그가 아리안이 찬 검에 시선을 멈추고 유심히 살폈다.

"어린 녀석이 어디서 검을 주워가지고……."

그는 말을 끝낼 수 없었다. 그의 손이 아리안의 검을 빼내려는 순간 손목을 잡혔기 때문이다.

"어? 한 수가 있다는 말인가?"

아리안을 안내했던 자는 뒤로 물러났다. 손목을 잡힌 자는 오히려 아리안의 손목을 되잡은 채 번개같이 한 바퀴 돌려서 꺾으려 했다. 아리안은 되잡는 그의 손목을 오른손으로 잡으며 다리를 걸었다. 헤레스에게 배운 격투 기술이다.

꽝!

그의 몸이 허공에 붕 떴다가 바닥에 떨어졌다. 하지만 그는 곧장 아리안이 잡은 손을 잡아당기며 몸을 띄워서 두 다리로 아리안의 목을 감으려고 했다. 아리안은 반보 옆으로 몸을 피하며 그를 다시 바닥에 패대기쳤다.

꽝!

그는 바닥에 부딪치는 반동을 이용해 아리안에게 하단 돌려차기를 시도했다. 아리안은 몸을 뒤틀면서 그의 힘을 이용하여 공중에서 한 바퀴 돌린 후 다시 땅에 내리꽂았다.

꽝!

"멈춰라!"

그들의 싸움을 멈추게 한 목소리가 있었다.

"아, 흑월님!"

안내하던 무사는 그대로 땅에 엎드렸고, 지금까지 아리안을 공격하던 자도 아리안의 공격을 염두에 두지 않고 모든 동작을 정지했다. 도박장에 일던 소음마저 멈췄다. 그리고 사위는 적막에 싸였다.

절대적인 카리스마를 풍기는 흑월이란 자를 고개를 들고 쳐다보는 사람은 아무도 없었다. 그에게서 엄청난 살기가 쏟아져 나와 도박장의 타오르던 열기와 벌겋게 달궈진 난로의 화기마저 잠재웠다.

흑월이 아리안의 앞에 서서 여지없이 살기를 발산했다.

아리안은 따끔거리는 피부의 감촉을 그대로 받아들였다. 생사투였던 영지전쟁에서 정찰대장과의 첫 번째 결투의 감각이 그대로 되살아났다.

손에 들었던 방패가 박살 나고 힘에 밀려 바닥에 쓰러졌던 절체절명의 순간, 정찰대장이 내려치는 검이 마치 기둥처럼 느껴지는 바로 그 순간, 아리안의 몸에서도 서서히 투기가 일어나더니 급기야 살기로 바뀌었다.

두 사람의 손에 검을 들진 않았어도, 충분히 감당하기 어려운 기운이 격돌했다. 살기나 투기는 무형의 기운이라고 누가 말했던가. 두 기운의 격돌은 엄청난 굉음과 파괴력을 보였다.

꽈꽈꽝! 꽝!

도박판 위에 놓였던 골패와 죽패들이 사방으로 튕겼다. 도박사들과 무사들은 더욱 멀리 물러나서 놀란 얼굴로 대치한 두 사람을 바라봤다. 그러나 두 사람은 그대로 끝낼 생각이 전혀 없는 듯했다.

흑월이 뿜어내는 기운이 한층 강해졌다. 아리안에게서 나온 살기도 점차 예리해지면서 그의 주위에서 일어나는 회오리바람이 더욱 심해졌다. 아리안은 마치 이 상황을 즐기는 듯이 평온한 얼굴이었지만, 두 사람의 옷은 찢어질 듯이 펄럭였다.

펄럭펄럭!

쾨꽝! 꽝! 꽝!

힘은 다시 격돌했고 가까이 있던 자들이 벽으로 날려가 부딪쳤다. 흑월의 전신이 가늘게 떨렸다. 그의 입에서 실처럼 가는 핏줄기가 내비쳤다.

그러나 그는 포기하지 않았다. 꺾일지언정 휘어질 수 없는 전사의 길을 택했기에 포기란 자신의 존재를 부정하는 행위였으며, 자신보다 강한 자에게 죽는 것은 전사의 영광이 아니었던가.

그는 마지막 한 방울의 힘까지 쏟아냈다.

우르릉! 우르릉!

공기가 떠는 소리마저 심상치 않았다. 왕좌를 물려주고 떠나는 오크 대전사의 회한에 젖은 '우르릉' 거리는 소리처럼 안타까움이 절로 느껴졌다. 이번 격돌이 끝나면 승패와 관계없이 그의 생명은 다하리라.

"아, 흑월님! 그는 스승님의 제자이거늘, 어찌 이렇게까지……."

문을 지키던 자가 피를 토하는 심정으로 입을 열었다가 말을 끝내지 못하고 고개를 숙였다. 흑월이 나타난 문 뒤에서 열두 명의 사내가 나와 문을 지키던 자 옆에 섰다.

흑월도 처음부터 생사투를 원한 것은 아니었다. 상대가 나이에 비해 뛰어난 능력을 보였기에 갑자기 전장의 짜릿한 살기에 취해 그만 건널 수 없는 강을 넘고 만 것이다.

이젠 물러날 길이나 그 어떤 방법도 보이지 않았다. 이미 드래곤 레어에 들어섰고, 입구는 마법에 의해 막혔다.

두 기운이 다시 격돌했다.

하지만 어떤 폭음도 들리지 않았다. 단지 아리안이 태허심결을 조용히 읊는 소리만이 모든 사람의 귀에 선명히 스며들었다.

"하늘이 원래 공한 것은 부족함이 아니라 다 채워졌음이요,
인간은 하늘이 공하다 채워졌다 이야기하지만,
홀로 여여한 하늘이 공한들 어떠하고 채워진들 어떠하리.
남쪽 바람은 설산 곰의 긴 잠을 깨우누나."

아리안의 태허심법에서 비롯한 기운은 흑월의 기운을 격돌하지 않고 품었다. 흑월의 살기가 태허의 기운과 부딪치자 살기는 생기로 변하면서 한층 더 강대해져서 몸 주위를 돌다가 서서히 흑월의 몸 안으로 스며들었다.

흑월의 기운 속에 스며든 태허의 기운은 다친 혈맥들을 어루만지고 쓰다듬었다. 그의 기운은 한층 강해진 기세로 뿜어졌다가 태허의 기운과 하나되어 다시 스며들기를 반복했다.

흑월의 입에서 흐르던 피가 멈추고 안색이 평온해졌다.

한쪽 구석에서 관전하던 열세 명의 부하들은 흑월의 놀라운 변화에 얼이 빠졌다. 흑월의 얼굴에 빛이 흘렀다.

그들은 흑월이 죽는 게 아니라 오히려 벽을 뚫고 한 단계 상승의 경지로 들어섰음을 깨달았다. 물론 이 놀라운 기적을 일으킨 사람이 아리안인 것은 의심의 여지가 없었지만, 쉽게 믿어지지 않아서 멍하니 바라보기만 했다.

　"소주군, 진위를 시험한 죄, 벌하지 않으시고 오히려 이끌어주시니 그 은혜가 실로 크옵니다."

　부러질지언정 굽혀지길 거부하던 흑월이 마침내 바닥에 무릎을 꿇었다. 생사마저 초개처럼 여겼던 강직함도 태허의 신비에 녹아들었다. 열세 명의 부하도 무릎을 꿇었다.

　"소주군!"

　그들의 음성은 심히 떨렸다.

　"소주군을 뵈옵니다."

　외부인은 벌써 내보낸 듯했다. 도박장에 있던 모든 도박사와 경호무사가 바닥에 부복했다. 그 광경을 둘러보는 아리안의 가슴에 잔잔한 파도가 일렁였다.

　사내들의 세계란 진심에는 진정의 메아리가 답하는 법이지.

　"소주군, 궁금한 게 많을 것입니다. 안으로 드시지요."

　아리안은 묵묵히 흑월을 따라서 문 안으로 들어섰다. 흑월과 부하들의 공경심이 그제야 확연히 느껴졌다. 남자의 세계는 싸워서 확연한 서열이 정해져야 질서와 평온이 찾아온다고 했던가?

안에는 긴 통로가 이어졌다. 통로 사방에 은밀한 기운이 느껴졌다. 마스터라고 해도 쉽게 통과하기 어려울 듯한 기운이…….

'흠, 흑월은 간단한 도박장이 아니로군. 나도 애먹겠어.'

아리안이 고개를 살짝 끄덕이자, 흑월의 눈이 이채를 발했다.

'역시 소주군의 눈을 피할 수는 없군.'

아리안이 들어간 정면에는 검은 달이 그들을 내려다봤다.

"이쪽으로 앉으시지요, 소주군."

흑월은 아리안에게 상좌를 권하고 자신은 그 옆에 앉았다. 열세 명이 두 사람과 약간 떨어져서 동그랗게 반원을 그리며 앉았다.

"소주군, 스승님은 안녕하십니까?"

"이 검의 주인은 정정하십니다. 지금 제 아버지를 돕고 있지요."

"혹시 주군의 아버지께서 무슨 일을 하시는지 여쭤봐도 되겠습니까?"

"레온 상단을 아십니까?"

아리안이 레온 상단을 언급했으나 잘 알려지지 않은 지방 상단이라 흑월은 부하들의 얼굴을 둘러봤다. 그들은 서로 얼굴을 쳐다보며 고개를 저었다.

아리안은 속으로 안타까운 마음이 들었다. 그때, 한 명이 그제야 생각났다는 듯이 흑월에게 말했다.

"아, 단장님, 레온 상단은 엘레노 성을 기반으로 하는 상단입니다. 가끔 먼 상행을 하기도 하지만, 주로 주위 성읍을 중심으로 상업을 하기에 널리 알려지지 않은 중견 상단입니다."

"소주군, 짐작하셨겠지만 저희는 도박장이 주업이 아니라 살행을 주업으로 하는 살수단체입니다. 주군께서 저희를 부르실 때까지 검사들이 한데 모여 훈련하고 생활하면서 세상의 이목을 속여야 하기 때문에 이런 형태를 하고 있습니다. 도박장은 의뢰를 받는 창구랍니다. 필요없는 분쟁에 휩쓸리지 않으려고 정말 죽여야 할 자가 아니라면 청부를 받지 않았습니다."

아리안은 고개를 끄덕이며 흑월의 부하들 얼굴을 천천히 둘러봤다.

"레포르마에 살수 단체가 모두 몇 개나 되지요?"

"이곳에 세 곳, 제국 전체는 모두 일곱 개의 살수 단체가 있습니다."

"우선, 여러분의 실력이 내 기대보다 미흡합니다. 살수행은 최대한 자제하고 실력 향상에 매진하세요. 이곳에 수련할 만한 장소가 있나요?"

"예, 소주군. 뒤쪽에 수련장이 있습니다."

수련장은 상당히 컸으나 조금은 허술해 보였다. 하지만 흑월과 부하들의 얼굴은 자랑스러운 빛이 역력했다.

"대부분 살수 단체는 산속에 훈련장을 따로 두고 있으며 저희도 마찬가지입니다. 이곳은 핵심 단원들의 수련장으로 사용합니다."

"강화 마법, 방음 마법을 치면 더 좋을 것 같군요."

"소주군, 황도는 8서클 황성 마법사의 결계 마법 때문에 마법을 사용할 수가 없습니다."

"그래요?"

아리안은 중단전의 기운을 끌어내 마법을 실현했다.

"방음 5중 결계!"

아리안이 마법을 펼치자 공기가 진동하며 다섯 차례에 걸쳐 수련장을 감싸는 광경을 보고 흑월의 부하들은 입을 쩍 벌렸다.

"세상에, 황도에서 마법이 가능하다니……."

"소주군께서는 황성 대마법사보다 높은 서클이란 말이잖아?"

아리안은 거기서 멈추지 않고 강화 마법과 마나 강압진까지 설치했다.

"이것은 마법은 마법이되 기존 마법과는 그 궤를 달리하기에 영향을 받지 않는 것이지 내가 황궁 마법사보다 능력이 뛰어난 것은 아니랍니다. 이제 이곳에서 수련하면 다른 곳보다 몇 배의 효과가 있을 겁니다. 물론 밖으로 드러나지도 않을 것이고. 다음에 왔을 때는 향상된 실력을 기대할게요. 물론 내가 마법을 펼친 것은 드러나지 않아야 합니다."

흑월과 부하들은 그 자리에서 무릎을 꿇었다. 소주군은 나이로는 도저히 측량할 수 없는 실력자가 틀림없었다.

"소주군의 명을 목숨 바쳐 이행하겠습니다."

그들에게는 더는 음지에 있지 않아도 된다는 강한 신념이 가슴 가득히 차올랐다. 흑월이 조심스럽게 입을 열었다.

"소주군, 저희가 먼저 연락을 드리려면 어디로 하면 되겠습니까?"

"나는 아카데미 2년차 아리안입니다. 주말에는 노블리아 상단 별관에 머물지요. 그곳 비밀 경호원과 부딪치지 않도록 하세요."

흑월과 부하들은 아리안의 2년차라는 말을 듣고 다시 한 번 놀랐다.

"예? 그럼……."

"그래요. 그럼 정식으로 대련 한번 해볼까요?"

"아, 아닙니다. 너무 놀라워서 그만……."

흑월의 부하 한 명은 말을 끝맺지 못하고 애꿎은 땀만 닦지도 못한 채 흘렸다.

"지금 아카데미에서 학생들을 훈련하고 있어요. 열흘 뒤에 몬스터와 겨루는 체험 수련을 할 예정입니다. 적당한 장소를 물색하고 그들을 안전하게 보호할 인원을 파견해 주세요."

"잘 알겠습니다, 소주군."

그들은 소주군의 첫 번째 명령을 잘 수행하려고 눈을 반짝였다. 그리고 아리안이 돌아간 후에는 그 수련장에서 나올 생각조차 하지 않는 듯했다.

아리안의 손길이 스쳐 간 수련장은 기적을 일으키는 장소였다. 그들은 죽기 살기로 수련에 매진했고, 숨도 그곳에서만 쉬기를 원했으며, 피곤하면 한쪽 구석에 그대로 쓰러져서 잤다.

*   *   *

아리안이 아카데미로 돌아온 후 훈련은 더욱 거세졌다.

운동장 한쪽에 무릎 깊이의 넓은 웅덩이를 파고 물을 부었다.

"지금부터 열한 명씩 팀을 짜라. 집단 격투를 벌인다. 최후에 남은 팀은 천막에서 단전 수련을 하고 진 여섯 팀은 지옥훈련 두 시간이다."

그때부터 학생들 사이에 '지옥의 문'이라고 불린 진흙탕 집단 격투가 벌어졌다. 빨, 주, 노, 초, 파, 남, 보로 불린 일곱 팀은 악착같이 상대 팀을 웅덩이 밖으로 던지거나 쓰러뜨리기 위해서 안간힘을 다했다.

머리에서 발끝까지 진흙 마사지를 한 채 적을 노리는 반짝이는 눈빛은 성난 고양이를 연상케 했다.

"죽여!"

"집어 던져!"

남녀의 구별도 없고 학년 차도 없었으며 팀을 구별할 방법도 없었다. 결국 76대 1의 싸움이 됐지만, 누구나 마찬가지 상황이었다.

"우리 팀, 이겨라!"

"젠장, 어떤 놈이 우리 팀인지 알 수가 있나."

"젠장, 그때 눈에 진흙만 들어가지 않았어도 내가 끝까지 남는 건데……."

진흙탕 밖에서 응원하는 학생들은 들어가고 싶어서 안달했다. 결국 한 명이 남았다.

"와, 우리가 이겼다!"

"놀고 있네. 저놈이 누군지 어떻게 알아?"

진흙탕 안에 홀로 남은 자는 힘겹게 입을 열었다. 모두 숨을 죽이고 그를 바라봤다. 누군가 침을 삼키는 소리가 들렸다.

꿀꺽!

"헉헉! 보라 팀입니다."

"와! 이겼다!"

"젠장, 내가 남았어야 하는데……."

희비가 엇갈릴 무렵, 들린 교관의 음성은 천상천음이었다.

"다시 싸운다. 한 팀에 더 기회를 주겠다. 보라 팀을 제외하고 다시 들어가라."

"와~! 죽여라! 이번엔 우리가 우승이다!"

"그래, 그래. 넌 우승(牛乘:소 위에 올라타는 것)하고 우린 팀 승 하마."

이번엔 더욱 격렬히 부딪쳤다. 조금의 여유나 사정을 보지도 않았다. 머리로 박치기를 하거나 주먹으로 턱을 날리고 팔을 꺾었다. 마치 생사투처럼 변했다. 기절한 사람도 상당수였다. 임원들은 기절한 학생을 웅덩이에서 꺼냈다.

임원을 알아보지 못하고 덤빈 학생도 생겼다. 임원은 단 한 방에 덤빈 자를 기절시켰다. 임원과 회원의 실력 격차는 엄청 났다.

임원은 한 명을 끌고 나오려다 어쩔 수 없이 두 명을 끌고 나왔다. 밖에서 구경하던 학생들은 임원의 실력에 혀를 내둘 렀다.

"와우, 임원들은 인간도 아냐. 어떻게 단 한 방에 보내지?"

"걱정하지 마. 내년 이맘때는 우리도 저 정도 실력은 능가할 테니까."

"맞아. 암, 그 이상이 됐을 거야."

대답하는 학생의 콧잔등이 시큰해졌다. 임원은 도저히 상상 하기도 힘든 능력의 소유잔데, 내년이면 나도 그렇게 될 수 있 다니……

이번엔 주황 팀이 우승했다.

"달려라!"

두 팀을 제외한 다섯 팀은 그야말로 운동장을 박박 기고 땀 으로 고루 기름칠했으며, 운동장 모든 모래 맛을 골고루 체험 했다.

"낮은 포복, 높은 포복. 이 새끼들 봐. 완전히 빠졌잖아. 철 교진형, 김밥 말이, 어쭈, 요령 피워! 머리 박아! 좌로 90도 돌 려! 우로 180도 돌려! 오리걸음 실시! 한 걸음 움직일 때마다 꽥꽥거린다!"

"꽥꽥! 꽥꽥!"

"좌로 굴러! 우로 굴러! 머리박아! 어떤 새끼야, 코 고는 놈이!"

그들은 점차 변해갔다. 말은 점점 적어지고, 눈빛은 더욱 반짝였으며, 얼굴은 검게 탔다. 이놈이 저놈 같고 저놈은 그놈 같았다. 그들의 훈련복은 곧 걸레로 변해서 사흘에 한 번씩 새로운 훈련복을 지급받았다.

어느덧 40일이 흘렀다.

"주목! 교관님의 말씀이 있겠다."

평소에 오거 같던 조교들이 교관님이 나오자 차려 자세에서 미동도 하지 않았다. 그 모습을 보고 임원들이 회장을 얼마나 어려워하는지 짐작이 갔다.

'아~! 임원들에게 마스터는 바로 하늘이로구나.'

수련생들도 서서히 임원들의 마음을 닮아갔다.

"오늘은 진검 연습을 하고 내일 새벽 몬스터 사냥을 떠난다. 지금부터 모든 행동은 팀별로 한다. 만약 한 사람이라도 다치거나 실종자가 생기면 그 팀은 모두 탈락이다. 알았나?"

"예, 교관님!"

"전장에 나가면 등을 맡길 동료가 있는 자만이 살아서 돌아올 수 있다. 명심해라! 살아남은 자가 승자다. 알겠나?"

"예, 살아남은 자가 승잡니다!"

"좋다, 조교들! 오늘은 검술 수련을 실시한다!"

"충!"

여섯 명의 조교가 외치는 소리는 고함이 아니라 굉음이었
다. 수련생들이 조교의 실력을 짐작할 수 있는 한 대목이었다.

"전체 차렷! 초록 팀장 기준!"

"기준!"

"전체, 검술 대형으로 헤쳐 모여!"

"검술, 야!"

"태극 검법 준비 자세!"

"야!"

학생들이 중단으로 잡았던 검을 하늘을 찌를 듯이 올렸다가
가슴 앞으로 세우며 오른발을 반보 뒤로 물렀다.

"연속 동작 실시!"

"야!"

우렁찬 고함과 함께 적의 내려치기 검을 상단 막고 좌로 흘
리고, 상단 막고 우로 흘렸다. 상대의 우횡베기를 좌 중단 막고
찌르고 내려친 후, 좌횡베기는 우 상단 막고 찌르고 내려쳤다.

상대의 각종 공격을 막고 공격하던 자세는 중반으로 들어서
자 공격한 후 방어하는 검법으로 바뀌었다. 운동장엔 검의 궤
적만이 아름다운 선을 그렸고, 그들의 기합은 젊음과 갈망을
불태웠다.

내일이면 생사를 기약하기 어려운 싸움에 투입된다. 어른들
이나 C급 용병들도 두려워하는 몬스터와의 생사투, 소드 마스
터로 가는 첫 관문이 될 듯하다. 몬스터와의 싸움에서도 이겨
내는 것은 물론, 내가 살아남아야만 하고 예상치 못한 공격에

서 동료도 보호해야만 한다.

마스터는 특별한 한 사람을 원하는 게 아니라 함께하는 팀을 원하신다. 열한 명 중에서 한 명이라도 실종되면 팀 전원을 실격 처리하실 것이다. 검을 휘두르는 그들에게서 열과 성, 그리고 책임감이 뿜어나왔다.

그날 밤은 어느 때보다 더 열심히 단전 수련을 했다. '최선을 다한 후 하늘의 뜻을 받아들인다'는 건 현자의 말일 뿐이었다. 아무리 준비해도 부족한 느낌을 지울 수가 없었다.

그들은 아쉬움과 안타까움을 각오로 대신한 채 새벽을 맞이했다. 그때 그들에게 조교가 한마디를 남겼다.

"그들이 어떤 부류의 인간인가 하는 점은, 그들의 흔적을 보면 알게 된다."

흔적을 보면 그들이 어떤 인간인지를 알 수 있다.

조교들이 하는 말은 뒷정리를 잘하란 말보다 백번 무서웠다. 나는 과연 어떤 사람으로 보이길 원하는 걸까. 동이 트기 전의 어스름 속에서 침낭을 정리하고 배낭을 꾸렸다. 마지막으로 천막을 나서며 돌아보자, 한 점의 흐트러짐도 보이지 않았다.

'그래, 이게 우리 마음가짐이야.'

"우리 목적지는 마차로 하루 반나절 거리인 푸에블라 산이다. 오늘 안에 도착해야 한다. 난 먼저 가서 기다리겠다. 나를 실망시키지 않을 줄 믿는다."

말을 마친 아리안이 탄 말은 남쪽으로 빠르게 사라졌다.

"앗! 마스터의 말이 마치 공중을 나는 듯해."

"와, 화살보다 더 빠르게 사라졌어."

학생들은 신이 나서 아리안의 흔적을 쫓았다.

"아, 마스터는 인간이 아니고 천신의 환생일 거야."

"그런 마스터를 모시는 우리는 최고의 영광이지."

"가자. 마스터가 실망하시게 할 수는 없다. 빨강 팀부터 출발!"

그들은 지금까지 운동장을 달리던 속도로 뛰었다. 그들 앞에는 한 명의 기사가 기를 세운 채 그들과 거리를 맞추며 길을 인도했다.

기에는 '아카데미 검술반 특별 수련팀' 이란 글귀가 보였다. 길에서 마주친 말을 탄 병사가 기를 보고 학생들을 본 뒤 고개를 끄덕이고 옆으로 비켜섰다가 떠났다.

"아, 마스터의 준비는 빈틈이 없구나."

"그러니까 우리 회장님이지. 우리도 부끄럽지 않은 정회원이 될 테니까."

어른, 그것도 병사가 인정하는 듯한 표정을 본 그들의 가슴에는 뿌듯한 심정이 넘실거렸다. 그들의 실력이 어떻든 간에 아직은 소년들이었다.

그들은 아침도 거른 채 달리고 또 달렸다. 숨이 턱에 차고 심장은 곧 멈출 듯했다. 눈앞에서 태양이 폭발한 듯했고, 너무나도 가까운 곳에서 별이 오락가락했다. 그때 마스터가 그들에게 약속했던 말이 떠올랐다.

훈련하다가 죽어라! 그러면 깨어났을 때 달라진 자신을 볼 수 있다.

"그래, 훈련 받다가 죽는 거야. 스스로 포기할 수는 없어."
"맞다, 맞아. 훈련 받다가 죽자."
그들은 더는 어렵다는 생각이 떠오르는 순간, 어느 동료의 말에 힘을 얻어 다시 달렸다.
그때였다. 앞서 달리던 기사의 말이 멈춘 것을 발견했다. 그 기사의 기에는 '30분간 휴식'이란 글이 보였고, 물병이 있었다. 물은 한 사람에게 극히 작은 잔으로 한 잔씩만 나눠 줬다.
물을 마신 순간, 그들은 그 물이 순수한 물이 아닌 것을 깨달았다. 지금까지의 피로는 간데없고, 출발하기 전보다 기운이 넘쳐 났다.
"와, 참으로 신기한 물이다. 기운이 더욱 솟아오르는 듯해."
"그러게. 지금 출발해도 되겠는걸? 조교님, 당장 출발하죠?"
그때, 기를 든 기사가 말했다.
"그 물은 누구나 꿈에도 그리는 마나수다. 휴식 30분은 마신 물의 기운을 흡수하라는 주군의 배려시다."
"헉, 마나수?"

마나수.

존재한다는 말은 들었지만 본 적조차 없는 기적의 물, 황제 폐하도 마음껏 마실 수 없다는 그 신비의 물, 마시면 병이 낫고 상처가 치유되며, 대마도사가 되려면 꼭 마셔야만 한다는 바로 그 물은 대륙에 한 그릇뿐이라는 정령수의 수액에 하이 엘프의 눈물마저 섞였다고 알려지지 않았던가.

하지만 그 물은 실제 마나수가 아니라 아리안이 자신의 마나를 넣어서 만든, 말 그대로 마나수였지만 효능만은 실로 탁월했다.

"아~!"

그 말을 듣고 남학생들은 입술을 꼭 깨물었으며, 여학생들은 눈물을 글썽이며 단전호흡 자세를 취했다. 호흡을 시작하자마자 단전은 넘치는 기운으로 요동했다. 단전에서 비롯된 기운은 백회를 향해서 올라갔고, 그들의 눈에서 흐른 눈물은 단전을 향해 떨어져 내렸다.

세상의 어떤 회장이 회원이 필요한 것을 이처럼 챙겨주며 부족함을 채워줄 것인가. 상처받기 쉬운 어린 가슴은 감동으로 채워졌다.

"휴식 끝!"

그들은 다시 달렸다. 마스터가 명하면 세상 끝까지, 창칼로 이루어진 산이라도 오를 듯했다. 그들은 혼자가 아님을 절실히 깨달았다.

아리안은 형처럼 따뜻했고, 엄마처럼 자상했으며, 아빠와 같이 기대에 찬 눈으로 지켜줬다. 군왕처럼 질서와 조화를 선보였으며, 전능한 주신 '지나' 처럼 그들을 감싸줬다.

이를 악문 그들은 단 한 명의 낙오도 없이 해가 지려 할 때 마스터 앞에 도착할 수 있었다.

"수고했다."

아리안은 그들의 손을 일일이 잡아주며 노고를 치하했다. 그들은 해냈다는 감격과 더불어 마스터의 치하가 그렇게 기쁠 수가 없었다.

그들은 어떤 명령이라도 마스터가 지켜보는 한 해낼 수 있다는 강한 자신감을 얻었다. 그들은 한계를 극복한 자만이 지닐 수 있는 값진 신념을 가슴 가득히 안았다. 그들은 서서히 회장과 회원의 관계를 넘어서고 있었고, 그 중심에는 이미 가신이 된 임원들이 존재했다.

그들은 어느새 준비했는지 김이 모락모락 오르는 식사를 한 후 통합 막사로 들어갔다. 막사에는 엄청난 마나가 흘렀다.

아리안의 말이 마나수의 감격을 타고 그들 가슴에 울렸다.

"한계를 극복한 너희가 자랑스럽다. 이제 새로운 한계에 도전한다. 지금부터 잠자고 밥 먹고 싸는 순간에도 살수가 너희를 공격할 것이다. 몬스터와 싸우는 순간에도 마음을 놔서는 안 된다. 너희가 유일하게 보호받는 시간은 단전 수련 시간뿐이다."

아리안은 어금니를 악문 그들을 한 사람씩 둘러본 후 말을 이었다.

"단전 수련은 너희에게 극도로 취약한 시간이 되기에, 가장 안전한 장소에서만 수련해야 된다. 지금 이 밖에는 많은 무사가 경호하고 있지만 천막을 나서는 순간, 어디서 어떤 공격을 가할지 모른다. 항상 깨어 있어라. 잠을 잘 때도 한쪽 눈만은 잠들면 안 된다. 동료를 믿어라. 너희 목숨을 의지할 사람은 동료밖에 없다. 배신당한 사람보다 더 불쌍한 사람은 동료를 처음부터 믿지 못하는 사람이다."

학생들은 주위를 둘러보며 서로 눈을 마주치고 고개를 끄덕였다. 신뢰의 눈길이었다. 동료라는 말이 새삼스럽게 가슴을 뜨겁게 적셨다.

"동료를 존경하되 농담을 하지 마라. 농담은 이미 말이 농해서 말을 하는 사람이나 듣는 사람을 병들게 한다. 어리다는 방패 뒤에 숨지 마라. 어리다는 말은 나이를 가리키는 말이 아니라 마음가짐을 뜻하는 말이다. 나이가 많아도 나이 뒤에 숨어서 자라지 못하는 사람이 있는가 하면, 나이가 어려도 가장이 되고 가족을 위해 희생하는 사람이 얼마나 많은가."

그들은 아리안의 말을 들으면서 고개를 끄덕였다.

'맞아, 앞으로 나이라는 말 뒤에 숨지 않겠어.'

"수많은 사람이 한계에 부딪쳐 좌절하거나 자살하기도 하고 폐인이 되는 데 비해, 너희는 이미 인간의 한계 하나를 경험했으며, 한계란 넘어야 할 과정에 불과하다는 것을 깨달았다. 우리에게 불가능이란 없다. 불가능이란 나약한 인간이 숨기 위한 피난처이고 자기변호의 쓰레기일 뿐이다."

한계란 넘어야 할 과정에 불과하다.
불가능이란 나약한 인간의 피난처다.

학생들은 아리안의 말을 가슴에 새기면서 단전 수련에 들어
갔다. 정수리가 시원하게 느껴질 정도로 강한 기운이 백회를
통해서 폭포수처럼 쏟아졌다.
단전에 가득 찬 기운은 임맥을 통해서 위로 올라갔고, 독맥
을 따라서 등줄기를 타고 아래로 내려와 다시 단전으로 들어
갔다.
소주천이 이뤄지면 길은 좀 더 넓어졌고, 넓어진 길을 통해
서 더 많은 기운이 합류했다. 기운은 대주천을 이루고자 하여
어깨와 팔의 경락이 마치 번개라도 맞은 듯이 찌릿찌릿했고,
저절로 꿈틀대기도 했다.
껍질을 깨뜨리고 부화하려는 수련생들은 밤이 깊은 줄 모르
다가 새벽녘이 되어서야 잠에 빠졌다.

*   *   *

아보가도 대륙의 신비가 깃든 디베르소 산맥.
대륙을 관통하는 디베르소 산맥이 있기에 대륙 통일이 이루
지지 않는 가장 큰 이유라고 역사학자들은 입을 모으는 실정

이었다.

그 산맥의 한 부분인 푸에블라 산은 각종 몬스터의 천국이었으며, 몬스터 헌터임을 자랑하는 A급 용병에게도 단신으로 입산하는 것은 자살 행위였다.

수련생 한 명이 자기 전에 소변을 봐야 하나, 참고 아침까지 견뎌야 할지를 고민하다가 참지 못하고 자리에서 일어났다.

까르릉! 카~ 앙! 퍼드득!

푸에블라 산에 밤의 세계가 열렸음을 알리는 배경 음악만으로도 충분히 담력 훈련 효과가 있었다.

수련생 파라미는 몸을 한 번 부르르 떤 후에 천막 입구를 살며시 젖혔다. 어둠 속에서 수많은 눈이 빛을 반짝이며 자신을 노려봤다.

"헉!"

재빨리 젖혔던 천막 입구를 다시 내리고 돌아선 파라미는 더욱 낭패한 기색으로 변했다. 허벅지가 따뜻해진 것이다.

'크, 이젠 완전히 벗어난 줄 알았는데… 내일 아침이면 애들이 다시 날 놀릴 거야. 젠장, 다시 담요 속으로 들어가면 담요에 표가 나든지 냄새가 퍼질 테고, 그렇다고 단전 수련을 하면 몸이 뜨거워져서 더욱 빨리 알게 될 테지. 젠장, 된장, 고추장……'

파라미는 밤을 꼬박 새우며 '~장' 자로 끝나는 말 찾기를 하다가 누구보다 먼저 일어나는 기염을 토했다.

누군가가 자신을 쳐다보기만 해도 가슴이 뛰었으며 딴청부리는 바람에 팀의 제일 뒤에 서기도 했다.

각 팀은 임원들이 따라갔고, 남은 보라 팀은 교관이 직접 인솔했다. 파라미는 보라 팀이었다. 집합 장소에서 언덕을 하나 넘었다. 팀장이 외쳤다.

"심상치가 않다. 각자 주위를 잘 살펴라."

팀원들은 검을 중단으로 잡고 사방을 살피며 조심스럽게 앞으로 나아갔다.

"앗! 고블린이다!"

고블린을 발견한 파라미는 무심결에 겁에 질린 목소리로 외치며 뒤로 물러났다. 보라 팀원 모두 긴장한 빛으로 검을 일단 중단으로 겨눈 채 열댓 마리의 고블린을 쳐다봤다. 고블린도 상대를 겁에 질린 아이들로 판단한 듯했다.

끼익! 꾸익!

인간을 만나서 놀라 피하려던 고블린 무리 중에 가장 큰 놈이 괴성을 지르며 꼬챙이를 들고 휘둘렀다. 고블린 전체가 삐져 나온 이를 드러내며 덤벼들었다. 동작이 상당히 빨랐다.

"두려워 마라. 배운 대로만 하면 된다."

수련생 한 명이 고블린이 내려치는 꼬챙이를 상단 막기 한 후 곧장 목을 내려쳤다. 고블린은 목이 반쯤 잘려서 비명과 함께 쓰러졌다. 피가 튀었다. 그들은 어른도 상대하기 쉽지 않은 고블린을 단칼에 베어버릴 정도로 강해져 있었다.

"컥!"

팀원들은 그제야 자신감이 살아난 듯했다. 하지만 대부분 다른 고블린의 무기는 민첩한 행동과 날카로운 이빨, 그리고 발톱이었다.

그때부터 집단 격투가 시작됐다. 수련생들은 이를 드러내며 덤비는 고블린을 대체로 정확히 보면서 검을 내려쳤다.

찌르기가 특기인 파라미도 공중을 뛰어들며 덤벼드는 고블린의 목을 노리고 찔렀다. 고블린의 피가 파라미의 옷에 확 튀면서 피비린내가 퍼졌다.

그제야 파라미의 얼굴이 활짝 펴졌다. 자신이 실례한 것을 남들이 알고도 모른 척하는지, 그렇지 않으면 몰라서 말하지 않는지는 몰라도 자신에게서 냄새가 난다는 것을 아는 파라미의 고뇌는 고블린의 피를 뒤집어쓰면서 극적으로 사라졌다.

파라미는 달려드는 고블린을 적극적으로 한 발 앞으로 내디디면서 우횡베기로 갈라 버렸다.

"와, 깔끔하네."

"음, 괜찮은데, 파라미!"

어느새 자신들보다 많은 수의 고블린을 처리한 동료가 보기에도 깨끗한 파라미의 우횡베기를 칭찬했다. 언제나 또래보다 어려 보인다고 따돌림을 당하는 듯한 느낌을 지우지 못했던 파라미의 앙금마저 깨끗이 사라져 버렸다.

"고마워. 아직은 정신이 없어서 너희 싸우는 멋진 모습은 보지 못했어."

"짜식, 철든 소리 하는 것 좀 봐. 이젠 등을 맡겨도 되겠어."

동료의 말을 들은 파라미는 감격에 겨워 얼굴을 일그러뜨렸다. 그가 눈물을 보이지 않으려고 이를 악문 채 하늘을 바라보자, 동료들이 너나없이 다가와서 한 대씩 툭툭 쳤다.

아리안은 그들이 생사를 함께 나누면서 서서히 동료의식을 키워나가며 진정한 팀으로 거듭나는 과정을 묵묵히 지켜봤다.

"자, 출발이다. 사냥은 이제부터야."

팀장이 외치자 그들은 다시 사방을 주시하며 앞으로 나아갔다.

"고블린이다!"

누군가가 외치자 모두 앞으로 나서면서 고블린 무리를 바라봤다. 고블린 무리가 주춤거렸다. 그들은 고블린과 눈을 마주치면서도 두려워하지 않았다. 그때 팀장이 명령했다.

"공격!"

"와, 죽어라!"

그들은 확실히 고블린에 대한 두려움이 사라졌다. 고블린은 비록 체격이 인간보다 작지만, 담대한 인간이나 용병이 아니면 상대하기 까다롭다는 몬스터가 아니던가. 그러나 그런 것은 아무런 상관이 없었다. 그들은 마치 식사 전 운동처럼 가뿐하게 고블린 무리를 물리쳤다.

"자, 점심 식사 시간이다. 교관님 식사는 누가 가져왔나?"

"제가요. 우리와 같은 주먹밥에 닭고기무침과 깍두기만 주던데요?"

그들은 두 번 더 고블린과 싸운 후 동그랗게 앉아서 점심용으로 각자 들고 온 휴대 식품 주머니를 풀었다.

"악!"

"뭐야? 왜 그래?"

비명을 지른 여자 수련생은 식품 주머니를 던졌다. 땅에 떨어진 주머니에서 뱀이 혀를 날름거리며 기어 나왔다.

"윽!"

"허걱!"

수련생들은 하나같이 비명을 지르거나 어이없는 표정이었다. 그들의 주머니에서 나온 것은 먹음직스러운 주먹밥과 반찬이 아니라 돌멩이, 오물, 두꺼비 등이 들어 있었다.

"젠장, 언제 바뀌었지?"

"이상하다. 분명 주머니를 허리에 찰 때까지도 틀림없었는데……."

"교관님 식사는?"

수련생들의 시선은 자연스럽게 처음 팀장의 물음에 답했던 자에게 쏠렸다. 그는 고개를 푹 숙인 채 자책 어린 음성으로 작게 말했다.

"마찬가지야. 죄송합니다, 교관님."

아리안은 그를 쳐다봤다가 조용한 음성으로 말했다.

"이것은 한 끼 굶는 게 아니라 적에게 당했다는 점이다. 정말 죄송한 것은 너희 자신들에게다. 작은 부주의로 너희는 이미 죽었기 때문이다. 너희가 상대해야 할 것은 몬스터와 살수들이다. 그들이 어떤 방법으로 너희를 상대할지 모른다. 비겁하다는 말은 이미 죽은 자의 넋두리일 뿐이다. 그것이 그들의 방법이고, 우리는 우리의 방법으로 그들을 상대해야만 한다. 눈에 드러난 날카로운 검은 상대하기 쉬워도 품에 감춘 작은 비수는 감당하기 어렵다는 교훈도 잊어서는 안 되지."

아리안은 이런 상황을 원했기에 그들이 다시는 당하지 않도록 천천히 설명했다. 참으로 억울했고, 열여덟 살이 될 때까지 여러 가지 체험을 했던 전생의 기억이 새록새록 했기에 해줄 수 있는 이야기들이었다.

"적과 싸울 때는 오직 적을 물리칠 방법만 생각해라! 비겁한 승리라든지 정당한 패배란 존재하지 않는다. 오직 살아남은 자와 죽은 자가 있을 뿐이다. 하지만 너희는 해낼 것으로 믿는다. 너희라면 어떻게 상대의 부주의를 이끌어 내거나 빈틈을 파고들지 연구해 봐라. 너희는 수많은 병사를 거느리거나 최정예 마스터 기사가 될 몸이 아니냐. 그런 너희가 암살당한다는 것은 상상하기도 싫구나. 알았나?"

"예, 교관님!"

그들은 아리안의 물음에 우렁차게 대답하면서 다짐을 다시 했다.

"자, 적을 찾아서 죽이는 것도 중요하지만, 고립된 상태에서 먹을 게 없다면 어떻게 해야 할까?"

"겨울이라 먹을 수 있는 과일 찾기는 어려우니, 뱀처럼 잡아서 먹을 수 있는 것을 찾겠습니다."

자신감을 찾은 파라미가 입을 열었다.

"그런가? 그렇다면 뭘 하나? 어서 찾아야지. 이것은 또 다른 생존 시험이다. 아! 배고프다."

수련생들은 아리안이 배고프다고 노래하자, 갑자기 생존 시험이 아니라 놀이와 같은 기분이 됐다.

"자, 두 명씩 조를 짜서 먹을 것을 찾아라. 멀리 떨어지면 안 된다. 그리고 조의 한 명은 항상 본부와의 거리를 염두에 두고 주위를 경계해라."

"예, 팀장님! 파라미, 넌 나와 가자."

"좋아!"

그들은 마침내 피할 수 없는 상황에서 즐기는 법을 조금씩 터득해 나갔다.

아리안은 그 모든 광경을 묵묵히 지켜봤다.

『검황전설』 2권에 계속…

마법사
무림기행

魔法師 武林紀行

김도형 퓨전 판타지 소설

신에 김도형이 그려내는 퓨전 장르의 변혁!
무림을 무대로 펼쳐지는 마법사의 전설!

무림에서 거지 소년으로 되살아난 마법사 브린.
더 이상 떨어질 곳도 없는 깊은 나락에서 마법사의 인생은 새로이 시작된다!

내 비록 시작은 이 꼴이나 그 끝은 창대하리니!

짓밟혀도 되살아나는 잡초 같은 생명력!
고난 속에서 빛을 발하는 날카로운 기재!

무협과 판타지를 넘나드는
마법사 브린의 모험을 기대하라!

Book Publishing CHUNGEORAM

유행이 아닌 자유추구 -
WWW.chungeoram.com

귀환인 歸還人

김동신 퓨전 판타지 소설

모든 마수의 왕 베히모스.

그의 유일한 전인 파괴의 마공작 베르키.
마계를 피로 물들이고 공포로 군림했던 그가
드디어… 꿈에 그리던 한국으로 돌아왔다.

"친구들아,
나 권태령이 드디어 돌아왔어!"

피로 물들었던 마계의 나날을 잊고
가족과도 같은 친구들과 지내는 생활.
그 일상을 방해하는 자들은 결코 용서치 않는다!

살기가 휘몰아치는 황금안을 깨우지 말라!
오감을 조여오는 강렬한 퓨전 판타지의 귀환!

Book Publishing CHUNGEORAM

유행이 아닌 자유추구 -
WWW.chungeoram.com

THE KNIGHTS OF SQUARE

아더왕과 각탁의 기사

홍정훈 판타지 장편 소설

『비상하는 매』의 신선함, 『더 로그』의 치열함,
『월야환담』의 생동감.

그 모든 장점을 하나로 뭉쳐 만든 홍정훈식 판타지 팩션!

아더왕과 원탁의 기사.

전설의 검 엑스칼리버의 가호 아래 역사에 길이 남을 대왕국을 건설한
위대한 왕과 그의 충직한 기사들.

"…난 왜 이리 조건이 가혹해?!"

그 역사의 한복판에 나타난 이질적 존재, 요타!
수도사 킬워드의 신분을 빌려 아트릭스의 영주가 되어 천재적인 지략과 위압적인 신위를 휘두르며
아더왕이 다스리는 브리타니아에 정면으로 반기를 든다!

전설과 같이 시공을 뛰어넘어
새로운 아더왕의 이야기가 우리 앞에 나타난다!

Book Publishing CHUNGEORAM

유행이 아닌 자유추구 -
WWW. chungeoram.com